빅토리 노트

일러두기

- 외국 인명, 독음 등은 외래어 표기법을 따르되, 표기법과 다르지만 대다수 매체에서 통용되는 경우 그에 따랐다.
- 영화명, 잡지명, 곡명, 앨범명, TV 프로그램명은 〈 〉로, 시 제목과 편명은 「 」로, 책 제목은 『 』로 묶었다.
- '빅토리 노트'는 1976년 12월 16일부터 1981년 12월 16일까지 5년간 쓴 육아일기로, 해당 일기를 썼던 노트의 이름이기도 하다. 당시의 느낌을 그대로 전하기 위해 원본 노트를 스캔해 싣고 원문을 최대한 살려 텍스트화했다.

Victory note

빅토리 노트

이옥선 · 김하나

딸 하나 인생의 보물 1호가 된,

엄마의 5년 육아일기

콜라주

육아일기에 대하여

나의 언니는 1964년부터 1967년까지 대학에 다녔는데 그중의 어느 해에 방학을 맞아 집으로 왔을 때 〈이화〉라는 교지를 가지고 왔다. 그 무렵의 나는 읽을거리가 손에 들어오면 다 읽고야 마는 스타일이라 그 교지도 다 읽었다. 대학생들이 쓴 글들 중에 "나의 재산목록 1호는 나의 어머니가 쓰신 육아일기이다"라고 시작하는 에세이를 읽고 잠시 머릿속이 윙~ 하는 느낌이 들었다. 내용이 무엇인지도 생각나지 않지만 이 대목만 유독 내 머릿속에 남아 있었는데, 생각해보면 그 육아일기를 쓰신 어머니는 1945년 이쪽저쪽 즈음 일기를 쓰셨을 것이다. 1945년쯤이라면 해방된 해로 흙먼지 날리는 골목길의 주택가나, '몸뻬'나 무명치마를 입은 여인네가 생각나는 아득한 옛날이었다. 그런 시절의 어느 엄마가 아기에게 줄 일기를 쓰셨다는 게 참말로 신기하게 느껴졌다.

아마도 그때 나는 결혼이나 남편, 이런 것들은 생각지도 않았고 은연중에 내가 아이를 낳으면 육아일기를 써야겠다는 생각을 한 것 같다. 그러니 어느 한 사람의 문장이 어디선가 씨앗이 되어 발아할지는 아무도 모르는 일이다.

첫 아이를 낳았을 때는 어마지두하여 좀 시간이 지나고 나서 되짚어 일기를 썼다. 둘째 때는 그나마 경험이 있어서 낳는 날의 일기를 쓸 수 있었다. 만 5년이 지나면 아이들도 인격이라는 것이 생길 테고 나름대로의 생활이 있을 테니 육아일기는 5년 동안 쓰기로 작정을 하고, 실제로 첫 아이의 일기를 5년 될 때 끝냈고 그로부터 2년 뒤 둘째의 일기도 끝냈다. 그것은 내가 손으로 만들어낸 보석 같았다.

두 일기장을 포장해서 집 안의 제일 은밀한 곳에 보관했다. 의도치 않은 시점에 아이들의 눈에 띄면 안 되기 때문이었는데, 집 안의 가장 은밀한 곳은 장롱 위의 맨 구석이었다. 딸은 지금도 가끔씩 "엄마 어디다 숨겨놓았었어요?" 하고 묻는다. 아이들이 성인이 됐을 때 이 일기장을 선물하는 장면을 상상하면서 혼자 흐뭇해하기도 하고, 지지고 볶는 지리멸렬한 결혼생활의 어느 한 지점을 지날지라도 어쨌든 나는 아름다운 보석을 가지고 있는 사람으로 마음이 든든했다.

실제로 아이들에게 일기를 넘겨줬을 때 마음이 조금 허전하기도 했다. 무덤덤한 아들도 육아일기를 밤새도록 읽고 뭔가 새로운 각오를 한 듯했고, 딸은 살면서 줄곧 자기의 육아일기에 열광을 보냈다. 드디어는 자신의 책에 이 육아일기를 소재로 글을 한 편 쓰기도 했는데 나는 딸의 이런 태도를 보면서 5년 동안 쓴 육아일기가 내 평생의 보람이 되는 것을 느꼈다.

에세이에 대하여 : 나는 어찌나 럭셔리한지!

부산의 이곳에 신도시가 조성된 때부터 살기 시작했는데 이제는 신도시라는 호칭이 무색할 정도로 세월이 흘러 아예 '그린 시티'로 명칭도 바뀌었다. 도회 생활이지만 한곳에서 오래 살다 보니 어느 가게가 맛있는 과일을 파는지, 어느 정육점이 제대로 된 '투뿔' 한우를 파는지 알고 이용할 때마다 서로 안부를 즐겁게 주고받는다.

요새는 이웃이라는 게 없는 세상이다 보니 내가 이용하는 이런 곳의 주인들이 곧 나와 안면 있는 이웃이라는 생각이 든다. 단골 미용실 원장이 다독가라 파마를 하는 긴 시간 동안 서로 읽은 책에 대한 수다를 떨면서 즐거워한다. 수다 중에 제일은 책 수다지. 자동차도 한번 사면 폐차할 때까지 타고 다니니 지금 적당하게 낡아 어디 좀 살짝 긁혀도 그렇게 가슴이 쓰리지 않는다. 낡은 차를 끌고 다니면 오랫동안 잘 알고 지내는 카센터 한 곳쯤은 있다. 그런 점도 마음이 든든하다.

늙고 나서도 편안한 마음으로 살 수 있는 인생이 럭셔리한 게 아닐까. 실제로 나에게는 아주 럭셔리한 것이 있는데, 그것은 마스크 걸이다. 전에 하고 다니던 마스크 걸이가 어느 날 툭 터져서 줄에 끼어 있던 작은 구슬들이 천지사방으로 흩어져버렸다. 다시 살까 하다가 알이 좀 작고 느슨하게 끼워진 여름용 진주 목걸이에다 마스크 고리를 걸어서 사용해봤다. 아주 훌륭했다. 내가 지금 이 나이에 언제 여름용 진주 목걸이를 하고 다닐 기회가 자주 올 것이며, 그러면 서랍 깊숙이 넣어둔 것들이 무슨 소용이란 말인가. 이 나이가 되면 이런 생각이 드는 것들이 많이 생기는 것 같다. 그렇다면 나는 지금 바로 그것들을 즐기리라, 럭셔리하게.

　에세이는 쓴 지가 꽤 시간이 지난 것들도 있어서 지금의 나와 상황이 다른 글도 있고, 가능하면 현재의 시점에 맞게 수정도 해봤지만 그때가 아니면 느끼지 못할 내용도 있어 그냥 그대로 둔 글도 있으니 짐작해 읽어주시기 바란다.

　75세에 책이라는 결과물을 세상에 내놓게 되는데 이것은 마치 나이를 많이 먹고 〈전국노래자랑〉에 나와서 장기자랑을 하는 할머니와도 닮아 있는 느낌이다. 즉, 그 할머니 '늙었는데도' 노래를 제법 잘하네, 라는 평가에 슬쩍 묻혀가는, 또 수상을 못 하더라도 이 나이에 무대에서 노래를 끝까지 부른 것만도 어디냐 싶은 자기만족 같은 변명일 것이다.

　요즘 같은 인터넷 세상이 아니라면 이 글들은 쓰이지 않았을 것이다. 자주 가는 친목 카페나 이런저런 목적의 카페 게시판에 올린 글들도 있고 인터넷 신문 〈허프포스트코리아〉에 실었던 글도 있다. 그러다 보니 글들이 가지런하지 못하고 일관성이 없는 것 같기도 해서 민망한 마음이다. 가끔씩 다른 사람이 쓴 책의 서문이나 후기에서 세상에 책을 내어놓으면서 무척 부끄러운 마음이라는 표현을 더러 본 적이 있는데 내가 지금 그 마음들을 이해할 것 같다.

　나이를 좀 많이 먹고 나면 사람살이에 대해서 젊었을 때와는 다른 시각을 가지게 되는데, 그런 생각들이 밑받침이 되어 써둔 글들을 모아서 육아일기와 같이 묶어서 책을 내게 되다니 좀 아이러니하다. 바라건대 이 책을 읽은 어느 엄마가 자신의 아기에 대한 육아일기를 써준다면 나의 이 책은 누군가에게 씨앗이 되는 것이리라.

이옥선

나의 보물 1호

내 인생에 가장 크게 영향을 미친 책 열 권이 무엇이냐는 질문을 받은 적이 있다. 나는 그 리스트의 제일 위에 '빅토리 노트'라고 썼다. 아마도 '빅토리 노트'의 존재는 당시 나와 가장 가까운 몇몇 친구들만 알았을 테고 내게 질문한 사람은 그 존재를 알 리가 없었다. 게다가 그것은 책이 아니라 손으로 쓴 일기장이었으며 '빅토리 노트'라는 제목은 그 노트 제조사에서 당시의 유행에 따라 아무런 맥락 없이 표지에 인쇄해놓은 것이었으므로 저자의 의도와도 전혀 상관이 없었다(제조사가 다른 오빠의 육아일기에는 '유니언 노트'라고 쓰여 있다). 하지만 나는 그때나 지금이나 내 인생에 '빅토리 노트'보다 더 크게 영향을 미친 책을 떠올릴 수가 없다. 그 리스트를 지금 다시 쓴다면 나머지 아홉 권은 모두 바뀐다 해도 '빅토리 노트'만은 여전히 제자리를 지키고 있으리라. 이것은 내가 살면서 가장 많이 읽은 책이다.

'빅토리 노트'는 엄마가 나를 낳은 날로부터 내가 다섯 살 생일이 될 때까지 쓴 육아일기다. 나는 이 놀라운 책을, 대학 시험에 낙방하고 상심해 있던 어느 날 저녁 엄마로부터 받았다. 엄마가 어딘가에서 꺼내 내게 건네준 100페이지 남짓의, 20년이 지나 종잇장이 누렇게 바랜 일기장을 받던 순간을 잊을 수가 없다.

"니 스무 살 생일 되면 줄라꼬 감춰놨던 건데, 힘이 될까 싶어 좀 땡겨서 주는 거다."

엄마와 나는 무척 친밀한 사이였는데, 엄마는 그날까지 일기장의 존재에 대해 단 한 번도 말한 적이 없었으므로 놀라움은 컸다. 갑자기 인생의 제일 첫 5년을 선물받아, 그만큼 인생이 늘어난 것 같았다. 나는 이듬해부터 부산의 본가를 떠나 서울 생활을 시작했는데 항상 '빅토리 노트'를 머리맡 잘 보이는 곳에 꽂아두었고, 이후로 매년 생일이 되면 꺼내어 다시 읽었다. 읽을 때마다 이 일기장은 달라졌다. 처음 일기장을 건네받았을 때, 나는 여전히 일기 속 엄마보다 훨씬 어렸다. 일기를 통해 만난 엄마는 이미 결혼한 어른이었고 두 아이의 보호자였다. 세월이 흘러 내가 일기 속 엄마와 비슷한 나이가 되었을 때, 비로소 나는 엄마의 삶을 조금은 더 이해하게 되었다. 내 나이에 엄마는 두 아이를 낳고 키웠던 거였구나, 하는 실감이 들었고 일기를 쓰는 엄마의 성숙도와 경험치 같은 것을 나와 비교해서 가늠해보기도 했다.

이후로 상황은 역전되어 매년 일기를 열어볼 때마다 나는 일기 속 엄마보다 점점 더 나이가 많아졌다. 마치 작고 아름다운 바위섬 곁을 천천히 지나쳐 가는 배처럼 나는 '빅토리 노트' 옆에서 나이 들었다. 이 작은 바위섬은 바라보는 각도에 따라 전혀 다른 풍경으로 내게 다가왔다. 요즘 '빅토리 노트'를 들여다보면 엄마가 너무 어리다. 30세 언저리의 엄마는 아직 미숙하고, 상황은 고단한데, 그럼에도 어린 엄마는 씩씩하고 너그럽다.

인생이라는 망망대해에 작지만 단단한 바위섬이 하나 있다는 것은 얼마나 고마운 일인지. 나는 '빅토리 노트'를 펴볼 때마다 나의 태어남을 기뻐하고, 작고 연약한 나를 오랫동안 지켜보고 보듬어준 누군가가 세상에 있었음을 문장으로 확인할 수 있다. 해마다 더욱 누렇게 바래어가는 종잇장 사이에서 인생의 비밀은 더욱 값지게 숙성되어 가는 듯하다.

나의 책 『힘 빼기의 기술』에 「내가 살면서 가장 많이 읽은 책」이라는 제목으로 '빅토리 노트'에 대한 이야기를 썼더니 수많은 사람들이 그 부분을 보고 울었다는 후기를 전해왔고 일기의 내용을 더 보고 싶어 했다. 엄마가 누군가의 문장을 읽고 육아일기를 쓰기로 결심했던 것처럼, '빅토리 노트' 이야기를 읽고 자신도 육아일기를 써야겠다고 마음먹었다는 분들도 많았다. 맞벌이 직장인 아빠인 살구 작가는 육아일기를 묶어 『너에게 출근』이라는 책을 내면서 서문에 '빅토리 노트'를 언급했고, 나는 그 책에 추천사를 썼다.

엄마는 아직 모르고 있는 것 같지만 '빅토리 노트' 이야기는 이미 수많은 곳으로 씨앗을 퍼뜨렸을 것이다. 꼭 육아일기를 쓰는 것뿐만 아니라 세상에 이런 기록이 존재한다는 것을 알게 된 누군가의 가슴속이 환하고 따뜻해진다면, 그 또한 '빅토리 노트'의 열매일 것이다. 그런 마음으로 책을 내자는 제안에 응했다.

나는 이 책의 주인공이지만 그 시절의 기억이 없으므로 조금 이상한 주인공인 셈이다. '하나야'를 내가 모르는 아이라고 생각하고 읽어도 이 일기는 재미있다. 이 책을 세상에서 가장 많이 읽은 사람으로서 보증한다. 엄마는 되도록 있었던 사실만 간명히 기록해두었지만 행간에 은근히 유머감각이 배어 있고 글솜씨가 좋다. 내내 배탈이 나고 침을 흘리고 울기만 하던 내가 말을 하기 시작하면서 이 기록은 훌쩍 입체성을 띠게 되는데, 이때 특히 저자의 언어적 편집 감각이 돋보인다. 내가 어떤 것을 인지하기 시작했고 어떤 표현을 익히게 되었는지를 관찰하고 묶어서 발달의 단계를 정확하고도 흥미롭게 전달한다. 그것은 아마도 엄마가 평생 열정적인 독서가였다는 사실과 무관하지 않을 것이다. 엄마는 최근 노안 등을 이유로 "이제 책은 읽을 만큼 읽었어!"라며 더 이상 도서관에 가지 않겠다고 선언했다. 그래놓고도 "뭐가 좀 궁금해서 몇 권 또 빌려 왔어…"라며 내가 뭐라는 것도 아닌데 이상한 변명을 한다.

　가끔 내 블로그나 SNS에 엄마가 60~70대 커뮤니티에 쓴 글을 올리면 젊은 독자들의 반응이 쇄도했다. 이옥선 작가의 글은 문체가 현대적이고 리듬감이 좋다. 그리고 항상 참 재미있다. 육아일기와 함께 엄마의 에세이를 묶어내게 되어 오랜 독자로서 기쁘다. 엄마가 20년 동안 몰래 간직하고 내가 27년 동안 머리맡에 간직해온 나의 보물 1호가 이제 씨앗이 되어 세상으로 날아간다. 나는 왜 자꾸 눈물이 나는지 모르겠다.

김하나

둘.

인생이란 무엇인지 늙을수록 즐거워

———

하나.   귀여워, 귀여워

만 1세

1976~1977년

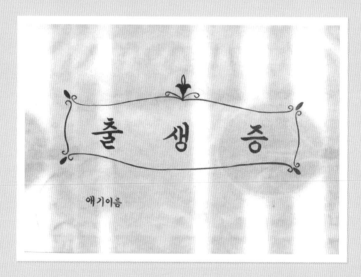

애기이름

1976년 12월 16일

　　새벽 2시 30분쯤 부터 심상치 않은 기척이 들어
잠을 못자고 신경을 쓰고 있었다. 비슷한 시각 부터 비가
오기 시작 했다. 날씨는 투른한 모양이다. 비가 멎었다.
아랫층 에서들 일어난 모양이었다. 내려가서 아마 오늘
해산을 할 모양이라고 말해 주고 목욕을 갔다 왔다.
10시쯤 명조산소 여러 산파가 왔다가 곧 입원 하라고 했다
조산원에 도착한 시간이 10시 30분쯤. 심한 진통이 왔다
신음을 하며 어머니를 보니 눈물을 훔치고 계셨다
어머니와 딸, 그리고 딸을 줏고 싶어 하는 나,
' 딸이구나 , 하는 어머니의 탄숨에 이제까지의 진통이
가시는것 같음 시원한 기쁨이 왔다.

　　　　×　　　　　　　×　　　　　　　×

하나야 !
아빠와 엄마는 벌써 부터 이름을 마련해놓고 너를 기다렸
단다.
엄마는 너를 늦게 가져서 12월 11일에 부산에서 전주 외갓집
으로 왔었단다. 아빠는 큰 고대를 보았었단다.
누나는 모두들 오빠를 닮았다고들 하는구나 앞으로 예뻐질거라고
모두 기대들을 하고 있단다.
저녁이 아빠로 부터 두고했다고 전화 달라는 전화가 왔었단다.
나야는 뒷꼭지가 너무 툭 튀어 나와서 아무리 바로 눕혀도
옆으로만 돌아 가는 구나.
아직은 너무나 조그맣고 눈을 꼭 감고 있지만 앞으로 틀림없이
똑고 아름답고 귀여운 엄마의 딸이 될것이라는걸 확신 한단다.

새벽 2시 30분쯤부터 심상치 않은 기색이 들어 잠을 못 자고 신경을 쓰고 있었다. 비슷한 시각부터 비가 오기 시작했다. 날씨는 푸근한 모양이다. 비가 멎었다. 아래층에서들 일어난 모양이었다. 내려와서 아마 오늘 해산을 할 모양이라고 말해놓고 목욕을 갔다 왔다.

10시쯤 맹조산소에서 산파가 왔다가 곧 입원하라고 했다. 조산원에 도착한 시간이 10시 30분쯤. 심한 진통이 왔다. 신음을 하며 어머니를 보니 눈물을 훔치고 계셨다. 어머니와 딸, 그리고 딸을 갖고 싶어 하는 나, "딸이구나" 하는 어머니의 말씀에 이제까지의 진통이 가시는 것만큼 시원한 기쁨이 왔다.

○

하나야!

아빠와 엄마는 벌써부터 이름을 마련해놓고 너를 기다렸단다. 엄마는 너를 낳기 위해서 12월 11일에 부산에서 진주 외갓집으로 왔단다. 아빠는 혼자 며칠을 보냈었단다. 나야는 모두들 오빠를 닮았다고들 하는구나. 앞으로 예뻐질 거라고 모두 기대들을 하고 있단다. 저녁에 아빠로부터 수고했다고 전해달라는 전화가 왔었단다. 나야는 뒤꼭지가 너무 톡 튀어나와서 아무리 바로 눕혀도 옆으로만 돌아가는구나.

아직은 너무나 조그맣고 눈을 꼭 감고 있지만 앞으로 틀림없이 밝고 아름답고 귀여운 엄마의 딸이 될 것이라는 걸 확신한단다.

우리 어머니 시대에는 산모한테 태기가 있으면 동네에서 가까운
곳에 거주하는 산파를 모셔 와서 출산하는 데 도움을 받았다(이것은
동생들이 태어날 때 내가 직접 경험한 일이다). 이후 조산소라는 곳이
생겨났는데, 아마 이런 산파역을 하는 분들 중에 조산원 자격증을
얻고 점차 발전한 곳이 아닐까 짐작된다.
친정어머니의 진두지휘로 그곳으로 가게 되었다. 아마도 그곳이
괜찮다는 정보를 입수하고 계셨을 것이다. 첫애 때도 마찬가지였는데
지금 사람들이 볼 때는 좀 무모하다는 생각도 들 것 같다.
산부인과에서 임신이라는 것만 확인받고 정기적으로 점검을 가는
건 좀 귀찮아서 잘 안 갔다. 그 조산원은 친정집에서 6~7분 정도의
거리에 있었는데, 출산이 임박했다고 판단되자 승용차를 보내와서
타고 간 기억이 난다. 그때는 자가용이 흔하지 않던 시절이다.
도심의 3층 건물로, 일반 산부인과 병원보다 시설도 좋았고 위용이
대단해 보였다. 지금 같은 산후조리원이 없던 시절에 이것을 약간
믹스한 역할을 한 것 같은데, 퇴원하고 난 뒤에도 파견 나온 분이
아기 목욕을 도와주고 젖을 물리는 방법이나 그 외에도 여러 필요한
일을 도와주었던 기억이 난다. 그 뒤 어느 시점부터 이런 곳들이 점차
없어진 것 같다.

이
옥
선

"아빠와 엄마는 벌써부터 이름을 마련해놓고 너를 기다렸단다."
나의 책 『힘 빼기의 기술』 제일 첫 글에 '국어 경찰 아버지'로 등장하는
나의 아빠는 시인이자 고등학교 국어 선생님이었다.
아빠는 첫아이인 오빠 이름을 음성학적으로 지었다고 한다.
'김'이 닫히는 발음이니 뒤는 '아'나 '하'처럼 크게 열리는 음이 오고
그다음은 절반쯤 닫히는 음이 되면 좋겠다고 생각해서 오빠 이름은
'하영'이 되었다. 둘째가 생기자 아빠는 꼭 딸이기를 바랐기 때문에
내 이름을 미리 지어두었는데 아들일 경우의 이름은 생각도
안 했다고 한다. 오빠와의 통일성을 위해 '하'를 돌림자처럼 썼고
음성학이고 뭐고 간에 예쁜 우리말이라서 내 이름은 '하나'로 결정.
1년쯤 뒤 국가의 자랑이었던 차범근 선수가 첫딸의 이름을 '차하나'로
지었다고 알려지자 아빠는 자신이 먼저 지은 이름이라며 으스댔다.
훗날에도 아빠는 내 이름 얘기가 나오면 꼭 "차범근이가 낼로 따라
했다 아이가!(차범근 선수는 아빠를 전혀 모른다) 하나야! 아빠가
니 이름을 더 먼저 지었데이"라고 본인이 앞섰음을 강조했다.
김하나와 차하나는 당시로서는 매우 특이한 이름이었지만 지금은
그렇지 않다. 요즘에는 순우리말 이름이 많으나 당시에는 한자를
필요로 하는 경우가 잦아 내게는 '荷娜'라는 다소 어려운 한자 이름도
있다. 내가 태어나자 외삼촌이 부산에 있던 아빠에게 전화를 걸어
딸이라는 뜻으로 "매형! '하나' 낳았어요!"라고 소식을 전했는데,
아빠는 그새 내 이름 지어뒀던 걸 깜빡 잊고 '응? 쌍둥이가 아니라
하나만 낳았다는 뜻인가?' 하고 잠시 혼란스러웠다고 한다.

김
하
나

12월 29일.

하나가 태어난지 그주일이 됐다.   아빠 혼자 지내기가 곤란 했기
때문에 아직 여행하기 에는 무리 였지만 부산으로   왔다
큰이모랑 외삼촌이 같이 보호자로 오고 학교 일이 바빠서
아침 일찍 부산으로 왔던 아빠가 마중은 나왔다.

하나는 아마 여행을 가장 빨리 시작한 아이 일꺼야.

아파트에 와서 정리하고 자리를 잡게 될려면 시간이 꽤 많이
걸릴것 같다.   온돌 방이 아니기 때문에 전기장판을 사용 하여
난방을 했다.

하나는 성격이 급한가봐   젖을 먹을려고 할때는 쭉 몸을 들려
대며 빨리 먹을려고 좋아 들고   조금만 실수하면 막 울어서
안아 줘야 한단다.

오빠는 아주 순했는데   하나는 영악 스럽고 다른 아이구나.
젖이 오라나서   하루에 한번 정도씩 우유는 먹이는데
그 때문인지 오산을 계속 하는구나.

가능한물 먹이고 있지만   여전 해서 걱정이다.

하나가 태어난 지 2주일이 됐다. 아빠 혼자 지내기가 곤란했기 때문에 아직 여행하기에는 무리였지만 부산으로 왔다. 큰이모랑 외삼촌이 같이 보호자로 왔고 학교 일이 바빠서 아침 일찍 부산으로 왔던 아빠가 마중을 나왔다.

하나는 아마 여행을 가장 빨리 시작한 아이일 거야. 아파트에 와서 정리하고 자리를 잡게 되려면 시간이 꽤 필요할 것 같다. 온돌방이 아니기 때문에 전기장판을 사용하여 난방을 했다.

하나는 성격이 급한가 봐. 젖을 먹으려고 할 때는 막 입을 돌려대며 빨리 먹으려고 덤벼들고 조금만 심심하면 막 울어서 안아줘야 한단다.

오빠는 아주 순했는데 하나는 영악스럽다고 다들 야단이구나. 젖이 모자라서 하루에 한 번 정도씩 우유를 먹이는데 그 때문인지 설사를 계속하는구나.

기응환을 먹이고 있지만 여전해서 걱정이다.

이때의 아파트는 부산에서는 정말 초창기에 지어진 것이기 때문에
라디에이터가 설치되어 있었고 바닥 난방이 없었다. 그래서 침대
생활을 했는데 산모이기 때문에 전기장판을 사용해야 했다.

이 옥 선

두 살 아기와 2주 된 아기가 있는 산모가 온돌 난방도 없는 곳에서
전기장판으로 12월을 났다니, 지금으로서는 상상하기 힘든 일이다.
나중에는 그마저 전기세가 많이 나와 줄여야겠다는 부분이 나온다.

김 하 나

"여행을 가장 빨리 시작한 아이"

지금 생각하면 남편이 혼자 지내는 것이 무에 그리 안타까워서 그 회복도 되지 못한 몸으로 부산으로 왔을까 싶어 실소를 한다. 하나 낳아서 부산 올 때 이모와 외삼촌이 같이 왔다고 하는데 누가 같이 왔었는지 기억이 안 난다. 친정집 카톡방에 질문을 했는데 이모 셋이서 다 기억이 없다고 한다. 그래서 다 같이 '그때 나는 대학 4학년이었네' '나는 교사 생활을 하고 있었네' 하며 1977년의 1월을 추적해봤는데, 이게 45년 전의 일이다 보니 다들 아무도 확신하지 못했다. 그러다가 일기를 다시 읽어보니 큰이모라고 적혀 있더라(셋 다 혐의가 가는 것이 마침 이때가 방학 때고 셋은 학생이나 교사였기 때문이다). 이러니 일기를 쓸 필요가 있는 거고, 이왕 쓰려면 구체적으로 써야겠다는 생각이 든다.

이옥선

1977년 1월 6일.
오늘로 22일째가 된다. 세이레를 지난다.
아직 설사를 하고 선생이 황달이 계속 중이다.
그런데 배꼽에서 피같은 것이 자꾸 흘러나와서 걱정이나 ~~연고를~~
바르기도 하고 후두옥트 연고를 바르기도 하지만 기저귀가 깊은
만큼 되면 조금씩 북은리이 흘러 나온다. 붙다는 중에는
보이지 않지만 안심 할수는 없을것 같다. 배꼽을 너무 짧게 졸라서
그런게 아닌가 싶다.
그동안 운면 안아주고 하다가 오늘은 그냥 울게 방치해
두었더니 한참 울다가 흐려 잠이든 모양이다.
앞으로는 안아주는 것은 듣지 말아야겠다.

1월 15일. (1개월)
거의 한달이 되었다. 하루에 한번 정도씩 매일 분유를 먹어 기
저귀인지 계속 설사를 한다. 그러나 제법 살이 오동통
하게 올라서 양쪽 가직붙이 나왔기 때문에 별명이
미스 금복주 란다.
아침부터 저녁 까지는 잘 자다가 한밤중만 되면 울고 앙살을
부려서 엄마랑 이모가 잠을 설치고 범썩을 떤적이 한두번이
아니란다. 걱정했던 배꼽도 다잘 아물었고 선생아 황달도
이젠 끝났는지 다부석이 제빛으로 돌아온것 같다.
밝고 어두운것을 구별해서 갑자기 밝은 켜면 눈을 찌푸리는구나
하더니 하나는 성질이 유순 줄것 줄건 안구나.

거의 한 달이 되었다. 하루에 한 번 정도씩 매일 분유를 먹이기 때문인지 계속 설사를 한다. 그러나 제법 살이 오동통하게 올라서 양쪽 가지볼이 나왔기 때문에 별명이 미스 금복주란다.

아침부터 저녁까지는 잘 자다가 한밤중만 되면 울고 앙살을 부려서 엄마랑 이모가 잠을 설치고 법석을 떤 적이 한두 번이 아니란다. 걱정했던 배꼽은 다 잘 아물었고 신생아 황달도 이젠 끝났는지 피부색이 제 빛으로 돌아온 것 같다.

밝고 어두운 것을 구별해서 갑자기 불을 켜면 눈을 찌푸리는구나. 하여간 하나는 성질이 유순할 것 같진 않구나.

나는 지금도 우유를 마시면 배가 아프고 설사를 한다. 어릴 적에도 크게 다르지 않았을 텐데, 엄마는 당시 체중이 40킬로그램 언저리밖에 되지 않았고 젖도 충분치가 않은데 내가 분유를 자꾸만 거부해서 힘들었다고 종종 말했다. 오빠는 분유도 순하게 잘 먹는데 나는 분유를 물려주면 맛없다는 표정을 지으며 "다 뱉아내곤" 했다고. 크면서 보니 오빠는 우유와 치즈를 좋아하는 사람이었고 나는 그렇지 않았다. 나중에 자라서 세상에는 '슬라이스 치즈'라는 대단한 음식이 있음을 알게 된 오빠가 지었던 감격스런 표정과, 잔뜩 기대한 채 그것을 한 입 먹고는 곤혹스러워 울고 싶었던 내 심경이 기억난다. 엄마, 내가 그때 괴롭히려고 그런 게 아니라 나는 분유 체질이 아니었다고요.

김하나

3월 5일.

3월 답지 않게 날씨가 너무 차다 관상대에서는 예년이 없는 추위
라면서 계속 떠들어 대고 있구나. 그바람에 하나가 외출 못해
병원 길 못갔기 때문에 B.C.G 예방접종이 늦어 걱정이다
한달 안에 실시해야 하는데 여지껏 못했단다. 날씨가 풀리면
곧 데리고 내려가야 겠다.

요즈음 보면 볼수록 커간다, 울때도. 잠잘 때도 불큰 웃거나
세실을 할때도 많이다.

대변은 정상이며 2·3 오의 관번씩 한다.

오빠야 한테 가끔 얻어 맞기도 하지만 예쁘다 해줄때도
있단다.

하나 때문에 전기 장판을 한달 내내 사용 헐때 전기 용량이
2131KS, 1천원 좀 넘게 전기세가 나왔구나 절전을 해야
겠단다.

옆집 306호에도 하나 하고 꼭 같은 날 태어난 써내 아이가 있는데
그에와 비교해보니 우리 하나는 참 점잖은 편이야 별로 안아 달라고
도 않고 잘자고 또 어떨땐 혼자 누워서 잘 놀기도 한단다.

엄마가 글씨가 참 나빠지? 그래서 이 plus pen를 사용
하는데 이글을 한 20년쯤 후에 하나가 읽을걸 생각해
그때는 글씨가 흐려질것 같아 pen을 바꿔 야야 겠구나
다음 후면 만년필이나 나는 영구 보존 할수있는 걸로 해야
겠다.

3월답지 않게 날씨가 너무 차다. 관상대에서는 예년에 없는 추위라면서 계속 떠들어대고 있구나. 그 바람에 하나가 외출을 못해 병원엘 못 갔기 때문에 B.C.G 예방접종이 늦어 걱정이다. 한 달 안에 실시해야 하는데 여지껏 못 했단다. 날씨가 풀리면 곧 데리고 내려가야겠다.

요즈음 보면 볼수록 귀엽다. 울 때도, 잠잘 때도, 물론 웃거나 세실을 할 때도 말이다.

대변은 정상이며 2~3일에 한 번씩 한다.

오빠야한테 가끔 얻어맞기도 하지만 예쁘다 해줄 때도 있단다. 하나 때문에 전기장판을 한 달 내내 사용했더니 전기 용량이 213K, 7천 원 좀 넘게 전기세가 나왔구나. 절전을 해야겠단다. 옆집 306호에도 하나하고 꼭 같은 날 태어난 사내아이가 있는데 그 애와 비교해보니 우리 하나는 참 점잖은 편이야. 별로 안 아달라고도 않고 잘 자고 또 어떨 땐 혼자 누워서 잘 놀기도 한단다. 엄마가 글씨가 참 나쁘지? 그래서 이 plus pen을 사용하는데 이 글을 한 20년쯤 후에 하나가 읽을 걸 생각하니 그때는 글씨가 흐려질 것 같아 pen을 바꾸어야겠구나. 다음부턴 만년필이나 다른 영구 보존할 수 있는 걸로 해야겠다.

나는 성격이 급한지 볼펜으로 글을 쓰면 자꾸 흘려 써지고,
빨리 쓰다 보면 맞춤법도 틀리고, 내가 봐도 뭐라고 쓴 건지 모를
때가 많았다. 그런데 우연히 플러스펜으로 글을 쓰니까 미끄러지듯
흘려 써지지가 않고 그나마 좀 천천히 쓸 수 있었다. 그래서 계속
플러스펜으로 썼는데, 문득 이 글이 20~30년 뒤에나 읽힐 건데 그때
플러스펜이 탈색이 되면 어쩌지 싶은 생각이 들었다.
볼펜으로 바꾸고 났더니 역시나 글씨는 더 안 좋아지고, 시간이
지나니까 볼펜 글씨가 보존력이 더 안 좋아. 쯔

이
옥
선

3월 30일.

25일이 백일이 된다. 백일이라곤 하지만 아무것도 하지 않고 지났다
엽찰 306호에서는 같은 애기 백일이지만 잔치를 하고 떡 등을 보내오기도
했다. 백일이라 잔치를 해봐야 하나 에게는 아무 영향도 없을 뿐만
아니라 자칫하면 하나를 못살려주는 결과가 되기 때문에 모든 것을 생략
하고 사진만 찍어주기로 아빠랑 약속을 하고 그날 아빠가
늦게 퇴근을 해와서 같이 사진을 찍으러 가려 했는데 못하고 말았다
이유는 하나가 자라면 아빠에게 직접 물어봐라.
다음 휴일 때쯤 사진을 찍으러 갈 예정이란다.
우유를 먹이려고 해 봤더니 그것을 막 돌려대면서 안먹을려고
해서 못먹이고 말았다.
오조음 엄마는 하나야 때문에 잠깐도 집을 비울수가 없어서
아빠가 집에 온을 때 가게에 갔다 안 정도로 답답한
생활을 하고 있어라 그런지 하나야랑 은뺄가 말면 잘안드거나
애를 먹이거나 하면 신경질은 내게 되고 해서 마음이 편로 안구나.
하나는 방바닥에다 얹어 좋으면 혼으려둔 그것을 빳빳하게
들고 쥐어뜯는 습력 받구나

25일이 백날이었다. 백날이라곤 하지만 아무것도 하지 않고 지나갔다. 옆집 306호에서는 같은 애기 백날이지만 잔치를 하고 떡 등을 보내오기도 했다. 백날이라고 잔치를 해봐야 하나에게는 아무 영향도 없을 뿐만 아니라 자칫하면 하나를 못 돌봐주는 결과가 되기 때문에 모든 것을 생략하고 사진만 찍어주기로 아빠랑 약속을 하고 그날 아빠가 일찍 퇴근을 해 와서 같이 사진을 찍으러 가기로 했는데 못 하고 말았단다. 이유는 하나가 자라면 아빠에게 직접 물어봐라.

다음 휴일 때쯤 사진을 찍으러 갈 예정이란다.

우유를 먹이려고 해봤더니 고개를 막 돌려대면서 안 먹으려고 해서 못 먹이고 말았다.

요즈음 엄마는 하나야 때문에 잠깐도 집을 비울 수가 없어서 아빠가 집에 있을 때 가게에 갔다 오는 정도로 답답한 생활을 하고 있어서 그런지 하나야랑 오빠가 말을 잘 안 듣거나 애를 먹이거나 하면 신경질을 내게 되고 해서 마음이 편칠 않구나. 하나를 방바닥에다 엎어놓으면 참 오랫동안 고개를 빳빳하게 들고 주위를 살펴보는구나.

남편은 부산 태종대에서 나서 자랐고 그곳에서 국민학교를 나와
부산중, 부산고, 부산대학교, 부산대 대학원을 다녔기 때문에
아는 사람 사이에서는 '4B 연필'이라고 불렀다. 본인이 술을
좋아하기도 하지만 워낙에 이런저런 모임이나 만나야 할 사람들이
많은 환경이라 집에 들어오는 시간이 항상 늦었는데, 그 당시는
12시 통금이 있어서 자정 안에는 집에 와야 했으니 그나마
다행(?)이었다고나 할까. 이날도 마찬가지로 한밤중에 만취한
상태로 집에 왔겠지. 두 살짜리 큰애와 백일인 딸을 데리고 혼자서
어찌할 수가 없어서 부부 싸움만 대판 하고 그냥 지나갔겠지.

이
옥
선

이날 아빠가 '술이 떡이 돼서' 들어왔다고 한다. 휴대폰도 없던
시절이라 엄마가 '으이그~ 애 백일 날까지' 이러면서 기다리다 얼마나
속을 썩였을지. 아빠는 평생 가족들에게 욕먹을 짓을 참 많이도 했다.
"다음 휴일 때쯤"에도 사진을 못 찍었는지 내게는 백일 사진이 없다.
다음 휴일에도 아빠는 밖에 나가 거나하게 술을 마시고 있었던 게
아닐까? 아빠는 충분히 그러고도 남았을 분이다….

김
하
나

5월 13일. (5개월)

보행기를 사서 사용한지가 그주일 정도 되는구나.
사실 지금쯤 능히 혼자서 운디를만도 한데 보행기에
자주 앉혀 놓고 있으니까 별 엎드려 볼려고 해보질 않는 모양이야.
그런데 하나야! 언제부턴가 하나야가 침을 너무 많이 흘리기
때문에 턱받침을 해두어도 앞이 옷이 다 젖어 버려서
하루에도 옷을 몇번씩 갈아 입혀야 한단다.
누가 그러는데 애기가 침을 흘리는건 소화력이 양성하기
때문이란다. 그래도 이건 정도가 좀 지나친것 같구나.
요즈음은 제법 사람을 알아 보는 눈친데 보행기에 앉아서
엄마가 왔다 갔다 할때마다 그녀가 엄마를 따라 움직이는
구나. 며칠 전부터 설사를 하더 애먹었다. 못했다
설사가 며칠 계속 되길래 오빠야 먹고 남았던 약인 후라베린Q
를 몇번 먹였더니 오늘은 정상 변으로 돌아 왔구나.
낮잠은 전보다 많이 자진 않지만 저녁이는 8시30분쯤 되면
잘때가 있고 어떤땐 9시가 넘어서 자기도 한단다.
그리고 잠 들려고 하는 무렵인 원인지 머리는 막 돌려 대기
때눈기 요즈음 뒷 쪽의 머리가락이 다 빠지고 맨들맨들
한단다.
속눈썹도 제법 길어지고 아직도 금속주 이긴 하리만 훨씬
예뻐지고 귀여워 졌단다.

보행기를 사서 사용한 지가 2주일 정도 되는구나.

사실 지금쯤 능히 혼자서 엎드릴 만도 한데 보행기에 자주 앉혀 놓고 있으니까 별 엎드려보려고 해보질 않는 모양이야. 그런데 하나야! 언제부턴가 하나야가 침을 너무 많이 흘리기 때문에 턱받침을 해두어도 앞에 옷이 다 젖어버려서 하루에도 옷을 몇 번씩 갈아입어야 한단다.

누가 그러는데 애기가 침을 흘리는 건 소화력이 왕성하기 때문이란다. 그래도 이건 정도가 좀 지나친 것 같구나.

요즈음은 제법 사람을 알아보는 눈친데 보행기에 앉아서 엄마가 왔다 갔다 할 때마다 고개가 엄마를 따라 움직이는구나. 며칠 전부터 설사를 해서 이유식을 못 했다.

설사가 며칠 계속되길래 오빠야 먹고 남았던 약인 후라베린Q를 몇 번 먹였더니 오늘은 정상변으로 돌아왔구나.

낮잠은 전보다 많이 자진 않지만 저녁에는 8시 30분쯤 되면 잘 때가 많고 어떤 땐 9시가 넘어서 자기도 한단다. 그리고 잠들려고 하는 무렵엔 웬일인지 머리를 막 돌려대기 때문에 요즈음 뒤꼭지 머리카락이 다 빠지고 맨들맨들하단다.

속눈썹도 제법 길어지고 아직도 금복주이긴 하지만 많이 예뻐지고 귀여워졌단다.

침을 많이 흘리는 것이 소화력이 왕성해서가 아니라, 나중에 의사 이
옥
선
말로는 침 삼키는 습관이 안 들어서 많이 흘리는 거라고.

♥
└→ 아니에요. 30대 때 치과에 가서 난이도가 높아 시간이
   아주 오래 걸리는 치료를 받은 적이 있는데 나이 지긋한
   의사 선생님이 "아유~ 이 아가씨 침이 왜 이렇게 많이
   나와"라고 지친 목소리로 읊조리는 걸 들었어요….
   지금도 침 삼키는 습관이 안 들었을 리는 없잖아.
   나는 그냥 침이 많은 사람입니다. 늘 소화력은 좋지 않았고요. 김
   왜 여기서 이런 걸 밝히고 있는지 모르겠지만.   하
                                                       나

"아직도 금복주이긴 하지만"

금복주는 1970~1980년대에 유명했던 대구 경북의 지역 소주인데
전국 시장에도 진출했었다. 술통 위에 가부좌를 틀고 앉아 흡족하게
웃는 영감이 그려져 있었는데 머리카락은 이마 가운데만 조금
나 있고 양 볼은 대단히 불룩했다. 내 어릴 적 사진을 보면
그 유사성을 차마 부인할 수가 없다. 지금 찾아보니 금복주는 창사
이래 60년간 결혼하는 여성에게만 퇴사를 강요하는 성차별적 관행을
일삼다가 2020년에 인권위로부터 시정 권고를 받았다는 기사가
나온다. 한때 내가 쏙 빼닮았던 금복주여, 나를 부끄럽게 하지 마라.

김
하
나

5월 26일
16일부터 일주일 동안 진주 외갓집에 가서 있다가 왔다.
갈때는 외할머니랑 같이 가서 올때는 아빠랑 같이 왔단다.
외할머니 너할아버지가 하나야가 못난이라고 놀려주는구나
엄마가 보기론 그렇게 못난이가 아니고 오히려 귀엽고 예쁘게
보이는데 너할머니는 하나야를 보고 "못개야", 하고 부르고
너할아버지께서도 진짜로 못났다오 " 참 못난아 " 하고 부르신다
앞이가도 튀어나오고 횟것짓도 추어어나왔다   남라해 줄다고
하지만   그래도 엄마가 보기엔 런럽란다.
하나 혼자서 안전히 없드린게 14일쯤 인께야   아빠보다고 한 2주일
가량 늦은것 같다.
여전히 침을 많이 흘려서   곤란할지갱.
젖병을 싫어 하기 때문에   젖떼기 다른것을 먹일려면 곧 손가락으
떠 먹여야 하오   그렇기 때문에   시거도 많이 쓰고 옷을 자주 버리게
되어 엄마가 애를 먹는다.
요새는 흔히 이상한 소리를 잘지르고   잔손거리도 많이 하는구나.

16일부터 일주일 동안 진주 외갓집에 가서 있다가 왔다.

갈 때는 외할머니랑 같이 가서 올 때는 아빠와 같이 왔단다. 외할머니 외할아버지가 하나야가 못난이라고 놀려주는구나. 엄마가 보기론 그렇게 못난이가 아니고 오히려 귀엽고 예쁘게 보이는데 외할머니는 하나야를 보고 "모개야" 하고 부르고 외할아버지께서는 진짜로 못났다고 "참못난아" 하고 부르신단다. 앞이마도 튀어나오고 뒤꼭지도 툭 튀어나왔다고 남자애 같다고도 하시지만 그래도 엄마가 보기엔 괜찮단다.

하나 혼자서 완전히 엎드린 건 14일쯤일 거야. 오빠보다도 한 2주일가량 늦은 것 같다.

여전히 침을 많이 흘려서 곤란할 지경.

젖병을 싫어하기 때문에 젖 외에 다른 것을 먹이려면 꼭 숟가락으로 떠먹여야 하고 그렇기 때문에 시간도 많이 걸리고 옷을 자주 버리게 되어 엄마가 애를 먹는다. 요새는 혼자서 이상한 소리를 잘 지르고 잔소리도 많이 하는구나.

"모개야"

'모개'는 진주 사투리로 '모과'를 일컫는 말이다. 여기서 모개는
못생긴 과일의 대표 격으로 쓰였다. 금복주에 이어 모개…. 반면
오빠는 어릴 적 내내 매우 깜찍하고 예뻐서 우리 남매의 대조를
사뭇 흥미롭게 했다. 나는 앞통수 뒤통수가 매우 튀어나와
앞뒤짱구로 불렸다. 엄마는 내 뒤통수에 간장 종지가 하나 붙은
것 같았으며 바닥에 반듯이 눕혀두면 뒤통수가 너무 나와 고개가
가만있지 못하고 자꾸만 이쪽저쪽으로 넘어가곤 했다고 했다.
그건 지금도 마찬가지여서 나는 얼굴은 크지 않은 편이지만 다른
사람들에 비해 모자 사이즈가 꽤나 크다.

김
하
나

"엄마가 보기론 그렇게 못난이가 아니고
오히려 귀엽고 예쁘게 보이는데."

사실 이 글을 쓰는 지금은 엄마와 사이가 썩 좋지 않은 때다. 엄마와
나는 대화가 잘 통하고 대부분 사이가 좋은 편이지만 가끔 서로
가치관이 크게 부딪힐 때가 있다. 조금 꿍한 마음으로 코멘트를
쓰다가도 자꾸만 반복되는 "엄마가 보기론 오히려 귀엽고" 같은
문장을 마주칠 때면 마음이 몽글해진다. 엄마는 금복주에 모개에 침을
줄줄 흘리는 나를 이런 눈으로 봐줬던 사람이다.

1948년생인 엄마는 이때 겨우 서른 무렵인데 벌써 애 둘의 엄마이고,
남편은 나돌아다니는 술쟁이여서 독박육아를 하면서도 노트를 펴고
엎드려서 플러스펜을 꺼내 내가 귀엽다고 한 자 한 자 쓰고 있다.
그렇게 쓰인 글자가 내 눈앞에 있다. 45년이 지나 누렇게 바랜 종이
위에. 꿍했던 나의 마음은 너무 작은 것이 되어 어느새 형체도 없이
녹아버린다. 이 일기는 매번 이런 식으로 작용한다. 놀라울 정도로
힘이 세다. 서른 무렵의 엄마는 이제 40대 중반이 된 나보다 훨씬 크다.

김
하
나

7월 5일
며칠전 부터 무의식적 받음 이긴 하지만 "엄마 엄마" 라는 소리를 한다
앞이 좀 빠르려나 하고 기대해본다.
이젠 제법 오래 앉아서 장난감을 갖고 논다. 가끔 뒤로 꽝 넘어져
뒷꼭지를 심하게 쟁기도 하여 엄마 맘을 아프게 할때도 있지.
물론 하나야는 동네가 시끄럽게 울어젖히고 말이야.
보행기에 앉아서 하나가 가고 싶은데로 좌추 자러로 대면
특히 출입구 쪽을 좋아하여 열심히 그쪽으로 간다.
하나가 좀 자라서 그런지 요즘은 엄마 옷이 항상 보라라는것
같다. 그래게 우유를 먹여 보았더니 좋아 하곤 받는구나.
점차 이유식을 해야 할텐데 설사를 할까봐 선뜻 시작 되질
않는구나.

며칠 전부터 무의식적 발음이긴 하지만 "엄마 엄마"라는 소리를
한다. 말이 좀 빠르려나 하고 기대해본다.

이젠 제법 오래 앉아서 장난감을 갖고 논다. 가끔 뒤로 꽝 넘어
져서 뒤꼭지를 심하게 찧기도 해서 엄마 맘을 아프게 할 때도
있지. 물론 하나야는 동네가 시끄럽게 울어젖히고 말이야.

보행기에 앉아서 하나가 가고 싶은 데로 자유자재로 다닌다. 특
히 출입구 쪽을 좋아해서 열심히 그쪽으로 간다.

하나가 좀 자라서 그런지 요즈음 엄마 젖이 항상 모자라는 것 같
다. 그저께 우유를 먹여보았더니 좋아하질 않는구나. 점차 이유
식을 해야 할 텐데 설사를 할까 봐 선뜻 시작되질 않는구나.

"엄마, 엄마" 하는 것이 내가 엄마니까 그렇게 들린 거지
실제로 아이가 엄마를 부른 것은 아닌 것 같아~

이
옥
선

요즘 스마트폰 앱으로 스페인어를 다시 공부하고 있는데 엄마는 '마마' 아빠는 '빠빠'인 게 새삼 신기하다. 동거인(황선우 작가)은 같은 앱으로 중국어 공부를 시작했는데 중국어로도 엄마는 '마마' 아빠는 '빠바'라고 한다. 영어로도 엄마는 '마마' 아빠는 '파파'. 아이들이 발음하기 쉬운 음절이라서 세계적으로 비슷한 것일 테고 아이가 어릴 적 가장 가까이 있는 사람들이 보통은 엄마 아빠일 테니 그렇게 된 거겠지. 어린 내가 아무 생각 없이 입을 빵긋거리며 비로소 음절 구분을 시작할 무렵 어른들은 저마다 듣고 싶은 말을 들으려 귀를 쫑긋거리지 않았을까.

김하나

7월 23일 (7개월 일주일)

오빠야 먹는 과자를 조금씩 얻어 먹으 국아하길래 며칠동안
조금씩 주고 밥알도 몇 벌씩 먹으 하는게 신기하더니 몇번 주었더니
그게 안좋았던지 근 그주일 동안을 설사를 하는 바람에
혼이 났었다. 처음 며칠 동안은 별대수롭지 않게 생각 했었더니
아기들이 가끔씩 설사를 잘한다고. 하지만 점차 변이
안좋아서 푸른 변에다 침이 끼기 시작 하는구나. 그동안
쿠라비온a. 루사시럽. 레오징 시럽 등 여러 지사제 들을
먹여 보기도 했지만 점차 심해지기만 하여 리번 1길인
서울 다녔다고 같였다. 진단결과 상환건 아니지만 「장이
좀 나빠졌다는구나 원인은 과자 같은걸 먹여서 그렇다는구나.
주사 맞고 약 2일어의 하루먹고 나니 좀 덜한것 같긴 하지만
여전히 묽은 변을 하여 약 방미여 다시 로페라민 시럽 이라는것
사다 먹으 났더니 어제 오후 부터는 멎었것 같다.
이번처럼 그렇게 심하게 설사 했었건 처음 인것 같애,
그렇게 고생을 하면서도 하는 여전히 잘놀고 잘 먹고
보채지도 않는구나.

아직도 가끔 엎어지긴 하지만 잘 앉아 있다. 기어다닐만한
시기가 되었는데 아직 기지도 못고 버둥이도 않는구나
그냥 앉혔다 바로 눕혔다 하며 손방만은 뱅뱅 돌아다니고
신문. 휴지. 등 종이 종류를 구겨여 입으로 가려 가기 바쁘고
빼어먼 울고 오빠가 먹겨 과즈을 잡아 댕겼다고 빼어 먹으
울고. 베드도면 울고. 기워지고 첫웃면 울고 잠이오면
제일 크게 운다.
벌써 부터 밖으로 나가는걸 좋아 한다. 엄으 밖으로 나가
면 좋다고 기운을 지르고 야단이다.

오빠야 먹는 과자를 조금씩 얻어먹고 좋아하길래 며칠 동안 조금씩 주고 밥알도 몇 알씩 먹고 하는 게 신기해서 몇 번 주었더니 그게 안 좋았던지 근 2주일 동안을 설사를 하는 바람에 혼이 났단다. 처음 며칠 동안은 별 대수롭지 않게 생각했단다. 아기들이 가끔씩 설사를 잘하니까. 하지만 점차 변이 안 좋아서 푸른 변에다 곱이 끼기 시작하는구나. 그동안 후라베린Q, 루나시럽, 레오진시럽 등 여러 지사제들을 먹여보기도 했지만 점차 심해지기만 해서 저번 19일엔 서울 소앗과엘 갔었다. 진단 결과 심한 건 아니지만 '장'이 좀 나빠졌다는구나. 원인은 과자 같은 걸 먹여서 그렇다는구나. 주사 맞고 약 지어서 하루 먹고 나니 좀 덜한 것 같긴 하지만 여전히 설사를 해서 약방에서 다시 로페린시럽이라는 걸 사다 먹고 났더니 어제 오후부터는 멎은 것 같다.

이번처럼 그렇게 심하게 설사하는 건 처음인 것 같애. 그렇게 고생을 하면서도 하나는 여전히 잘 놀고 잘 먹고 보채지도 않는구나. 아직도 가끔 넘어지긴 하지만 잘 앉아 있다. 기어 다닐 만한 시기가 되었는데도 아직 기지도 않고 배밀이도 않는구나. 그냥 엎쳤다 바로 누웠다 하며 온 방 안을 뱅뱅 돌아다니고 신문, 휴지 등 종이 종류를 구겨서 입으로 가져가기 바쁘고 뺏으면 울고 오빠야 머리카락을 잡아댕겼다가 얻어맞고 울고, 배고프면 울고, 기저귀가 젖으면 또 울고, 잠이 오면 제일 크게 운다.

벌써부터 밖으로 나가는 걸 좋아한다. 업고 바깥으로 나가면 좋다고 기성을 지르고 야단이다.

이때는 의약분업이 시행되기 전이라 크게 탈이 난 것 같지 않으면
동네 약국에서 약사와 상담하여 약을 사다 먹이는 게 일상적이었다.
어쩌다 병원에 가게 되면 의료수가가 너무 비싸고 해서 병원에 쉽게
갈 수가 없는 시절이었다.

8월 22일

하루 종일 "아빠, "아빠, 하며 논다. 거의 무의식적인 발음
이긴 하지만 아주 똑똑하다. 엄마라는 발음은 제일 먼저하고
곧 얼마 지나지 않아서 아빠 라는 말을 했다.
어떤땐 "없다, "앗 따, 등의 발음을 하기도 한다.
무슨 것을 하든지 키며기만 하다. 아빠는 하나를 안고 "못나도 나는
좋아, 하며 키며 하신다.
얹히 폭리 인데다 머리카락이 태어날때다 거의 같이 자라질 않아서
꼭 사내애 같다. 오는 사람들은 장발인 으빠는 여자애 인줄알고
하나는 남자애 인줄로 생각한다.
웃기가 하나더 날를 웃었는데 안난다 한쪽으로 흐렁스나 자았는데.
그러우 이상한 꼴을 하고 웃다.
으빠도 자들때 순했지만 하나도 못지 못게 순하고 얌전해서
몰는수간 모두가 애기들이 순해우 얼마가 편하겠다고
하나야는 칭찬 한단다. 혼자서도 잘놀고 엇앉도 으려 가고
쉽게 잠들고 잘울지 않고, 키며지 않은 아이가 없구나.
지금 얼마 옆에우 잔들어 있지만 불룩한 볼이 너무 예뻐서
뽀뽀를 해준다.

하루 종일 "아빠 아빠" 하며 논다. 거의 무의식적인 발음이긴 하지만 아주 똑똑하다. 엄마라는 발음을 제일 먼저 하고 곧 얼마 지나지 않아서 아빠라는 말을 했다.

어떤 땐 "없다" "앗따" 등의 발음을 하기도 한다.

무슨 짓을 하든지 귀엽기만 하다. 아빠는 하나를 안고 "못나도 나는 좋아" 하며 귀여워하신다.

앞뒤꼭지인 데다 머리카락이 태어날 때와 거의 같이 자라질 않아서 꼭 사내애 같다. 모르는 사람들은 장발인 오빠는 여자애인 줄 알고 하나는 남자애인 줄로 생각한다.

윗니가 하나 더 날 줄 알았는데 안 난다. 한쪽은 3분의 1 정도나 자랐는데. 그래서 이상한 꼴을 하고 있다.

오빠도 자랄 때 순했지만 하나도 못지않게 순하고 얌전해서 보는 사람 모두가 애기들이 순해서 엄마가 편하겠다고 하나야를 칭찬한단다. 혼자서도 잘 놀고 낮잠도 오래 자고 쉽게 잠들고 잘 울지 않고, 귀엽지 않을 이유가 없구나. 지금 엄마 옆에서 잠들어 있지만 볼록한 볼이 너무 예뻐서 뽀뽀를 해준다.

지금도 그렇지만 '헤어빨'이 없으면 인물이 안 난다.

이
옥
선

우리 엄마는 너무 정직해서 탈이다. 내가 방송에 나오거나
어디 실린 인터뷰 사진을 엄마에게 보내면 '니 눈 부었네'
'머리가 웃기다' '눈썹이 진해서 어색함' 등등의 답이 온다.
그냥 칭찬거리를 좀 찾아서 얘기해주면 안 되는지. 서운할
때도 있었지만 이제는 그러려니 한다. 그러나 이 책에서까지
이런 대쪽 같은 정직함을 마주하게 될 줄은 몰랐다….

김
하
나

9월 20일. (9개월)

삶은밤을 꼭꼭 썰어서 먹였더니 잘먹는다, 밤덕분인지 변이 좋아
졌다. 하나야는 뭐든지 잘 먹는다. 밥. 생선. 국. 과일. 과자
엄마가 안주어서 못먹지 주는건 뭐든지 먹는데 안주는것도 먹는다
예를들면 방바닥에 떨어진 밤껍질. 종이조각. 머리카락. 걸레먹는
쪽은 식성이 (먹을때는 몰랐는데 대변으로 나와서 알았다) 등
안먹는게 없다. 그래서 방 바닥에 뭔가 떨어져 있으면
급히 치우는 초 비상 사태(?) 를 당하곤 한단다.

대문니 두개가 완전히 올라왔고 곧 그양쪽 옆니 두개가 나올
채비를 하고 있는데 그래서 그런지 엄마를 자주 물어서
깜짝 놀라곤한다. 작년 이 두개도 깨 무는데 어지나 아픈지....
아직도 머리카락은 거의 빡숙머리라 그래서 아직도 여명이(?)
는 전혀 없어서 모두들 장군감이느니 총각 잘생겼다느니 하는
칭찬을 듣는단다.

의자나 침대를 붙잡고 제법 오래 서 있다. 가끔 영영이를
들고 걸려는 폼을 잡기도 하지만 여전히 버둥이만 하고 단다.
소변을 시켜 볼려고 해도 뻗대기만 하다가 내려놓으면 실례를
해 버리는 반항아가 되어가는구나.

요새는 제법 말귀를 알아듣는것 처럼 아빠가 혼자 할때 빠빠
빠 이를 하면 흉내 비슷한 것도 하고, "알강 달강...." 하면
몸을 앞뒤로 흔들기도 한다.

아빠는 퇴근 해왔을때 하나야가 자면 일부러 깨워서 같이 데리고
놀고 싶어 하기 때문에 엄마와 다투기도 한단다.

오빠야 장난감을 좀 반환대가 얻어 맞기도 하려면 꼭 e빠가 들고
있는데 가서 놀고 싶어 한다.

요즘은 엄마 젖이 많이 모라라서 밥도 삶아주고 스도 먹고
젖이나 것을 많이 먹는단다.

삶은 밤을 꼭꼭 씹어 먹였더니 잘 먹는다. 밤 덕분인지 변이 좋아졌다. 하나야는 뭐든지 잘 먹는다. 밥, 생선, 죽, 과일, 과자, 엄마가 안 주어서 못 먹지 주는 건 뭐든지 먹는데, 안 주는 것도 먹는다. 예를 들면 방바닥에 떨어진 밤 껍질, 종잇조각, 머리카락, 심지어는 작은 쇳덩이(먹을 때는 몰랐는데 대변으로 나와서 알았다) 등 안 먹는 게 없다. 그래서 방바닥에 뭔가 떨어져 있으면 급히 치우는 초 비상사태(?)를 당하고 있단다.

대문니 두 개가 완전히 올라왔고 곧 그 양쪽 옆니 두 개가 나올 위치를 정하고 있는데 그래서 그런지 엄마를 자주 물어서 깜짝 놀라곤 한다. 작은 이 두 개로 깨무는데 어찌나 아픈지…. 아직도 머리카락은 거의 뱃속머리다. 그래서 아직도 여성미(?)는 전혀 없어서 장군감이라느니 총각 잘생겼다느니 하는 칭찬을 듣는단다. 의자나 침대를 붙잡고 제법 오래 서 있다. 가끔 엉덩이를 들고 기려는 폼을 잡기도 하지만 여전히 배밀이만 하고 다닌다. 소변을 시켜보려고 해도 뻗대기만 하다가 내려놓으면 실례를 해버리는 반항아가 되어가는구나.

요새는 제법 말귀를 알아듣는 것처럼 아빠가 출근할 때 빠이빠이를 하는 흉내 비슷한 것도 하고, "알강 달강…" 하면 몸을 앞뒤로 흔들기도 한다.

아빠는 퇴근해 왔을 때 하나야가 자면 일부러 깨워서 같이 데리고 놀고 싶어 하기 때문에 엄마와 다투기도 한단다.

오빠야 장난감을 좀 만졌다가 얻어맞기도 하면서 꼭 오빠가 놀고 있는 데 가서 놀고 싶어 한다. 요즈음은 엄마 젖이 많이 모자라서 밤도 삶아주고 수프도 먹고 젖 외의 것을 많이 먹는단다.

이 시기의 아기들은 그게 무엇이든 입에다 넣기 때문에 정말
잠깐도 눈을 뗄 수 없다. 만약 쇳덩이를 먹는 걸 봤다면 병원에 가고
야단났겠지만 다행히도 변에서 발견한 거다.

이
옥
선

삼성판 세계문학전집을 사다

종이나 쇳덩이도 먹는 아이에게서 눈을 뗄 수 없는 지경이었을 때,
그때는 독박육아나 산후우울증 이런 용어도 없었다. 나는 그것이
무엇이라고 이름 붙일 수도 없는 감정에 휩싸였는데 여전히 아이들을
사랑하고 조금이라도 잘못되지 않을까 싶은 불안한 마음으로 살았다.
그러면서도 이제 두 살 반 된 아이와 7~8개월쯤 된 아이 둘을 데리고
꼼짝달싹도 할 수 없는 상황에 빠지니까 내가 마치 감시자 둘이 딸린
감옥에 갇힌 느낌이 들었다. 온종일 "맘마 먹자" "까까 줄까?"
"쉬~, 똥 쌌니?" 이런 베이비 토크만 계속하다 보니 나 스스로
내가 한때 대학에 다녔고 누군가의 선생이었던 시절이 있었나 싶어졌다.
그냥 어른하고 말을 하고 싶다는 생각이 들었는데, 이 4B 연필 씨는
평일에 제때 제정신으로 들어오는 날이 거의 없었다.
그때는 전화도 없었고 누구에게 단 10분이라도 아이를 맡기고 바깥
공기를 쐬고 올 수도 없었다. 이 시기에 누가 조금만 지나면 아이가
자라고 곧 기저귀를 뗄 때도 오고 하니 이 육아 기간을 즐기라고
나를 설득하고 따뜻한 말을 해주었다면 좋았을 텐데….
불행히도, 나의 언니는 결혼을 하지 않았고 이 아이들은 우리
친정집에서는 처음 태어난 아이들로서 아주 많은 환대와 사랑을
받았지만, 나에게 이런 말을 해줄 수 있는 사람이 없었다.
이런 상황이 끝없이 이어질 것만 같은 암담한 감정에 휩싸였다.
나는 진주에서 나고 자라 고등학교를 마치고 대학은 서울에서 다녔다.
그러니 부산에는 각자 교사 생활을 하는 언니와 동생이 있었지만
그 밖에는 아는 사람이 별로 없었다. 뭔가 지적인 활동이 필요했다.
그 당시에는 외판원이 방문 판매를 하는 것이 유행이었다.
나는 삼성판 세계문학전집 총 60권을 할부로 덜컥 사버렸다.

이때의 책은 한 페이지가 상하로 나뉘어 있고 세로쓰기에 아주 작은
활자로 인쇄된 것인데 지금 출판 경향으로 따진다면 아마도 150권은
충분히 될 분량이었다.
제1권이 스탕달의 『적과 흑』이었다. 어차피 나는 밖으로 나갈 수
없는 상황인지라 아이들과 실랑이 속에서도 틈만 나면 책을 읽었다.
톨스토이의 『전쟁과 평화』 3·4·5권을 읽고는 좀 나가떨어진 감이
있지만, 후에 박완서 씨 소설에 재미교포가 한국에서 책을 주문해서
열심히 읽는 이유가 정신병원에 상담료로 갖다 줄 돈을 책을 사는 데
썼다고 말하는 대목이 있었는데 나는 정말로 공감할 수 있었다.

이옥선

내 기억 속 엄마는 집안일을 하다 쉴 때면 누워서 양팔을 일자로
펴서 천장을 향해 치켜들고 항상 무언가를 읽고 있다. 우리 집은
신문을 네 가지나 받았기 때문에 그 자세로 신문을 읽기도 했고
책에도 자주 빠져 있었다. 그럴 때 내가 엄마 옆에서 종알종알
뭐라고 말을 하면 엄마는 글에서 눈을 떼지 않고 평소보다 조금
늦게 (그리고 조금 건성으로) 대답하곤 했다. 지금 내가 한창 열심히
책을 읽을 때 누가 자꾸 옆에서 말을 시키면 짜증을 낼 것 같은데,
엄마는 그러지는 않았지만 여러 신호를 통해 나는 엄마가 지금
매우 집중해 있고 엄마의 일부만이 여기 남아 있음을 눈치챘다.
삼성판 세계문학전집은 가장 잘 보이는 곳에 줄 맞추어 꽂혀서
우리 집 서가의 분위기를 형성했다. 어려운 책이 많았지만 그중
『아라비안나이트』 같은 것은 성인용 버전이어서 야한 장면이
많았으므로 나는 사춘기 때 그것을 탐독했다. 성인이 된 뒤에
본가에 갔다가 가져간 읽을거리를 다 읽어버린 내가 엄마에게

"뭐 읽을 거 없어요?" 했을 때, 엄마가 이 전집에 든 단편선
중에서 "세로쓰기라서 눈 아프겠지만 엄마는 이거 진짜
재밌게 읽었다"라며 싱클레어 루이스의 「버드나무 길」을
추천했는데, 읽고 나서 너무너무 재밌어서 엄마와 신나게
수다를 떨었던 기억이 있다.

엄마는 책을 읽고 기록을 해두지는 않았는데 그래서
"읽다 보니까 예전에 읽은 거더라고"라는 말을 자주 했다.
또 자주 하는 말은 "제목만이라도 좀 써둘 걸 그랬어"인데,
내 기억으로는 어림잡아 25년 가까이 저 말을 되풀이했다.
다시 말해 엄마는 근면한 독자이지 기록자 타입은 아니다.
그런 엄마가 가끔 어떤 구절을 계좌번호 등등이 쓰인 수첩
뒤쪽 같은 곳에 적어두었다가 내게 읽어줄 때가 있었는데
어떤 것은 아직도 기억이 난다.

"그것은 좋은 일이었소. 좋은 일은 사라지지 않는다오."
로자문드 필처의 『조개 줍는 아이들』 속의 구절인데 지금
원문과 한국어 번역본 문장을 찾아보니 이렇다.

"It was good, and nothing good is truly lost. It stays
part of a person, becomes part of their character(인생에서
진정으로 좋은 것은 사라지지 않는 법이오. 그것은 한 인간의
부분으로 남아 그 사람 인격의 일부가 되는 것이오)."

엄마가 평생 읽어온 그 숱한 문장들도 기억에서 가물거릴
수는 있겠으나 사라지지는 않았을 것이다. 그것은 엄마의
부분으로 남아 인격의 일부가 되었을 것이다. 그러니 삼성판
세계문학전집 60권의 작가들은 엄마를 통해 나에게도 말을
걸어왔을 것이다.

김
하
나

TV의 어린이 시간은 좋아 하며 오빠가 회초를 시작 하면 같이 그떡 거리고 좋아 하고 가끔 TV를 아주 열심히 쳐다 보는구나 어떤땐 음악 소리가 빠추어 그떡 그떡 흔들기도 하고.

그런데 하나도 때씨금 따런 거지도 눈 길이 없은 모양이야 어린이 쳐서에 가서 빵빵이를 태워더니 무섭다고 아진이더라 다는 아이들은 으시려 좋아 하더라 만.

저번 23일엔 일요일이 있는데 오빠가 열이 섭하고 설사를 해여 뻔쩍 말 갔다 그래서 하사야 몸무게를 달아 보았더니 8.4냥 이구나 평균치는 되는것 같다.

11월 4일

말커를 제법 알아 듣는다. '아이 뜨거, 하면 손이 가다가 멈춘다. '보보하자, 하면 입술은 쭉 내밀고 '아찌, 하면 재채기 하는 흉내를낸다. 오빠아가 차렷, 경례, 하는걸 몇번 보더니 흔라더 쳐라는 소리를 지르면서 손을 머리에다 갖다 된다 따라고 하길래 주의 길게 보니 경례를 하고 있는 모양이야. 알마나 귀여온지몰라. 잠깐 우어두 있는 상태 여다 더 이상 말로은 없음.

밖으도 나가는걸 좋아하고 목욕탕 문이 열리면 기를 쓰고 들어 가 부려고 한다.

잘때는 꼭 이불을 차내고 자기 때문에 옷을 잔뜩껴 입혀두 자운 안다. 으샘 기더귀가 지운 으온 때 한두개 밖도 낮이 안 나온 단다. 낮에 가끔 소변을 시켜 본다고 해도 꼭 안한다 쿠고 하다가 내려 늫으면 소레를 하는구나.

손가락은 들고 떠 먹는 시능도 하고 손톱깍기를 가지고 발톱을 깎는 시능도 한다. 참 많이 말랐은지 뭐냐? 으롱롱 하고 깐쩍 하는 지원고. 몸매는 해마으고 너무 예쁘다.

말귀를 제법 알아듣는다. "아이 뜨거" 하면 손이 가다가 멈춘다. "뽀뽀하자" 하면 입술을 쭉 내밀고 "아취" 하면 재채기하는 흉내를 낸다. 오빠야가 차렷, 경례 하는 걸 몇 번 보더니 혼자서 뭐라고 소리를 지르면서 손을 머리에다 갖다 댔다 내리고 하길래 주의 깊게 보니 경례를 하고 있는 모양이야. 얼마나 귀여운지 몰라. 잠깐 일어서 있는 상태에서 더 이상 발전은 없고.

밖으로 나가는 걸 좋아하고 목욕탕 문이 열리면 기를 쓰고 들어가보려고 한다.

잘 때는 꼭 이불을 차내고 자기 때문에 옷을 잘 챙겨 입혀서 재운단다. 요샌 기저귀가 자고 있을 때 한두 개 정도밖에 안 나온단다. 낮에 가끔 소변을 시켜보려고 해도 꼭 안 한다고 울고 하다가 내려놓으면 실례를 하는구나.

숟가락을 들고 떠먹는 시늉도 하고 손톱깎이를 가지고는 발톱을 깎는 시늉도 한다. 참 많이 발전했지 뭐니? 오동통하고 깜찍하고 귀엽고. 엄마는 하나야가 너무 예쁘다.

제법 사람들의 행동을 모방하고 말귀도 알아듣는 것 같다.

이
옥
선

사람은 살면서 변하는 부분도 있고 변치 않는 부분도 있다. 나는
지금도 자꾸만 이불을 차내고 잔다. 내게는 옆으로 누워서 팔짱을
끼고 자는 버릇도 있는데 친구가 그런 내 모습을 보고 특이하다고
하는 말을 듣고서야 남들은 그러지 않는다는 것을 알았다. 그런 뒤에
관찰을 해보니 가족 중에 아빠가 바로 그런 자세로 잠드는 것이었다.
아빠와 나는 두상이 아주 흡사해서 앞뒤짱구였고, 그래서 똑바로
눕는 것보다는 옆으로 눕는 게 더 편했는지도 모른다. 생활 습관의
많은 부분이 DNA에 이미 쓰여 있을 것이다.

김
하
나

12월 19일. (12그9일)

돌 잔치를 하고 엄마가 몸살이 났나부다. 초저녁부터 몸살기가 있어 춥고 떨려 따뜻하게 하기로고 한숨 자고 났더니 좀 나아진듯한데 또 잠이 안 와서 탈이구나. 사실상 오늘은 그0일 셈이다 지금이 1시 40분이니까.

15일날 진주에서 외할머니랑 또 엄마의 사촌어니가 오셔서 돌잔치 일을 도와 주셨기 때문에 그럭저럭 치뤄낸것 같다.

16일날 저녁 때는 아빠 친구분들 6팀 (부부동반)이 오셔서 축하주를 했었고 17일 아침끔깨 엄마 엇은분들 오셔서 식사를 했었다. 그리고 저녁에 아빠친구한명 또 18일은 엄마친구 부부가 왔었다 축하 선물로는 옷이 제일 많이 들어 왔는데 옅은 진달래색 털실옷 한벌, 남색으로된 따가칭 한벌. 또 노랑 털소옷, 주홍색이 천털후드 달린 도타. 회색 옷 한벌, 써의 한벌. 붉은색 한벌. 이 외그 양말, 신, 장난감 2벌 (조경불록). 책가 한벌. 이웃에다 보내믄 약간의 현금. 외할머니 이모들이 보내준 현금. 등 많은 것들이 하나야의 돌을 축하해주러 들어 왔단다.

또 있다 한돈 쬐려 은반지 1개. 그리고 가장 값진것으로 20년 후에 하나에게 보내는 큰 외삼촌의 편지가 있단다. 돌이 지났어니까 이제 곧 걸도 따고 크고 자랄할수 있는 힘을 길러야지 (외삼촌.) 써의한벌과 적소이오기 털 옷같은 보내왔다

아빠 손목 시계를 귀에 대고 말으로 "쩌 까, 쩌 까, 하며 흉내를 내고, 제법 말귀를 알아 듣는것 러건 해야 문단아고 하면어 기어가서 방문을 닫는구나.

여전히 목욕탕이나 다용도실의 문만 열리면 기를쓰고 기어들고 못하게 하면 울고 야단이다.

T.V 에 나오는 C.f를 좋아 해서 신나는 음악이 나오면 몸을 흔든다고. 그치면. 그렇다고 울기도 한단다.

정말 지금 까지 엄마 애른 별로 태우지 않고 잘 자라 주었다
나. 잘먹어나가 인형이 ㅇ동통하고 옷은 벗겨 놓으면 팔다리
등이 잘록 잘록 한게 탐만 치였다.
앞으로도 잘 자라도록, 엄마의 소원 이간다.
참 오는 슈퍼 체인에 갔었는데 엄마 에게 업혀온던 희씨
레온 쥬스 병을 잡어댕겨서 깨뜨리는 바람에 섬으로
돈을 들어 주었더란다. 87원 짜리 것인데 800원만 들려드라.
그리고 요즈음은 엄마 릇꼭리는 어려서 아드게 깨 먹는지
기겁을 할 정도 인데 엄마 릇꼭리기 조금 갈라 펴더 하사후기
릇은 먹어면 눈동이 눌망도로 아드단다.

돌잔치를 하고 엄마가 몸살이 났나 부다. 초저녁부터 몸살기가 있어 춥고 떨려서 따뜻하게 해가지고 한숨 자고 났더니 조금 나아진 듯한데 또 잠이 안 와서 탈이구나. 사실상 오늘은 20일인 셈이다. 지금이 1시 40분이니까.

15일 날 진주에서 외할머니랑 또 엄마의 사촌언니가 오셔서 돌잔치 일을 도와주었기 때문에 그럭저럭 치러낸 것 같다.

16일 날 저녁에는 아빠 친구분들 6팀(부부 동반)이 오셔서 축하주를 했었고 17일 아침쯤엔 엄마 이웃분들이 오셔서 식사를 했단다. 그리고 저녁에 아빠 친구 한 분, 또 18일엔 엄마 친구 부부가 오셨다. 축하 선물로는 옷이 제일 많이 들어왔는데 옅은 진달래색 털실옷 한 벌, 남색으로 된 파카형 한 벌, 또 남색 털실옷, 주홍색에 흰털 후드 달린 토파, 미색 옷 한 벌, 내의 한 벌, 붉은색 한 벌이 있고 양말, 신, 장난감 두 벌(조립 블록), 식기 한 벌, 이웃에서 보내온 약간의 현금, 외할머니와 이모들이 보내준 현금 등 많은 것들이 하나야의 돌을 축하해서 들어왔단다.

또 있다. 반 돈짜리 금반지 한 개. 그리고 가장 값진 것으로 20년 후의 하나에게 보내는 큰외삼촌의 편지가 있단다. 돌이 지났으니까 이제 곧 젖도 떼고 혼자 자립할 수 있는 힘을 길러야지(외삼촌이 내의 한 벌과 작은 이모가 털 덧신을 보내왔다).

아빠 손목시계를 귀에 대고 입으로 "째까, 째까" 하며 흉내를 내고, 제법 말귀를 알아듣는 것처럼 하나야 문 닫아라 했더니 기어가서 방문을 닫는구나. 여전히 목욕탕이나 다용도실의 문만 열리면 기를 쓰고 기어들고 못 하게 하면 울고 야단이다.

TV에 나오는 CF를 좋아해서 신나는 음악이 나오면 몸을 흔들다가 그치면 그쳤다고 울기도 한단다.

정말 지금까지 엄마 애를 별로 태우지 않고 잘 자라주었구나. 잘 먹으니까 얼굴이 오동통하고 옷을 벗겨놓으면 팔다리 등이 잘록잘록한 게 정말 귀엽다.

앞으로도 잘 자라도록, 엄마의 소원이란다.

참 오늘 슈퍼체인에 갔었을 때 엄마에게 업혀 있던 하나가 레몬 주스 병을 집어댕겨서 깨뜨리는 바람에 생으로 돈을 물어주었더란다. 870원짜리였는데 800원만 달래드라. 그리고 요즈음은 엄마 젖꼭지를 어찌나 아프게 깨무는지 기겁을 할 정도인데 엄마 젖꼭지가 조금 갈라져서 하나야가 젖을 먹으면 눈물이 날 정도로 아프단다.

돌잔치

어머니와 사촌 언니가 와서 돌잔치 음식을 도와주셨는데,
사촌 언니는 어머니가 키워서 시집을 보낸 사람으로 모든
집안일에는 다 같이 모였다. 그 언니 덕분에 손님도 치르고 도움을
많이 받았다. 그때 그 좁은 집에서 같이 지내고 손님을 치렀다니…,
지금은 상상이 안 되네.

이옥선

동서남북 모임

하나 돌날 때 여러 부부가 왔었는데 그중에 남편 친구 세 사람은
대학 다닐 때 잘 어울려 다니고 친하게 지냈기 때문에 하나 돌을
계기로 우리 집까지 부부 네 팀이 모임을 가졌다. 아이들이 어릴
때는 아이를 업고 걸리고 집집마다 돌아가면서 만났다. 애들은
애들끼리 놀고 남자들은 화투도 치고 술도 마시고 여자들은 수다를
떨었다. 하나 돌 때쯤 시작된 이 모임은 지금까지 이어지고 있는데,
그때 어울려서 놀았던 아이들은 이제 다 시집·장가 가고 할머니
할아버지들만 가끔씩 만난다. 우리는 이 모임 이름을 '동서남북'으로
정했는데 부산의 동서남북에 흩어져 살아서 그렇다.

이옥선

하라에게

하라야!
앞으로 한칼 반이 지나면　세상 사람들이 첫돌이라는　생애 첫 생일을 맞이하게 되지.
나는, 내가 너의 어머님 뱃속에서 부터 (나와서) 이 세상의 햇빛을 너의 온몸에 받는 그 날을 기억하고 있단다. 그날 새벽에 네 엄마와 나는 한방에서 잠을 지냈거란. 너는 이 세상에 태어나기 이전부터 이름을 가지고 있었단다.
하라! 이 세상에서, 그 어느 곳에서도 찾아볼수 없는 유일한 하라!
내가 맞조 태어나지 않았더라면 하라라는 이름을 가질수 없었는지도 모르지. 자식들에게 수성스러운 점도로 애정을 갖고 있는 너의 부모님들은 내가 태어나기도 훨씬 이전에 먼저 이름까지 지어 놓았단다.
만일에 순서가 되바뀌어져서 네 차례에 너의 오빠가 태어났다 하리라드 너의 부모님들은 너를 낳기 위해서 또 한차례의 설렘을 기울였을 거야.
그러니까 너는 어째도 이 세상에 태어날수 밖에 없었어.
이 편지가 과에게는 가장 젊은 엄마에게 보내는 편지가 될것이고 너에게는 생애 처음으로 받는 편지가 될것이니 참으로 중요하다고 아니할수 없지.
하라야!
이 편지를 네가 꼭 읽어 볼수 없을레니 네 엄마에게 보관시켜주었다가 내가 이 글을 읽을수 있는 때에 읽었으면 한다.
내가 이글의 내용을 알려면 앞으로 20년은 더 지나야 하고 그때는 나는 중년신사가 되어 있을 테니 상태로구나.
하지만 하라야!
내가 20살의 아릿다운 아가씨가 되는것도 순 깜박한 사이 이니까 그때까지 너의 엄마가 이편을 보관 할수 없으리라고는 생각하지 않으라.

그녀의 헌신은 무한한 것이기를 바라기 때문이라. 그것이 그녀의 행복이라. 그리고 그녀의 이주 말할수 없는 괴로움은 이 한가지에 요만된라. 이 헌신을 익례 하오록 요구 받는라는 그 일에 —이 —말테의 수기 나에서—

좋아할 나래가 될것이니 르린진데이...
좋아하며 즐겨 부를 거야.
하라야!
이 세상에 태어난자는 누구나 생돈 은기어 축복을 받을수 있어. —첫돌을 축하하며—의양촌이 옴.

하라는 유민한 아이로서 (生)생의 축복을 받을거야. 안녕!

하나에게

하나야!

앞으로 한 달 반이 지나면 세상 사람들이 첫돐이라는 생애 첫 생일을 맞이하게 되지.

나는, 네가 너의 어머님 뱃속에서부터 나와서 이 세상의 햇빛을 너의 온몸에 받은 그날을 기억하고 있단다. 그날 새벽에 네 엄마와 나는 한방에서 밤을 지냈거든. 너는 이 세상에 태어나기 이전부터 이름을 가지고 있었단다. 하나! 이 세상에서, 그 어느 곳에서도 찾아볼 수 없는 유일한 하나!

네가 女子로 태어나지 않았더라면 하나라는 이름을 가질 수 없었는지도 모르지. 자식들에게 극성스러울 정도로 애정을 갖고 있는 너의 부모님은 네가 태어나기도 훨씬 이전에 벌써 이름까지 지어놓았단다. (…)

아마 이 편지는 너의 돐날 너의 손에 쥐어지게 될 것이며 너의 엄마가 읽어줄 거야. 너는 너의 부모님으로부터 많은 것들을 배우면서 자라게 될 거야. 물론 태어나면서부터, 모습에서부터 성격까지 닮아 나왔지만 그 위에 너의 부모님으로부터 배우게 될 것이 많아. (…)

너의 아빠는 네가 태어나기 前(일 년 전)에 『미납 편지』라는 한 권의 시집을 펴냈는데 그중에 이 외삼촌이 특히 좋아하는 시가 몇 편 있지. 그중에 「늪으로 가는 들녘」은 내가 그 시집을 몇 번이나 읽었지만 제일 좋은 것 같아. 너도 이다음에 詩에 대해 관심을 가질 나이가 되면 그 시를 읽어보렴. '참 좋다'라는 생각을 하게 될 거야. 그 외에 다른 시(詩)들도 모두 좋지만. (…)

나는 너에게 배워줄 노래를 많이 준비하고 있는데 언제쯤이나
네가 자라서 노래를 배울 수 있을까? 네가 노래에 관심을 가질
나이가 되면 나는 '흘러간 옛 노래'나 좋아할 나이가 될 것이니
큰일인데. 하지만 그때에도 〈동심초〉〈수선화〉〈명태〉는 좋아하
며 즐겨 부를 거야.
하나야!
이 세상에 태어난 자는 누구나 생을 즐기며 축복을 받을 수 있어.
하나는 유일한 하나로서 생(生)의 축복을 받을 거야. 안녕!

첫돌을 축하하며
외삼촌이 씀.

이 남동생은 어머니가 위로 딸만 셋을 낳고 네 번째로 낳은 아들로
우리 집 장남이다. 어머니 말씀이 아들을 낳고 나니까 곳간에 쌀을
가득 넣어둔 것같이 마음이 든든했다고 하셨다. 왜 아니겠는가,
그 아들 선호 사상이 강할 때 딸만 셋을 낳으셨으니. 동생은 성격이
배려심도 많고 자상하여 서울에서 학교 다닐 때나 군에 입대했을
때도 나와 줄곧 편지를 주고받았다. 그러던 동생이 조카에게
이 편지를 보낸 때는 군에서 제대하고 복학생으로 3학년이었다.
어머니의 자랑이며 우리 집의 대들보였던 남동생은 50세 되는 해에
아리따운 딸 둘과 아내를 두고 대장암으로 하늘나라로 갔다. ㅠㅠ

이
옥
선

내가 아는 최고의 젠틀맨, 큰외삼촌. 이때 겨우 군 복무를 마친
20대의 청년이었을 텐데 아직 걷지도 못하는 아기의 20년 후를
그리며 반듯한 글씨로 편지를 세 장이나 빽빽하게 써주었다.
나는 훗날 대학에 다닐 때 외삼촌 댁에 얹혀살기도 했는데,
단 한 번도 외삼촌이 언성을 높이는 모습을 본 적이 없다.
외삼촌은 운전을 거칠거나 급하게 하는 법도 결코 없었다.
언젠가 외삼촌은 내게 자신이 화를 한번 내면 너무 크게 내버릴까
봐 그게 무서워서 꾹 참는다고 말한 적이 있다. 테니스와 수영에
열심이었고 참 반듯하고 아름답게 노래를 부르던 외삼촌.
그 외삼촌은 50세가 되기 전에 병으로 세상을 떠났다.
나는 외삼촌을 보며 '착한 사람은 하늘에서 필요해서 먼저
데려간다'라는 말이 진짜일지도 모른다고 생각했다. 모두에게
상냥하고 부드럽게 대하던 젠틀맨 외삼촌이 만약 화날 땐 소리도
지를 줄 알고 가끔은 술에 취해 허튼짓도 하는 그런 사람이었다면
스트레스가 풀리면서 조금 더 건강했을까? 모를 일이다.
외삼촌 댁에 얹혀살던 어느 밤 나는 그 집 책장에서 꽤 바랜
헤르만 헤세의 『싯다르타』를 꺼내 오래전 외삼촌이 읽었던
흔적이 있는 그 책을 집중해서 읽은 적이 있다. 나는 그때
싯다르타와 외삼촌이 마음을 닦아가는 과정을 함께 엿보는 것
같았다. 외삼촌과 그 책에 대한 이야기를 나눈 적은 없지만, 나는
그를 떠올리면 서글서글한 눈매와 부드러운 말투, 듣기 좋은
노랫소리와 함께 『싯다르타』를 읽던 고요한 밤들이 생각난다.

김하나

만 2세

1978년

(월 19일 ( )년 1개월)

하나야! 어쩌면 그렇게 자기 몸은 도사리니, 1년하고도
1개월이 지났는데 아직도 기어다니다가 무르럽지도 앉어?
다른 또래 아이들은 다 걸어다닌단다. 그런데 하나는 겨우
한두 발자국 떼다가 주저 앉고 마는구나. 늦어도 너무 늦은 거란다
벌써 무터 첫 떼려고 마음은 먹고 있었으면서 아직껏 떼리
못 했구나. 오늘도 만맥일려고 했는데 또 하나가 자꾸
보채서 먹이고 뉘웠구나. 내일쯤 언 약을 지어다 먹고 떼어
야 겠다.

요샌 말귀를 제법 잘 알아 듣는다. 큰이로야 가 "주에요, 아" 그랬은니나
를 한참 가르켜 쌌더니 이젠 제법 어데이다 사용 하는지도
알구나. 뭣가 가지고 싶은게 있으면 두 손을 포기며여
손바닥을 벌린다. 그러고는 받으나면 흔흔히 고개를 욱이는데
"안녕, 보다 속도가 느리다.

말을 해주면 행동하도 하는게 꼭 인형을 보는 느낌이란다.
이번 한달 가까이 오빠느 진주에 가 온은기 때뜨기
하나 혼자되 놓았는데 장난감을 갖고 혼자도 빵당히 하는
샘이 없어니까 또 장난감들 갖고 노는게 별로 재미가
없는 오양이야.

12일에 진주에 갔노라 모두를 조금 예뻐런다구나.
밝이 먹고 한잠 하게 놀고 잘잔다. 오즈은으 누군를 먹른
하고 부려고 싶은 사랑이 있으면 "언나 언나, 하고 부른다
아빠도 언나 - 오빠도 언나. 이모. 할머니도 모두다 언나 라고
부른다. 그러면서도 아빠 어디있니? 하면 또 아빠쪽
으로 고개를 돌려 보는구나.

오즈은은 아빠강 기차 놀이를 하는데 장롱 속이 들어가서
문닫으면서 "빵빵, 한다. 처음엔 깜깜해기니 놀래서
울더니 요온 혼자 앉어서 .빵빵고. 한참식 온구나.

"기차 놀이 하자" 하면 장롱 쪽으로 기어간다.
그리고 장롱문 열리면 들어서 이불은 끄집어내거나 하며
올라가려고 한다.
17일은 아빠랑 같이 윷산으로 왔고 흐리더 신나게 놀던
해선 실선하지도 않지만 오빠한테 또 멋스럽게
언어 맞으며 같이 놀겠다고 기를 쓴다.

하나야! 어쩌면 그렇게 자기 몸을 도사리니, 1년하고도 1개월
이 지났는데 아직도 기어 다니다니 부끄럽지도 않니? 다른 또
래 아이들은 다 걸어 다닌단다. 그런데 하나는 겨우 한두 발자
국 떼다가 주저앉고 마는구나. 늦어도 너무 늦은 거란다. 벌써
부터 젖 떼려고 마음은 먹고 있으면서 아직껏 떼지 못했구나.
오늘도 안 먹이려고 했는데 또 하나가 자꾸 보채서 먹이고 말았
구나. 내일쯤엔 약을 지어다 먹고 떼어야겠다.

요샌 말귀를 제법 잘 알아듣는다. 큰이모야가 "주세요"와 "고맙
습니다"를 한참 가르쳐쌌더니 이젠 제법 어디에다 사용하는지
도 아는구나. 뭔가 가지고 싶은 게 있으면 두 손을 포개어서 손
바닥을 벌린다. 그러고는 받고 나면 천천히 고개를 숙이는데
"안녕"보다 속도가 느리다.

말을 해주면 행동하고 하는 게 꼭 인형극 보는 느낌이란다. 이
번 한 달 가까이 오빠는 진주에 가 있었기 때문에 하나 혼자서
놀았는데 장난감을 갖고 놀아도 방해하는 사람이 없으니까 또
장난감을 갖고 노는 게 별로 재미가 없는 모양이야.

12일엔 진주에 갔는데 모두들 조금 예뻐졌다는구나.

많이 먹고 활발하게 놀고 잘 잔다. 요즈음은 누구를 막론하고
부르고 싶은 사람이 있으면 "엄마 엄마" 하고 부른다. 아빠도 엄
마, 오빠도 엄마, 이모도, 할머니도 모두 다 엄마라고 부른다.
그러면서도 "아빠 어디 있니?" 하면 또 아빠 쪽으로 고개를 돌
려 보는구나.

요즈음은 아빠랑 기차놀이를 하는데 장롱 속에 들어가서 문
닫으면서 "발 차" 한다. 처음엔 캄캄하니까 놀래서 울더니 요즈

음 혼자 앉아서 문 닫고 한참씩 있구나.

"기차놀이 하자" 하면 장롱 쪽으로 기어간다. 그리고 장롱만 열리면 좋아서 이불을 끌어내리게 해서 올라가려고 한단다.

17일 날 오빠랑 같이 부산으로 왔고 혼자서 신나게 놀던 하나는 심심하지도 않지만 오빠한테 또 몇 차례씩 얻어맞으면서 같이 놀겠다고 기를 쓴다.

방학이 시작되면 아빠가 집에 있는 시간이 많으니까 아빠랑 친해지는 시간이기도 하다. 하지만 어느 기간까지는 엄마가 일기를 자주 못 쓰기도 한다. 남자가 집에 마냥 있어도 탈이고, 없어도 탈이다.

이옥선

"아직도 기어 다니다니 부끄럽지도 않니?"
남들이 다 걸어 다닐 때도 기어 다니며 그다지 조바심을 느끼지 않는
이 아이는 훗날 『힘 빼기의 기술』이라는 책을 쓰고 〈세바시〉에도 나오게
됩니다. 남들 뛸 때 다 따라 뛸 필요가 없다는 메시지를 전하며….

김
하
나

3월 18일.

그동안 한열 하고 몇일이 지났다. 엄마가 바쁘고
마음이 안정이 되질 않아 일기를 좀 걸른것 같다.
이제 하나누는 잘 걸어다닌다 기어다니는 일이 한번도 없었으
까, 많은 아직도 잘못해요 아빠를 보고 '엄마'라고
하지만 휴지를 주면서 '쓰레기통에 넣어라' 하면 시키는
대로 한다.

재일 큰일은 이사를 했다는 거다 저번달 27일이 전에
살던 해순대 아파트에서 이곳 사직 아파트로 옮겼다.
저번보다 좁고 불편한 곳인데다 온돌로 된 방이라
온 집안을 돌아다니던 엄마야와 하나가 방안에쓰 옮게
했더니 깝깝한 모양이다. 저번 집은 모든곳이 평평 하던것
에 비해 이곳은 부엌은 신발 신고 내려와쓰 하고
현관 신발 두는 곳도 조금 내려가 오공 하기 때문에 하나
가 기러쓰 있으면 부엌에 내려 든고 현관으로 내려가더
흙을 훑치고 한다.
그리고 또 중요한 사실은 하나에게 젖을 거의 떼게 된다는
점이다 11일 부터 엄마가 약을 먹고 젖을 예러고 시도했
던것이 14.5일 되니까 젖도 거의 적게 나오 또 하나에그
낮에는 젖을 빈으로 모듯 먹을려 하지 않는 편으로 되고
오후에는 젖을 먹어 보리고 해도 그게는 조날 편으로 되었다
생숙 보다 아루 쉽게 젖은 예는것 같다.
그러나 한 밤중에 깨어 운거나 할때는 젖을 물려주지
않으면 다시 잠을 들려고 하지 않기 때문에 잔간역 빨리게
자기도 한다.
이제 밥도 잘 먹고 사과도 잘라더 드려주면 잘 베어
먹고 아무거나 도 주는 데로 잘 먹는다.

밤에도 그런 취침 자주 일어 나질 않고, 온종일 한번도
안 누고 잔다.
그래서 아직도 가끔 쉬를 줄 시켜 보면 앉은 자리고
같이 쉬 쉬 하면서도 실제로는 꼭 안하고 일어나고
끝나고 뒤에나 기저귀 에다 실제 는 하곤 한다.
T.V 의 화면이 나온 사람들의 몸짓이나 손짓 이회화
같이 흥내도 내고 자주듣 C.F나 노래 등이 나오면
하는걸 멈추고 아주 진지 하게 시청 하곤 한다.
오래는 저녀리 스스로 하겠다고 그림 이다. 엄나도
것을 들고 저렴 먹겠다고 하면서 나가 막 먹주면 안먹겠
다고 그거를 손에 손게 콘든고 그러다가 참 그러에
손을 잡고 들고 맛시다가 음겨손이다 쏟아 버리곤 한다
밥을때도 하사아 들고 보는 숟가락 에다 언따가 떠 먹이는
숟가락, 두개가 꼭 다 져간다.
먹다가 화장을 하거나 웃은 같아 있으면 더울 끌끌안고
" 어부바 ,, 하면 등뒤로 안고 기대에 어긋 나면 울고 성예를
쓴다. 가끔 E.바 가 언마 딴에 안께 있거나 눕둘위기
않아 일으면 쌍쌍 내어 밀어네끼 힐겨고 야단이다.
석따는 장난걷이나 춤걷이 온화로 E.바랑 수로 기장려고
빼고 오고 언마에게 응원을 요청 하는 결국은 울고
억게는 부끄고 한다.
처음으로 콩콩 즉목람필 같다, 목목듬의 온족께를 저어 보께
인K강 돌도 오다 온족께가 큰 독게 나지는듯 싶은데 실게로
기가 저격 앉어서 운동을 하나 건강 하게 보인다.
밤에는 간병같이 (처번 갓기는 저더러 끔그 약간 높이도
었지먼) 잘 자간다.

그동안 한 달하고 며칠이 지났다. 엄마가 바쁘고 마음이 안정이
되질 않아 일기를 좀 거른 것 같다.

이제 하나야는 잘 걸어 다닌다. 기어 다니는 일이 한 번도 없으
니까, 말은 아직도 잘 못해서 아빠를 보고 "엄마"라고 하지만 휴
지를 주면서 "쓰레기통에 넣어라" 하면 시키는 대로 한다.

제일 큰일은 이사를 했다는 거다. 저번 달 27일에 전에 살던 해
운대아파트에서 이곳 사직아파트로 옮겼다. 저번보다 좁고 불편
한 곳인 데다 온돌로 된 방이라 온 집 안을 돌아다니던 오빠야
와 하나가 방 안에만 있게 했더니 갑갑한 모양이다. 저번 집은
모든 곳이 평평하던 것에 비해 이곳은 부엌은 신을 신고 내려서
야만 하고 현관 신발 두는 곳도 조금 내려가 있고 하기 때문에
하나야가 기회만 있으면 부엌에 내려오고 현관으로 내려가서
흙을 묻히고 한다.

그리고 또 중요한 사실은 하나야가 젖을 거의 떼게 됐다는 점이
다. 11일부터 엄마가 약을 먹고 젖을 떼려고 시도했던 것이 14,
5일 되니까 젖도 거의 적게 나고 또 하나야도 낮에는 젖을 보고
도 선뜻 먹으려 하지 않을 정도로 되고 요즈음은 젖을 먹어보
라고 해도 고개를 돌릴 정도로 되었다. 생각보다 아주 쉽게 젖
을 떼는 것 같다.

그러나 한밤중에 깨어 울거나 할 때는 젖을 물려주지 않으면 다
시 잠을 들려고 하지 않기 때문에 잠깐씩 빨다가 자기도 한다.

이제 밥도 잘 먹고 사과도 잘라서 들려주면 잘 베어 먹고 아무
거라도 주는 대로 잘 먹는다.

밤에도 그 전처럼 자주 일어나질 않고, 오줌도 한 번도 안 누고

잔다. 그런데 아직도 가끔 쉬야를 시켜보면 입만 가지고 같이 쉬쉬 하면서도 실제로는 꼭 안 하고 있다가 곧바로 옷이나 기저귀에다 실례를 하곤 한다.

TV의 화면에 나오는 사람들의 몸짓이나 손짓을 이해하고 같이 흉내도 내고 자주 듣는 CF나 노래 등이 나오면 하던 걸 멈추고 아주 진지하게 시청하고 한다.

요새는 뭐든지 스스로 하겠다고 고집이다. 우유도 컵을 들고 직접 먹겠다고 하면서 내가 먹여주면 안 먹겠다고 고개를 살레살레 흔들고 그러다가 컵 고리에 손을 잡고 들고 마시다가 앞가슴에다 쏟아버리곤 한다. 밥을 먹을 때도 하나야 들고 있는 숟가락에다 엄마가 떠먹이는 숟가락, 두 개가 필요하단다.

엄마가 화장을 하거나 옷을 갈아입으면 외출할 줄 알고 "어부바" 하면 등 뒤로 오고 기대에 어긋나면 울고 생떼를 쓴다. 가끔 오빠가 엄마 팔에 안겨 있거나 무릎 위에 앉아 있으면 샘을 내서 밀어내려고 야단이다.

색다른 장난감이나 물건이 있으면 오빠랑 서로 가지려고 뺏고 울고 엄마에게 응원을 요청하고 결국은 울고 억지를 부리고 한다.

처음으로 공중목욕탕엘 갔다. 목욕탕의 몸무게를 재어보니까 9kg 정도였다. 몸무게가 좀 적게 나가는 듯싶은데 실제론 키가 크질 않아서 오동통하니 건강하게 보인다.

별다른 잔병 없이(저번 감기는 꽤 오래 끌고 약값이 많이 들었지만) 잘 자란다.

첫애는 태어나서 모든 사람으로부터 환대를 받고 아무런 방해꾼
없이 사랑을 독차지하고 살다가 둘째가 태어나는 바람에 스스로는
알지 못할 위기감을 느꼈을 듯하다. 첫애는 얼마나 엄마 품에
안기거나 엄마 무릎 위에 앉고 싶었을까? 이제 겨우 세 살밖에 안 된
아기인 불쌍한 하영이. 둘째로 태어난 아이는 경쟁자가 떡 버티고
있는 상황이라 압박감을 느끼면서도 엄마 품이나 무릎 위에 앉을
수 있는 사람은 자신이라고 권리를 주장하는 모양새가 사람은 아주
어릴 때부터 이런 심리적 갈등을 겪지 않을 수 없는 존재인가?

이
옥
선

당시의 주택 정책

처음 살던 아파트는 박정희 대통령의 지시로 공업 입국의 정신에
따라 부산기계공고 교사들의 사택처럼 쓰였는데, 공실이 남아 다른
학교 교사에게도 일종의 보증금을 받고 입주할 수 있게 해서 우리는
3년 정도 편히 살았다. 무슨 일인지 분명하진 않지만 우리가 집을
비워주어야 했을 때 당시의 일반적인 전세 계약 기간이 6개월이었다.
이게 말이 되나 싶은 생각이 들겠지만 주택 정책이랄 것도 없이
공공연히 그렇게 되었는데, 그러다 보니 우리는 2년 남짓한 기간에
이사를 네 번이나 해야 했다.

그제야 정신을 차린 나는 주택 부금을 넣고 추첨에 뽑히기 위해서
서류를 작성하고 겨우 15평짜리 서민 아파트에 입주하게 되었다.
은행 대출이 있으면 큰일 나는 줄 알던 시대여서 나 혼자서
쩔쩔맸다(실제로 은행 대출 이자도 지금보다 훨씬 높았다).

이
옥
선

4월 16일 (1년 4개월)

저번에 일기를 쓰다 말고 미뤄뒀던게 이제 까지 안썼구나
얼마전 까지만 해도 밤에 울고 보채고 할때 젖을 물려주면
젖 먹을때 처럼 빨다가 다시 잠들곤 하더니 요즘은
늦게는 몰론 밤에 깨더라도 젖을 물려주면 도로 옆으로 하고
일어나 버린다.

4월 11일간 미루던 홍역 예방주사를 맞았다. 김숙주 찬이
외윤이 와 맞았는데 주사를 맞고도 그냥 "응, 하더니
돌 그치고 마는구나. 몸이 윤던 e배가 울고 기라고 아전기러
그런데 이틀쯤 뒤에 저녁 먹을때 버섯요리를 먹었었는데
잠 든대 쯤 딸을 쉬고 보채기에 보니까 양달. 가슴. 배
등 이 좁쌀 같은 두드러기 가 솟나 있구나 안먹던 버섯을
먹여서 그런지. 홍역 주사를 맞고 그런지 정확한 이유를
따우른 못헐지만 더 번지지 않고 다행히 그러구나
그다음날 아침기 일어나 보니 약간 스러지고 조른석 남니
있었는데 오늘 지나고 보니 아무걸리도 않니 다행
이었다. 잔 성축 처가니 홍역은 약간 관끼 있는가
하는 생각이 드는구나

외출 할때 가끔씩 신을 신겨 가지고 걸려 보았더니
잘 걷는다 e배아 가 손을 잡아주어도 하나라기
지갈다고 싹리를 놓고는 혼자 막 저도 쪽-로 가곤 한다.
아직도 별 말은 늘지 않고, "밤바, 까까. 빵. 멍멍
안녀(안녕), 정도 밖에 못하지만 인사를 가른 잘받니
듣는다. (아기 탄다, 타 안해. 애써 ㅗ 잘 한다)
이젠 T.V 의 C.M 은 이해 하기도 하고 기억 하기도
해서 좀 때묵쓰 나에게 향흥은 이거 하기도 하고 또

좋아하는 데목이 나오면 미리 웃고 손벽도 친다.
오빠가 자주 부르는 노래도 기억을 해서 행동도 따라하고
같이 흥얼거리기도 한다.
"아침바람..." 은 혼자서도 한곡 불렁도로 되었고
"꼬끼리 아저씨...," 하면 코는 손이 대고 한쪽 팔을
써서 보충도 한다.
오늘은 똥을 마주에다 누고나 부목이 있는 엄마에게 와서
"똥, 똥, 해서 손가락 길을 갔구나. 깜빡 치었다.
무엇보다도 하나는 잘먹고 잘자고 건강해서 좋아
낮에 그시간동도 낮잠을 자는데 시간은 일렁하질 않어
어떤때 12시쯤 잘때도 있고 어떤땐 2시쯤. 또는
4시쯤 잘때도 있다. 낮잠 자고 난 시간기 따라 저녁
잠자는 시간도 닮라 진다.
아무거나 잘 먹어니까 특별히 신겅대서 먹이는건 없지만
살감을 그리거나 숨거나 출기 하거나 해서 치우기
한두개 점도 썩먹고 사과, 비스켓, 빵 등은 간식으로
먹는다. 우쉬는 숫을 따뜻하게 되주면 짠 안먹고
좋이 숙고 안기 든 우유를 때때 먹여 봐 잘먹는다.
손가락 길도 재법 잘하는 눈도 쓸지 않고 혼자서 잘 먹는다.
뒷잠을 자고 어슴렁 거리며 돌아 대고 현관에 벗어둔 엄마
신을 방에 까지 가지고 악다 앉어다 꺼내 보는 좋아한다.
신주이나 축구를 보면 졌어다 은방안에다 넣어 놓고
좋아 한다. T.V 에다 동물 종류만 나오면 멍멍이라고
좋아 한다.

1978년 4월 16일(1년 4개월)

저번에 일기를 쓰다 말고 미뤄뒀던 게 이제까지 안 썼구나.

얼마 전까지만 해도 밤에 울고 보채고 할 때 젖을 물려주면 젖 먹을 때처럼 빨다가 다시 잠들고 하더니 요즈음은 낮에는 물론 밤에 자다가도 젖을 물려주면 도로 싫어하고 밀어내 버린다.

4월 11일엔 미루던 홍역 예방주사를 맞았다. 김석규 소앗과 의원에서 맞았는데 주사를 맞고도 조금 "으앙" 하더니 곧 그치고 마는구나. 옆에 있던 오빠가 울고 가자고 야단이었지. 그런데 이틀쯤 뒤에 저녁 먹을 때 버섯요리를 먹였었는데 잠들 때쯤 팔을 긁고 보채기에 보니까 양팔, 가슴, 배 등에 좁쌀 같은 두드러기가 솟아 있구나. 안 먹던 버섯을 먹어서 그런지, 홍역 주사를 맞아서 그런지 정확한 이유를 파악을 못 했지만 더 보채지 않고 다행히 자더구나. 그다음 날 아침에 일어나서 보니 약간 스러지고 조금씩 남아 있었는데 조금 지나고 보니 아무렇지도 않아 다행이었다. 지금 생각해보니 홍역을 약간 한 게 아닐까 하는 생각이 드는구나.

외출할 때 가끔씩 신을 신겨가지고 걸려보았더니 잘 걷는다. 오빠야가 손을 잡아주어도 하나야가 귀찮다고 억지로 놓고는 혼자 막 차도 쪽으로 가곤 한다. 아직도 별 말은 늘지 않고, "밥바, 까까, 빵, 멍멍, 안녀(안녕)" 정도밖엔 못 하지만 알아듣기는 잘 알아듣는다("아가 온나"와 "안 해" "아니야"도 잘한다).

이젠 TV의 CM을 이해하기도 하고 기억하기도 해서 첫 대목만 나오면 행동을 미리 하기도 하고 또 좋아하는 대목이 나오면 미리 웃고 손뼉도 친다. 오빠가 자주 부르는 노래도 기억을 해서 행동도 따라 하고 같이 흥얼거리기도 한다.

"아침 바람…"은 혼자서도 할 줄 알 정도로 되었고 "코끼리 아저씨…" 하면 코를 손에 대고 한쪽 팔을 내어밀 줄도 안다.

오늘은 똥을 마루에다 누고서는 부엌에 있는 엄마에게 와서 "똥, 똥" 하며 손가락질을 하는구나. 정말 귀엽다.

무엇보다도 하나는 잘 먹고 잘 자고 건강해서 좋아. 낮에 두 시간 정도 낮잠을 자는데 시간은 일정하질 않아. 어떤 땐 12시쯤 잘 때도 있고 어떤 땐 2시쯤 또는 4시쯤 잘 때도 있다. 낮잠 자고 난 시간에 따라 저녁잠 자는 시간도 달라진단다.

아무거나 잘 먹으니까 특별히 신경 써서 먹이는 건 없지만 달걀을 찌거나 삶거나 프라이하거나 해서 하루에 한두 개 정도씩 먹고 사과, 비스킷, 빵 등을 간식으로 먹는다. 우유는 분유를 따뜻하게 타주면 잘 안 먹고 종이상자 안에 든 우유를 사다 먹여보니 잘 먹는다.

숟가락질도 제법 잘하고 물도 쏟지 않고 혼자서 잘 마신다. 뒷짐을 지고 어슬렁거리며 돌아다니고 현관에 벗어둔 엄마 신을 방에까지 가지고 와서 발에다 끼어보고 좋아한다. 신문이나 휴지를 보면 찢어서 온 방 안에다 널어놓고 좋아한다. TV에서 동물 종류만 나오면 멍멍이라고 좋아한다.

"'똥, 똥' 하며 손가락질을 하는구나. 정말 귀엽다."
마루에 똥을 누고 가리켜 보이는 것을 정말 귀엽다고 생각하다니
도대체 부모의 마음이란 얼마나 대단한 것인가…. 나는 우리
고양이들이 간혹 똥을 매달고 들어와 거실에 떨어트리면
기겁하는데. 그러니 엄마가 마음에 안 들 때면 내가 마루에 똥을
눠도 귀여워해준 사람이었음을 잊지 말자.

김
하
나

"뒷짐을 지고 어슬렁거리며 돌아다니고"
나는 걸핏하면 뒷짐을 지고 느릿느릿 걸어 다녀서 10대 때부터
친구들로부터 영감님 같다는 소릴 들었는데, 나중에는 "이건
내 육아일기에도 적혀 있는 오래된 습관이라고" 하고 말하게
되었다. 태어난 지 1년 반쯤부터 이러던 아이는 지금도 뒷짐 지고
어슬렁거리며 돌아다니기를 좋아한다.

김
하
나

5월 5일.

어린이 날이구나 그냥 넘기기가 섭섭하여 시장간 길에
작은 장난감을 (딸, 4짤) 사다 주었더니 잠 깐가지고 놀더니
입 속이다 넣고 가누어 버렸구나.

어저께는 미리 궁강공원을 다녀왔다 그겄부터 한번 다녀
오겠고 마음 먹고 있었는데 오늘은 너무 복잡할겄 같고 해서
하루 앞당긴 셈이지, 동물원에 가서 구경할때 " 곰, 곰 ,
호랑이 손가락 걸음 하고 아죽거야 보고 " 망 (딸), 멍 ,
이라고 이음을 부쳐 버리는구나,

구경하는 도중에 잠이 들어 버려서 같이 떠라 가는
일행 아현께가 해바 안고 다니느라고 애는 몹시 쓰셨단데
유원지에서 해님 카는 판는데 해님이는 계속 굴기때문
에 그겄도 못탈꺼야

지번 1일에는 대청대에 있는 큰집이 해사를 지내러
갔었단다 , 거기 더 시촌들과 어울려서 잘 놀고
져녁을 부려서 오두 이빠 회왔단다.

오늘 아침에는 아바 거늘 소릴 해서 아바가 좋아 취주
느데 0후쯤 되니께 다시 엄마로 돌아가 버려다.

차번죽의 목욕 갔는데 하은으로 업겨가 먹이는 존좋다
주지다 엄겨가는 거의 자지지 안고 뒤 먹이만 보기싫게
자란기 때문 인데 쫒 러고고 써 뜯뜯히 한다.

오배랑 먼리 싯겨 가지고 딱히 내어 홨더니 엄마가
옷을 합녀 둥은 쫒 논고 오구나 그 동안 몇번 엄마가
돌놔 쓰게 하고 시장도 가고 가게게도 가고 했더니
습관이 약간 들었으로 모양여아 , 아주 피록 해여 엄마
가 동옥 대하고 0구 2트롱 스는왔터나 좋나서 아든
이다. ,

오늘은 T.V의 한프로가 끝나면 "빠이빠이" 다 으다. (하면서)
하고 언니에게 가르켜준다.
그리고 며일 보는 연속극 같은 도로는 제목을 만하기도
하는데 「득녀」「연속」 등 짧은 말은 거의 정확 하기
말한다.

아파서도 모층이 오는것 같으 눈치여 그리께
부터 버릇스을 앉았는지 (안버장 같이) 내일 어림이
한번씩 써 터먹어먹 판프지 북응하게 된단다.

이가오득 14 이다했다. 아직 어금니 는 완다히 안나고
지 나봤같고 헌께 조곰 뜫기 안내지쓴 이려서 네가가
나나이고 위 송곳니 득거가 툭나 앉우나.
죠료 잔뜩살이 신해지고 「여가 대빠 보다 먼저
윤정을 요다.) 고집이 오통이 이닸다.
언바이 밖의 나 각다가 긴 한가운데로 못가게 혔다고
땀바닥게 앉어서 썽토길은 부리매 우는데 엿마가
호기 놓닸다. 그래 부터 잡게다위 까지 울고 하지
께속 1시가 가랑 소리을 지느매 울러운 끼여서
쥐붂장게 있느 챑을 꺼내여 챑 껍질은 모드 벗끼여 갱박속
이 넣으 놓고 크롱 머리게 다 쓰고 불나 한다.
언마가 아랴울 지고 때려주게 "응" 혔어나 회나이가
언까고 "응가" 혔께 도로 소리 지고 언마을 때리고
꼬잡고 챈다.
빼꼴 지고, 박짝뭄이고, 명탕이고, 지엽고, 축하고
에 반다.

1978년 5월 5일

어린이날이구나. 그냥 넘기기가 섭섭해서 시장 간 길에 작은 장난감(말, 나팔)을 사다 주었더니 잠깐 가지고 놀다간 입속에다 넣고 깨물어버렸구나.

어저께는 미리 금강공원엘 다녀왔다. 그전부터 한번 다녀오려고 마음먹고 있었는데 오늘은 너무 복잡할 것 같고 해서 하루 앞당긴 셈이지. 동물원에 가서 구경할 때 "곰, 곰" 하며 손가락질을 하고 아무거나 보고 "망(말), 멍"이라고 이름을 붙여버리는구나. 구경하는 도중에 잠이 들어버려서 같이 따라가 준 위층 아줌마가 하나야를 안고 다니느라고 애를 많이 쓰셨단다. 유원지에서 허니문카를 탔는데 하나야는 계속 잤기 때문에 그것도 모를 거야.

저번 1일에는 태종대에 있는 큰집에 제사를 지내러 갔었단다. 거기서 사촌들과 어울려서 잘 놀고 재롱을 부려서 모두 이뻐하셨단다.

오늘 아침에는 아빠라는 소릴 해서 아빠가 좋아했었는데 오후쯤 되니까 다시 엄마로 돌아가 버리더라.

저번 주에 목욕 갔을 때 처음으로 엄마가 머리를 좀 잘라주었다. 앞머리는 거의 자라지 않고 뒷머리만 보기 싫게 자랐기 때문인데 좀 자르고 나니 똘똘해 보인다.

오빠랑 먼저 씻겨가지고 밖에 내어놓았더니 엄마가 목욕하는 동안 잘 놀고 있구나. 그동안 몇 번 엄마가 둘만 남겨놓고 시장도 가고 가게에도 가고 했더니 습관이 약간 들었던 모양이야. 아주 기특해서 엄마가 목욕 다 하고 요구르트를 사주었더니 좋아서 야단이다.

요즘은 TV의 한 프로가 끝나면 하나야가 "다 았다"(다 했다) 하고 엄마에게 가르쳐준다. 그리고 매일 보는 연속극 같은 프로는 제목을 말하기도 하는데 〈옥녀〉 〈언약〉 등 짧은 말은 거의 정확하게 말한다.

아무래도 요충이 있는 것 같은 눈치여서 그저께부터 버막스를 먹였는데(오빠랑 같이) 내일 아침에 한 번씩만 타 먹으면 완전히 복용하게 된단다.

이가 모두 14가 되었다. 아직 어금니는 완전히 안 나오고 자리만 잡고 흰 게 조금밖에 안 보이지만 아래위 네 개가 나와 있고 위 송곳니 두 개가 올라왔구나.
점점 장난질이 심해지고(더구나 오빠보다 먼저 앞장을 선다) 고집이 보통이 아니다.
얼마 전에 밖에 나갔다가 길 한가운데로 못 가게 했다고 땅바닥에 앉아서 생트집을 부리며 우는데 엄마가 혼이 났단다. 그때부터 집에 와서까지 울고 해서 계속 한 시간가량 소리를 지르며 울었을 거야.
책장에 있는 책을 꺼내서 책 껍질을 모두 벗겨서 방바닥에 널어놓고 큰 통은 머리에다 쓰고 좋아한다.
엄마가 야단을 치고 때려주며 "가" 했더니 하나야가 엄마보고 "가" 하며 도로 소리 치고 엄마를 때리고 꼬집고 한다.
쾌활하고, 적극적이고, 고집쟁이고, 귀엽고, 착하고, 예쁘다.

이 아파트에서는 얼마 살지 않았기 때문에 다른 아는 사람은 없었는데,
우리 위층 아주머니는 아마도 혼자 사셨던 모양이다. 우연히 우리 집
열린 문으로(5층 계단식 아파트) 집에 들어오셔서는 사소한 생활용품을
사라고 하시기도 했다. 그날도 애들을 데리고 외출을 하니까 어디
가냐고 물어보셔서 어린이대공원에 간다고 했더니 자진해서 같이
따라가 주시겠단다. 조금 오지랖인 것도 같았지만 덕분에 좀 편하게
다녔다. 지금은 얼굴도 생각나지 않지만 그날 고마웠어요.

이
옥
선

"쾌활하고, 적극적이고, 고집쟁이고, 귀엽고, 착하고, 예쁘다."
위에 저렇게 패악질을 부리고 난장판을 만든 나의 만행을 다 서술한
뒤 "착하고, 예쁘다"로 끝나다니? 누군가는 습관적으로 쓴 것이라고
할지도 모르겠지만, 나의 엄마는 습관적이고 인사치레 같은 말을 안
하는 분이다. 종종 서운할 정도로 가차 없다. 오냐오냐 스타일과도
거리가 멀다. 이 일기에서도 엄마는 『난중일기』 풍의 문체로 사실들만
간명하게 썼기 때문에 엄마가 실제로 저 모든 행패에도 불구하고
나를 착하고 예쁘게 보았던 것으로 이해해야 할 것이다.

김
하
나

6월 6일

저번달 19일인 진주 나갓집에 갔었다
같이 갔던 아빠는 19일날 부산으로 가고 엄마는
봉심 수술을 하기 때문에 일주일 더 오느라고 28일날
부산으로 왔단다.

진주에서는 하루종일 실 발을 신고 놀아기 때문에
이제까지 아파트 외의 생활보다 훨씬 재미있고
한발 하게 보냈는데 개를 보고 좋아서 아다야
"멍멍, 멍멍, 하며 손을 대보곤 깜깜 대고섰고 말고
차츰 사귐도 한다

식구들도 하나가 지엽음이 많다 예뻐허고 우유나
요구르트 등을 사들고 와서 먹여 주곤 했단다.
10층 집도 진주에서 생활하다 아파트로 돌아보니
빵양튼 얼마나 게답고 좋았는가.

집에 와서는 신울 신고 혼자 다닐때가 없어니가
신을 들고 방안이 갔다 놓고 신고, 가지고 놀고 해서
현관에 있는 신을 모르게 띠뜨은 시켜나 할 형편이
간다. 엄마가 하지 못하게 하는 장난을 하나가
꼭 맞피 시작 하면 아빠가 같이 함데를 한다
그십이 돼서 하지 말라면 더하고 잔소리 가걱 한다.
같이 제법 몇마디 늘어나, 써가 어디갔나 하면 "엄마날다
"다됐다 "안해, (아주야 누리다) "안돼, "오빠, "딸, (딸기)
"담, (담배) "아기, "아라, (사과) "물, "밥바, "메ㅇ (까까ㅇ
"쥐, 등 하는 말은 제법 잘 한다.

그림책을 보고 "토끼, "말, 등을 알아보고 말을 한다
몸만 거리에 노래 비숫 한것도 하고, 음악소리에 맞추어
춤도 잘췄다.

어려서 부터 오른쪽눈이 다래끼가 낳는데 정말웃는다
하나않는 아무렇지도 않은지 평상되나 꼭같다.
요즈음은 기저귀를 거의 안쓴다 기특하게도 엄마가
시간 봐위 누게 하면 이런 말을 잘듣는다, 밤에 줄때면
기저귀를 채우는데 가끔씩을 데위하는 잘때도 거의
안 버린다 아침에 일어나면 곧바로 일을보게 하니까,
그래서 엄마 일이 크근?줄어들었지만 하나가 더욱
소리고 다녀서 엄마가 애를 먹는다
성깔이 쾌활한 편인것 같다

저번 달 17일엔 진주 외갓집에 갔었다.

같이 갔던 아빠는 19일 날 부산으로 가고 엄마는 불임 수술을 했기 때문에 일주일 더 있다가 28일 날 부산으로 왔단다.

진주에서는 하루 종일 신발을 신고 놀았기 때문에 이제까지 아파트에서의 생활보다 훨씬 재미있고 활발하게 보냈는데 개를 보고 좋아서 야단이야. "멍멍, 멍멍" 하며 손을 대보곤 깔깔대고 웃고 발로 차는 시늉도 한다.

식구들도 하나가 귀엽성이 많다고 예뻐하고 우유나 요구르트 등을 사 들고 와서 먹여주고 했단다.

열흘 정도 진주에서 생활하다 아파트로 돌아와 보니 뽀얗던 얼굴이 제법 그을렸구나.

집에 와서는 신을 신고 돌아다닐 데가 없으니까 신을 들고 방 안에 갖다 놓고 신고, 가지고 놀고 해서 현관에 있는 신을 모조리 피난을 시켜야 할 형편이란다. 엄마가 하지 못하게 하는 장난을 하나가 꼭 먼저 시작하면 오빠가 같이 합세를 한다.

고집이 세서 하지 말라면 더 하고 잔소리까지 한다. 말이 제법 몇 마디 늘어서, 내가 어디 갔다 오면 "엄마 왔다" "다 됐다" "안 해"(아주 야무지다) "안 돼" "오빠" "딸(딸기)" "담(담배)" "아기" "아과(사과)" "물" "밥바" "빵" "까까" "줘" 등 쉬운 말은 제법 잘한다.

그림책을 보고 "토끼" "말" 등은 알아보고 말을 한다. 흥얼거리며 노래 비슷한 것도 하고, 음악 소리에 맞추어서 춤도 잘 춘다.

어저께부터 오른쪽 눈에 다래끼가 났는데 정말 우습다. 하나야는 아무렇지도 않은지 평상시와 꼭 같다.

요즈음은 기저귀를 거의 안 쓴다. 기특하게도 엄마가 시간 봐서 누게 하면 이젠 말을 잘 듣는다. 밤에 잘 때만 기저귀를 채우는데 가끔씩을 제외하곤 잘 때도 거의 안 버린다. 아침에 일어나면 곧바로 일을 보게 하니까, 그래서 엄마 일이 조금 줄어들었지만 하나야가 더욱 설치고 다녀서 엄마가 애를 먹는다.

성격이 쾌활한 편인 것 같다.

아이는 일반 주택에서 키워야겠다는 생각을 했던 것 같다.

이옥선

"고집이 세서 하지 말라면 더 하고~ 춤도 잘 춘다."
이때의 나는 성인이 된 내가 술에 취했을 때와 신기할 정도로
흡사하다. 고집을 부리고, 하지 말라면 더 하고, 말이 짧아지고,
웅얼거리며 노래를 하고, 음악에 맞춰 춤을 추고….

김하나

인구 정책

요즘 사람들은 짐작이나 할 수 있으려나. 지금은 출산율이 낮아서
야단이지만 45년 전 그때는 정부 시책으로 '둘만 낳아 잘 기르자'라는
구호 아래 인구 억제 정책을 썼는데 우리는 어진 백성이라 정부
시책을 잘 따랐다. 둘만 낳았고 불임 시술도 했다. 주공아파트를
분양할 때 불임 시술서를 내면 당첨될 확률이 높단다. 후에 진주까지
가서 서류를 떼 오기 귀찮아서 포기했지만, 그때는 낙태 수술을 하는
것은 정말 별일도 아니었고 필요하면 누구나 쉽게 낙태 수술을 받을
수 있었다. 그런데 이제 와서 정부가 낙태를 두고 불법이네 합법이네
왈가왈부하며 개인의 자유를 억압하는 도구로 쓰니, 여자들이 용어
자체를 '임신중지'로 바꾸고 계속 투쟁을 해서 겨우 합헌을 끌어냈다.
이걸 보면 우리 같은 시대의 여자들은 '정부가 참 별꼴이네. 언제부터
그렇게 여성 건강을 생각해주고 태아의 인권을 생각했다고' 싶다.

이옥선

8월 17일.

저번 8일부터 10일까지는 태종대 큰집에 놀러 왔다가 왔다. 고층방에서 보면 바다가 바로 보이고 바람이 많이 불어와서 우리집보다는 너무 시원하고 넓어서 3일동안 잘 놀다 왔다.

하루는 배를 타고 바다에 나갔는데 해나가 갈매기를 보고 "새" "새" 하며 소리를 지르고 바다를 보고 "물" "물" 하며 손가락 질을 한다.

바위들이 있는 해변에서 남자들은 고기를 낚고 여자들은 조개랑 고둥 같은 것들을 잡고 아이들은 물에 들어가 놀았는데 엄마는 해나야 감 c베 때문에 꼼짝도 못했다. 그런에 아빠가 와서 해나를 튜브에다 태우고 수영을 해서 뿌려줌으로 배에 데리고 갔는데 가는 중간 해나가 울고 싶어하는것 같애서 배에다 내려 놓고 아빠가 낚시질을 해서 생우을 한마리 잡아 주니까 고기 옆에다 뺀뺀는 하고 손가락을 걸어붙고 좋아 하며 잘 놀았는데 돌아올때 큰아버지 장(셋재) 아빠랑 들이서 내리고 인다 튜브가 뒤집어 져서 해나아가 물이 퐁당 빠져 버렸단다.

아빠가 당황해서 해나아를 쳐들고 안아 갔단 생각이 받은 바위들이 부딪쳐서 나중에 물이 나오니 받은 긁혀서 피가 흠뻑 났었는데 물에 빠졌다가 나왔는데 조금 웃고는 별로 놀랜것 같지도 않았는데 어른들이 모두 놀래서 야단이었단다. 즉시 해나가 놀래서 경기 라도 하는게 아닌가 해서 말이야.

아홉은 고기에 밥도 해 먹고 갑을 닮지도 삶아 먹고 잡은 고기도 생우회를 하기도 해서 즐겁게 하루를 지냈었단다.

요즈음은 아침에 자리에서 눈을 뜨으며 엄마를 보고 "가써,"
하거나 " 사탕 조" 부터 시작 하는구나.
시도 부터 사탕을 먹는건 나빠라고만 당줄 도리가 없어서
사탕 부터 준단다.
말도 제법 늘어서 " 왔다," "왔다," " 줄고," " 책고, 등 들려
는 말이가 많고 " 목욕 ,, (오와는 목욕 하기를 좋아 한다) " 학교,
" 세수, " 커피, 등 단어 들은 제법 잘 큰다.
그림책을 보고 비행기, 총. 새와 포도 등 손가락으로
짚어 먹여 말도 하니 거의 대부분 잘 안다. 동물 그림들을
죽이 하나 T.V 에이스 동물의 나빵 죽아서 야단이다.
오세는 빠빠 하면 곧잘 새우 조고 또 강반같을 서로 가질려고
싸울때 엄마가 야단을 쳐여 빼빠가 옮기나 하면 하나가
순해서 양보를 하기도 한다.
애기 투른 조근 벗어 가는 가 보다.

저번 8일부터 10일까지는 태종대 큰집에서 있다가 왔다. 2층 방
에서 보면 바다가 바로 보이고 바람이 많이 불어와서 우리 집보
다는 너무 시원하고 넓어서 3일 동안 잘 놀다 왔다.

하루는 배를 타고 바다엘 나갔는데 하나가 갈매기를 보고 "새"
"새" 하며 소리를 지르고 바다를 보고 "물" "물" 하며 손가락질
을 한다.

바위들이 있는 해변에서 남자들은 고기를 낚고 여자들은 조개
랑 고동 같은 것들을 잡고 아이들은 물에 들어가서 놀았는데
엄마는 하나야랑 오빠 때문에 꼼짝도 못 했단다. 그런데 아빠
가 와서 하나를 튜브에다 태우고 수영을 해서 묶어놓은 배에 데
리고 갔는데 가는 동안 하나가 울고 싶어하는 것 같더니 배에다
내려놓고 아빠가 낚시질을 해서 생선을 한 마리 잡아주니까 고
기 입에다 뽀뽀를 하고 손가락을 집어넣고 좋아하며 잘 놀았는
데 돌아올 때 큰아버지(셋째)랑 아빠랑 둘이서 데리고 오다 튜
브가 뒤집어져서 하나야가 물에 퐁당 빠져버렸단다.

아빠가 당황해서 하나야를 쳐들고 와야겠단 생각에 발을 바위
돌에 부딪혀서 나중에 물에 나오고 보니 발을 긁혀서 피가 흠
뻑 나 있구나. 물에 빠졌다가 나왔을 때 조금 울고는 별로 놀랜
것 같지도 않는데 어른들이 모두 놀래서 야단이었단다. 혹시
하나가 놀래서 경기라도 하는 게 아닌가 해서 말이야.

아뭏튼 거기서 밥도 해 먹고 잡은 담치*도 삶아 먹고 잡은 고기
로 생선회를 하기도 해서 즐겁게 하루를 보냈었단다.

요즈음은 아침에 자리에서 눈을 뜨고서 엄마를 보고 "가 씨"
하거나 "사탕 조"부터 시작하는구나. 식전부터 사탕을 먹는 건

나쁘지만 당할 도리가 없어서 사탕부터 준단다.

말도 제법 늘어서 "있다" "없다" "물 조" "책 조" 등 달라는 요구가 많고 "목욕"(요새는 목욕하기를 좋아한다) "학교" "세수" "커피" 등 단어들은 제법 잘한다.

그림책을 보고 비행기, 총, 사과, 포도 등 손가락으로 짚으면서 말도 하고 거의 대부분 잘 안다. 동물 그림들을 좋아하고 TV에서도 동물이 나오면 좋아서 야단이다. 요새는 오빠하고 곧잘 싸우고 울고 또 장난감을 서로 가지려고 싸울 때 엄마가 야단을 쳐서 오빠가 울거나 하면 하나가 슬그머니 양보를 하기도 한다. 애기 티를 조금 벗어가는가 보다.

• 좀 더 큰 흥합

태종대라 하면 일반적으로 유원지로 생각하겠지만 우리가 말하는
태종대는 남편의 고향 또는 큰댁을 말한다. 유원지 입구에서
버스로 한 정거장 거리에 방파제가 있는데 주변에 횟집들이 많지만
주택가도 있다. 그곳이 동삼동이다. 남편의 윗대 분들이 이곳에서
대대로 살았기 때문에 그곳은 마치 도심 속의 집성촌 같았다.
영도에는 그곳에서 나고 자란 사람이 타지로 나가면 고갈 할매가
그들을 불러들이려고 망하게 한다는 전설이 있는데, 그 때문인지는
모르지만 남편의 형제 네 분과 사촌(한동네 사는 사촌이 스물네
명이다)에다 육촌도 있고 해서 택시에서 내려 잠깐 골목길을 지나칠
때도 남편은 계속 인사를 해야 했다. 결혼하고 수십 년이 지나고도
나는 가계도가 머릿속에 들어오지 않아서 말을 높여야 할지 내려야
할지 헷갈려서 뒷말은 애매하게 얼버무리는 식으로 했다.
남편은 5형제 중에 넷째인데 우리만 빼고 다 태종대라 칭해지는
곳에서 살았다. 형제들은 어선들을 소유하고 있었고 잡은
'아나고'를 일본에 수출도 해서 한때 번성하기도 했다. 어릴 때
국민학교를 같이 다닌 친구들도 여전히 그곳에서 살고 있었기
때문에 선거철이 되면 남편을 찾는 사람이 많았고 자주 불려
다니기도 했다. 배를 타고 나가면 생섬이나 주전자섬이나
'바람내기 찬물께'라고 하는 그 동네 사람들만이 알 수 있는 섬들이
있는데, 배를 그중의 한 섬에다 정박해놓고 야유회를 온 것처럼
놀았다. 아이들의 사촌은 열여덟 명이다.

이
옥
선

나는 이 일기에 쓰인 시절이 단 하나도 기억이 나지 않는데, 어릴 적
바닷물에 빠져서 숨 막혀 하다가 아빠가 건져 올려준 기억이 있다.
나는 그것을 막연히 우리 집 앞이었던 해운대해수욕장에서의 일이라고
생각하고 있었는데 일기를 보면 이때 태종대에서의 기억일 수도
있겠다 싶어서 방금 엄마와 통화를 했다. 엄마는 해운대해수욕장에서
그런 일이 있었는지는 모르겠다고 하고, 태종대에서 물에 빠진 일은
내가 너무 어려서 기억이 안 날 것이라고 했다.
그런데 나는 지금까지도 그때 물에 빠져서 아빠가 나를 꺼내준 기억이
생생하다. 그렇다면 아빠는 아마도 이때 한 번, 내가 기억이
날 만큼 컸을 때 또 한 번 나를 구해주었던 것 같다. 물론 빠트린 것도
아빠지만…. 통화에서 엄마는 일기에 언급한 것처럼 아빠가
이때 태종대에서 발을 크게 다쳤다고 했다. 두 돌도 안 된 아기를
바닷물에 빠트렸으니 젊은 아빠는 또 얼마나 놀랐을까.

김
하
나

9월 9일.

날씨도 선선해지고   점차 지내기가 좋아졌다

하나는 말이 제법 늘어서   어른들이 말을 하면

거의 따라 한다.   스스로 생각해서 하는 말도

제법 서술형으로 되어간다.

"오빠 잔다, "아빠 학교 간다." "세수 한다,

"빨리 가져와, 등 간단한 말들은 잘 한다.

그림책을 보고 "이거 뭐야, 하고 묻는데   발음이 어려워

서 잘 못 따라 하겠으면   몇 번이고 묻는다.

빨리, 얼른, 어서, 라는 말이 같은 뜻으로 쓰인다

는 것도 안다.

오빠를 보고 "하영아, 하기도 하고   어떤 때 머리를

쓰다듬으며 대니를 보고 "하나야 하나야, 하며 귀여워

해주는 흉내도 낸다.

저번 6일엔 처음으로   미장원에 가서 머리를 잘랐다

앞머리는 거의 길지를 않는데   뒷머리만 자라서 목덜미

있는데 까지 내려 왔기 때문인데   다른 머리 자르

는 걸 보고 왔었기 때문인지   머리 자를 동안 의자에

가만히 앉아 있어서   모두들 착하다고 하는구나.

낮잠을 1시간 반 ~ 2시간씩 자고   장난감이나 그림책,

TV 등을 상대로 지낸다.

며칠 전간 이마의 종기가   하나 나더니 고름이 부어올랐

던 적이 있었는데 정말 용감이로 보였다.

종기를 짜더 고름을 내고 하는데   웃고 소리 지르고

야단이었지만 그래도 꽤 착한 셈인가보다.

고약을 이틀 동안 부치고   미역션은 (소분) 먹고 하여

다 나았단다. 이젠 그 자욱은 남지 않다.

아직도 오줌을 가릴줄 몰라서 엄마가 직당한 시간을
맞추어 시켜주는데 어쩔때 시간을 넘기면 못이대가
누고는 나에게 와서 "오줌쌌다" 그 말을 한다.
'애 쉬 했니?, 하며 나무라면 미안한 표정이다.
　　　아빠가 엄마는 안거나 등을 두드려 주어도 "때리지마"
하며 아빠를 밀어내고 울고 야단이어서 아빠가 장난을
일부러 더 하신 하면 아빠 멀을 할퀴고 밀어내고
한단다.
어저께 아침인 먼저 일어나서 엄마가 잔다고 조통히
있었는데 아빠가 엄마를 깨우다고 뚝 야단이었따.
'엄마 잔다, 하며 아빠를 보고 못깨우게 하고 손가락으로
입을 대고 '쉿쉿, 하며 조용히 하라고 시늉을 했단다.

1978년 9월 9일

날씨도 선선해지고 점차 지내기가 좋아졌다. 하나는 말이 제법
늘어서 어른들이 말을 하면 거의 따라 한다. 스스로 생각해서
하는 말도 제법 서술형으로 되어간다.

"오빠 잔다" "아빠 학교 갔다" "세수한다" "빨리 가져와" 등 간단
한 말들은 잘한다. 그림책을 보고 "이거 뭐야" 하고 묻는데 발
음이 어려워서 잘 못 따라 하겠으면 몇 번이고 묻는다. '빨리,
얼른, 어서'라는 말이 같은 뜻으로 쓰인다는 것도 안다.

오빠를 보고 "하영아" 하기도 하고 어떤 땐 머리를 쓰다듬으며
오빠를 보고 "하나야 하나야" 하며 귀여워해주는 흉내도 낸다.
저번 6일엔 처음으로 미장원에 가서 머리를 잘랐다. 앞머리는
거의 길지를 않는데 뒷머리만 자라서 목덜미 있는 데까지 내려
왔기 때문인데 오빠 머리 자르는 걸 보고 있었기 때문에 머리
자를 동안 의자에 가만히 앉아 있어서 모두들 착하다고 하는구
나. 낮잠을 한 시간 반~두 시간씩 자고 장난감이나 그림책, TV
등을 상대로 지낸다.

며칠 전엔 이마에 종기가 하나 나서 코와 눈이 부어올랐던 적이
있었는데 정말 못난이로 보였단다. 종기를 짜서 고름을 내고 하
는데 울고 소리 지르고 야단이었지만 그래도 참 착한 사람이었
단다. 고약을 이틀 동안 붙이고 마이신(시럽)을 먹고 해서 다 나
았단다. 아직 그 자국은 남아 있다.

아직도 오줌을 가릴 줄 몰라서 엄마가 적당한 시간을 맞추어서
시켜주는데 어쩔 때 시간을 넘기면 옷에다가 누고는 나에게 와
서 "오줌 쌌다"고 말을 한다. "왜 쉬했니 응" 하며 나무라면 미안
한 표정이다.

아빠가 엄마를 안거나 등을 두드려주어도 "때리지 마" 하며 아
빠를 밀어내고 울고 야단이어서 아빠가 장난을 일부러 더 하고
하면 아빠 얼굴을 할퀴고 밀어내고 한단다.
어저께 아침엔 먼저 일어나서 엄마가 잔다고 조용히 있었는데
아빠가 엄마를 깨운다고 막 야단이었단다. "엄마 잔다" 하며 아
빠를 보고 못 깨우게 하고 손가락으로 입을 대고 "쉿쉿" 하며
조용히 해라는 시늉을 했단다.

잠자는 엄마를 깨우는 건 안 되는 일이라고 생각할 정도로 정서가
발달했다는 뜻일까? 자고 나서 아빠가 이야기해주었는데 어찌나
기특한지. 귀여워, 귀여워.

이
옥
선

이때도 정말 그런 이유에서였는지는 모르겠지만, 나는
어릴 적부터 항상 엄마가 잠을 잘 못 잔다는 걸 신경 썼다.
다른 가족들이 엄마가 자고 있는데 아랑곳하지 않고 TV를
켜거나 우당탕 소리를 내면 나는 신경이 온통 엄마가
있는 방으로 쏠리곤 했다. 그러면 조금 있다가 엄마가
찌푸린 얼굴로 어지러워하며 방문을 열고 나오곤 했다.
엄마는 고질적인 만성 편두통에 시달리기도 해서 두통이
심하게 오면 누워서 꼼짝 못 했는데 이때도 약을 사다 주는
건 나밖에 없어서 다른 가족들이 원망스러웠던 기억이
있다. 내가 보기엔 집에서 가장 바쁘고 많이 활동하는 건
엄마인데 엄마를 돌봐주는 사람은 아무도 없으니 내가
엄마를 돌보고 지켜야겠다고 생각했다.

여기까지는 대견한 일이긴 한데… 나는 그 때문에 다른 사람의
잠에 너무 예민한 성향으로 자라나게 된 것은 아닌가 싶다.
초·중·고등학생 때도 새벽에 깨어 화장실에 갔다가 변기
물을 내리면 그게 천둥소리처럼 들리고 엄마가 깰까 봐 온
신경이 곤두섰다. 지금도 잠귀가 무척 밝은 편인데 한동안
새벽에 우리 고양이가 울면, 내가 그 소리를 듣고 깨기도
하지만 동거인이 깰까 봐 신경 쓰이는 게 더 컸다. 다행히 나의
동거인 황선우 작가는 실제로 천둥이 쳐도 세상모르고 꿀잠을
자는 편이라 여러 해가 지나자 나의 예민함은 좀 줄어들었다.
나는 철이 늦게 든 편이었고, 가족의 입장을 배려하는 경우는
예민한 엄마의 잠을 신경 쓰는 것 외엔 거의 없었다. 만약 철이
일찍 들어 모든 가족을 배려하는 성격의 아이가 있다면 그
아이는 어른스럽다는 칭찬은 많이 듣겠지만 자라서 남모를
고충을 가지게 될 수도 있겠다는 생각이 든다. 엄마는 항상
말했다. "새근이 너무 일찍 나는 건(철이 너무 일찍 드는 건)
좋은 것만은 아니야. 철모르고 지 하고 싶은 거 하겠다고
씌우기도(고집부리기도) 하고 그래야지."
음, 그래서 엄마가 끝끝내 철이 안 든 아빠를 데리고 이혼을
하네 마네 하며 평생 살게 되었는지도 모르겠다.

김
하
나

10월 2일.

말하는게 경망히 빠른 속도로 늘어간다. 표현 하고자 하는 말은 거의 다 한다. 이젠 T.V 광고를 시작만 해도 무슨 광고인지 다 알아 맞힐 정도다.

요즈음은 책 에다 볼펜으로 그리고 노는 일을 하루 중일 한다. 볼펜이나 크레용으로 그림책이나 달력 뒷장이나 손, 발 등 닥치는 대로 그려 놓는다.

노래도 잘 부르는데 도끼야, 도끼야 산속의 도끼야, 를 제일 처음 부르겠다. 발음을 정확치 않지만 음은 거의 정확 하다. 그리고 어쩌나 귀염을 떠는지 아빠 곁에만 가면 하나는 꼭 같이 가자고 껴안고 한 치기 때문에 하기가 싫어 그 야단이다.

외출을 하거나 하면 좋아서 야단인데 택시가 지나가면 택시 타자고 "택시, 택시" 하며 그 곳으로 손을 끌고 가곤 한다. 어린이 놀이터 앞 가서 그 미끄럼 태워 보려니 무섭다고 안 올려고 한다. 다른 놀이도 싫어 하면서 그런 곳에 가려면 싫다고 안 간다고 성낸다.

며칠 전에 햇볕에 가서 같은 또래 들과 비교해 봤더니 하나가 훨씬 작다. 얼굴이 우락한 준민이는 같은 날에 낳았는데도 벌써 큰 씨암 길렀거든 되고 대견하는데 하나 보다 3cm 정도는 더 큰것 같다.

시골 집에 가서 "쉬 할거야, 하더니 지금까지 한번도 옷에 싸는 일이 없어졌구나. 엄마가 정말 편안해 지는것 같다. 뭐든지 잘 먹고 이불 옷이다 라도 같이 있으면 잘 잔다. 아침에 일어 나와도 엄마가 안 깼으면 앉혀 놓고 혼자 논다. 아직 밥을 혼자서 못 먹고 엄마가 도와 주어야 한단다. 가끔 혼자 먹으라 했네 반 쯤은 흘려 버리는구나.

말하는 게 굉장히 빠른 속도로 늘어간다. 표현하고자 하는 말
은 거의 다 한다. 이제 TV 광고를 시작만 해도 무슨 광고인지
다 알아맞힐 정도다.

요즈음은 책에다 볼펜으로 그리고 노는 일을 하루 종일 한다.
볼펜이나 크레용으로 그림책이나 달력 뒷장이나 손, 발 등 닥치
는 대로 그려놓는다.

노래도 잘 부르는데 "토끼야, 토끼야, 산 속에 토끼야"를 제일 처
음 부른 것 같다. 발음은 정확하지 않지만 음은 거의 정확하다.
그리고 어찌나 귀염을 떠는지 아빠 곁에만 가면 하나를 꼭 잡아
가지고 껴안곤 하기 때문에 하나가 싫다고 야단이다.

외출을 하거나 하면 좋아서 야단인데 택시가 지나가면 택시 타자
고 "택시, 택시" 하며 그쪽으로 손을 끌고 가곤 한다. 어린이 놀이
터엘 가서 그네를 태워봤더니 무섭다고 안 타려고 한다. 다른 놀
이도 싫어하면서 그럼 집에 가자면 싫다고 안 간다고 생떼다.

며칠 전에 해운대에 가서 같은 또래들과 비교해봤더니 하나가
훨씬 작다. 옆집에 있었던 종민이는 같은 날에 낳았는데도 벌써
큰 세발자전거도 타고 다닌다는데 하나보다 3cm 정도는 더 큰
것 같다.

사흘 전부터 "쉬할 거야" 하더니 지금까지 한 번도 옷에 싸는 일
이 없어졌구나. 엄마가 점차 편안해지는 것 같다. 뭐든지 잘 먹
고 아무 곳에서라도 잠이 오면 잘 잔다. 아침에 일어나서도 엄
마가 안 일어나면 얌전히 혼자 논다. 아직 밥은 혼자서 못 먹고
엄마가 도와주어야 한단다. 가끔 혼자 먹곤 하는데 반쯤은 흘
려버리는구나.

기저귀를 뗀다는 것

아기를 낳게 되면 빠질 수 없는 준비가 기저귀이다. 가제 천을 필지로
사다가 잘라서 시치고 삶아 빨고 준비가 보통이 아니다. 매일 기저귀를
몇 벌씩 빨고 말리고 개고…. 지금이야 기저귀를 사다 쓰고 버리기만
하면 되지만 그때는 날씨가 흐리거나 비가 오면 기저귀를 말리는 것도
큰일이었다. 아기가 설사를 하면 그걸 또 삶아 빨아야 한다. 아기가
기저귀를 뗀다는 것은 엄마가 이제 일상의 노동에서 좀 수월해진다는
뜻이다. 동시에 아이의 활동이 더 늘어난다는 뜻이기도 하다.

이옥선

10월 16일

하나야 대문의 아빠 하고 엄마 하고 다투었던
이야기 한 토막 할까?

지난 일요일이 오던가 아빠가 아직 안 일어나고 있고
엄마는 아침 준비를 하고 있었는데 아마 화영이
하고 하나야가 놀면서 노래를 불렀던 모양인데
하나가 한창 유행하고 있는 유행가의 한 귀절은
진정만 몰랐었네 , 하고 흥얼거렸던 모양이야
잠결에 아빠가 그걸 듣고는 불쾌 했었던지
일어나서 엄마 보고 화를 내면서 "애들을
어떻게 키웠길래 리오양이 노면 뭐 아들이더구나
엄마가 기분이 나빠졌기 때문에 "애들은 엄마
흘라야 키우는 건가요 아빠가 저녁에 인제 인제
들어와서 아이들 하고 같이 놀아 주면 뭣 때매
테레비만 열심히 보고 있겠어요 , 하께 충격을
했기 때문에 옥신각신 시끄러워 지고 서로 감정
을 상하게 되곤단다. 사실 화영이나 하나는 환경
적으로 썩 좋은 것은 못 되기 때문에 노는것도 한번
하러 못 하고 낮잠이라도 좋다이 자는 애들은 저녁에
늦게 까지 안 자고 테레비만 열심히 본단다
그래서 T.V 중독 현상을 일으키게 됐는 모양인데
그것이 모두 나의 책임인것 처럼 아빠가 몰가 부쳐기
때문에 싸우게 됐단다.

뛰어 놀수 있는 마당도 있고 친구들도 섞일수 있는
일반 주택 가에 살았다면 문제는 훨씬 줄했을 것 같구나.
앞으로 적당한 시기 부터 관심을 다른 방향으로 유도
를 해야 겠다.

못하는 말이 없을 정도로 다 따라하고 혼자서 생각
한 말도 해본다. 엄마가 옷을 갈아 입고 머리를
빗으면 "엄마 시장가?" 하며 물어 본다.

하나야 때문에 아빠하고 엄마하고 다투었던 이야기 한 토막 할까?
지난 일요일이었던가 아빠가 아직 안 일어나고 있고 엄마는 아
침 준비를 하고 있었는데 아마 하영이하고 하나야가 놀면서 노
래를 불렀던 모양인데 하나가 한창 유행하고 있는 유행가의 한
귀절인 "진정 난 몰랐었네" 하고 흥얼거렸던 모양이야. 잠결에
아빠가 그걸 듣고는 불쾌했었던지 일어나서 엄마보고 화를 내
면서 "애들을 어떻게 키웠길래 저 모양이냐"며 막 야단이더구
나. 엄마가 기분이 나빠졌기 때문에 "애들은 엄마 혼자서 키우
는 건가요. 아빠가 저녁에 일찍일찍 들어와서 아이들하고 같이
놀아주면 뭣 때매 테레비만 열심히 보고 있겠어요" 하며 공격을
했기 때문에 옥신각신 시끄러워지고 서로 감정을 상하게 되었
단다. 사실 하영이나 하나는 환경적으로 썩 좋은 것은 못 되기
때문에 노는 것도 활발하질 못하고 낮잠이라도 좀 많이 잔 날
은 저녁에 늦게까지 안 자고 텔레비전만 열심히 본다. 그래서
TV 중독 현상을 일으키게 됐는 모양인데 그것이 모두 나의 책
임인 것처럼 아빠가 몰아붙였기 때문에 싸우게 됐단다.
뛰어놀 수 있는 마당도 있고 친구들도 생길 수 있는 일반 주택
가에 살았다면 문제는 좀 달라졌을 것 같구나. 앞으로 적당한
시기부터 관심을 다른 방향으로 유도를 해야겠다.
못 하는 말이 없을 정도로 다 따라 하고 혼자서 생각한 말도 해
본다. 엄마가 옷을 갈아입고 머리를 빗으면 "엄마 시장 가?" 하
며 물어본다.

요즘 트로트 경연대회에 꼬마들이 나와서 간드러지게 노래를
하는 걸 보면 도대체 애들이 어찌 저리 노래를 잘하는 건가 싶은데,
정말 타고나지 않으면 가능하지 않은 것 같다. 나는 딴 때는 전생을
잘 안 믿지만 이렇게 어릴 때부터 뛰어난 재능을 보이는 사람을
보면 '저런 사람은 틀림없이 전생에 가수였을 건데, 레테의 강을
건널 때 기억이 지워지지 않아서 이생에서도 저렇게 노래를 잘하는
거야'라고 생각하기를 좋아한다.

우리가 자랄 때는 라디오 있는 집도 흔하지 않은지라 좋든 싫든
아이들은 당연히 동요를 불러야지 유행가 따위를 부르는 것은
좀 경박한 것쯤으로 치부되었다. 아이들이 유행가를 부르는 것을
질색하는 사람도 더러 있었다. 우리 부부 싸움의 원인도 이것이었다.
시대가 바뀌면 세태도 바뀌는 법, TV에 많이 노출되면 보이고
들리는 대로 따라 하게 되어 있는 거다. 좀 더 많이 살고 보니
남편은 이때 벌써 꼰대의 씨앗을 하나씩 수집한 모양새다.

이
옥
선

나중에 나는 가요를 너무나 사랑하는 아이가 되었고 그것이 내 모든
문화생활의 엄청난 자양분이 되어주었다. 아빠는 항상 술을 마시고 늦게
들어왔기 때문에 나는 모든 가요 프로그램을 열렬히 시청했는데, 아빠가
방학을 맞거나 집에 있는 날이면 내가 원하는 프로그램을 못 보게 해서
미웠다. 아빠는 뉴스와 〈동물의 왕국〉 〈전원일기〉, 롯데 자이언츠의 야구
경기만 보고는 TV를 꺼버렸기 때문에 가족들은 불만이 많았다. 훗날
할아버지가 된 아빠가 TV를 온종일 쩌렁쩌렁 틀어놓고 지내는 바람에
엄마와 나는 옛날 생각을 하며 뒤에서 흉을 봤다.

11월 7일
요새는 소유의 구분에 대해서 아주 민감한 반응을 보인다.
아빠가 엄마 베게를 베기나 하면 "엄마꺼야" 하며
꼭 빼어내어야 하고 안되면 울기까지 한다.
그뿐만 아니라 숟가락 밥그릇 등 모두것이 구분을 2르고
누구것인가에 대해서 때리고 생각한대로 되어 있지 않으면
안되나 보다. 그래서 취드리 "엄마꺼야, 아빠꺼야
언빠꺼야 해쌓아까? 하며 챙기고 꽂꼭고 다른
사람이 손을 못대게 신경을 쓰는것 같다.
그리고 복수심리가 작용을 해서 누가 해내 때리면
꼭 해쌓을 0도로 때리고 누가 때리면 꼭 뚝기를
때려준다. 언빠가 좀 되는하게 하거나 요구대로 않해
주면 울먼서 "언빠 땠찌" 하며 나를 때리고 "언빠가 그.."
하며 소리를 지른다 언빠 에게도 안리고 꼭 때들기
때들이 나중에는 얻어 맞고 물러가도 하고 많어서
넘어지기도 해서 하리에도 멫 번씩 운다. 그래도
먹는기 있으면 같기 먹을줄 알고 언빠가 울거나
않때 빛거나 하면 언빠 편을 들어서 언빠를 때리거나
눈을 흘기며 화난 표정을 지어 보인다.
해쌓가 밥 먹기 싫을때 언빠가 "밥빠 먹자" 하며
"밥빠 먹엄네" 하며 안 먹깄단다 언빠가 해쌓 때들이
않안 울고 울거나 하면 "언빠 울제" 하며 좀 걸여 썼는
모양이다.
여러 번이 언빠가 터욱로 출장을 가셨날 누데 아침이
일어 나더니 "아빠 학교 갔다" 하며 인사도 없이 갔다고
좀 기분이 나쁜 모양이다.
10월 3(일에 이욱 부산 대학동 장전동 주택으로 이사를

있는데 미운 개가 한마리 있어서 좋대라고 하며 잘 놀다가
개가 안보이면 "멍멍아 나온나," 하며 개를 부르다가
개가 멍멍 짖어면 좋아서 소리를 지르고 야단이다.

아빠가 자전거를 타면 뒤에서 밀어 주고 "어게 써가
할게," 하며 자전거의 뒤를 잡고서 끄떡 끄떡 해본
다는 아이가 자전거를 쓰러가나 하면 "안돼 깨야," 하며
손도 못대게 한다.

엄마가 잠깐 나갔다 오기나 하면 "엄마 시장 갔다 왔어,"
한다. 아빠는 집에 없을 때는 항상 "학교에 갔다," 고
하고 엄마 시장에는 가는줄 아는 모양이다.

요즈음은 혼자서도 노래를 흥얼흥얼한다. 제법 발음도
정확하고 곡도도 맞다.
"곰세마리," "토끼야 토끼야," "산토끼," "어건 동아리,"
"그기를 잡어라," "나비야," 등은 중요한 레퍼토리 이다.
하는 짓이 지엽고 애교가 있어 모두 예뻐한다.

요새는 소유의 구분에 대해서 아주 민감한 반응을 보인다. 아빠가 엄마 베개를 베거나 하면 "엄마 거야" 하며 꼭 밀어내어야 하고 안 되면 울기까지 한다.

그뿐만 아니라 숟가락, 밥그릇 등 모든 것에 구분을 짓고 누구 것인가에 대해서 따지고 생각한 대로 되어 있지 않으면 야단이 난다. 그래서 뭐든지 "엄마 거야, 아빠 거야, 오빠 거야, 하나야 거야" 하며 챙기고 갖다 주고 다른 사람이 손을 못 대게 신경을 쓰는 것 같다.

그리고 복수 심리가 작용을 해서 누가 하나 때리면 꼭 하나를 도로 때리고 두 개 때리면 꼭 두 개를 때려준다. 엄마가 좀 서운하게 하거나 요구대로 안 해주면 울면서 "엄마 땟찌" 하며 나를 때리고 "엄마 가, 가" 하며 소리를 지른다. 오빠에게도 안 지고 꼭 대들기 때문에 나중에는 얻어맞고 물리기도 하고 밀어서 넘어지기도 해서 하루에도 몇 번씩 운다. 그래도 먹는 게 있으면 갈라 먹을 줄 알고 오빠가 울거나 야단맞거나 하면 오빠 편을 들어서 엄마를 때리거나 눈을 흘기며 화난 표정을 지어 보인다. 하나가 밥 먹기 싫을 때 엄마가 "밥바 먹자" 하면 "밥바 먹었네" 하며 안 먹겠단다. 오빠가 하나 때문에 야단맞고 울거나 하면 "오빠 울제" 하며 좀 겸연쩍은 모양이다.

며칠 전에 아빠가 서울로 출장을 가셨는데 아침에 일어나더니 "아빠 학교 갔다" 하며 인사도 없이 갔다고 좀 기분이 나쁜 모양이다.

10월 31일에 이곳 부산대학 앞 장전동 주택으로 이사를 왔는데 마침 개가 한 마리 있어서 좋아라고 하며 잘 노는데 개가 안 보이면 "멍멍아 나온나" 하며 개를 부르다가 개가 멍멍 짖으면 좋아서 소리를 지르고 야단이다.

오빠가 자전거를 타면 뒤에서 밀어주고 "이제 내가 할게" 하며 자전거에 올라앉아서 끄떡끄떡해본다. 다른 아이가 자전거를 만지거나 하면 "오빠 거야" 하며 손도 못 대게 한다.

엄마가 잠깐 나갔다 오거나 하면 "엄마 시장 갔다 왔어" 한다. 아빠는 집에 없을 때는 항상 "학교에 갔다"고 하고 엄마는 시장에만 가는 줄 아는 모양이다.

요즈음은 혼자서도 노래를 참 잘한다. 제법 발음도 정확하고 곡조도 맞다.

〈곰 세 마리〉〈토끼야 토끼야〉〈산토끼〉〈어린 송아지〉〈고기를 잡으러〉〈나비야〉 등은 중요한 레퍼토리이다. 하는 짓이 귀엽고 애교가 있어 모두 예뻐한다.

주택가로 이사

부산대학교 앞의 주택가로 이사를 왔다. 이제 하나를 방에서만
키우기 힘들 정도가 되었는데, 방 두 칸에 부엌이 딸린 집으로
가운데는 주인 내외가 살고 왼쪽에 또 다른 세대가 세 들어 살고
있었지만, 아이들이 마당에서 놀 수도 있고 강아지도 있고 해서
아이들 키우기가 좋았다. 골목길에 나가면 같이 놀 아이들도
있었다. 그러니까 우리 식구 외의 다른 사람들과도 어울릴 수 있는
기회가 생긴 것이다. 하지만 아빠가 근무하는 학교 바로 앞이다
보니 아빠가 퇴근하면서 학보사 기자들을 다 데리고 와서 술판을
벌이는 일이 잦아서 이사를 잘한 건지 알 수 없었다.

이옥선

이 책을 세상에서 가장 많이 읽은 사람으로서 말하는데 여기서부터 김
하
나
진짜 재밌다.

11월 28일.

늦잠을 자고 10시쯤 일어 나서 아침먹고 둘이 (?) 하고 놀다가
3시나 4시쯤 점심 먹고 나면 낮잠을 자고 6시경에 일어 나서 T.V를
본다 저녁먹고 잠을 자거나 T.V가 다 할때 까지 켜나 아리
그렇지 않으면 안되나 본다. 더불기 유행가란 유행가는 다한
다. 아빠하고 엄마하고 씨울수 있는 거리를 제공하기도 한다.
아빠 못보는 T.V를 내내 보게 하여 유행가를 부르게 되게 모두
엄마 탓이 가는구나. 그래서 한참 싸울때시 아빠가 술만
마시고 늦게 들어와서 어둡하고 놀다 그러도 웃음기 때문이라고
봐야. T.V 드로는 착 안고 왔다가 첫부분만 나오면 뭐 한다고
소리친다.

요즈음은 뒤도지 e빠 하고 같이 해가 직듯이 돌린다 뭐기다
놀다가 해영이가 방안으로 들어 가버리면 밖으로 나려고 「해영아
해영아」 하며 하는 목소리로 부른다 다른때 꼭 e빠라고 하더니
하기가 나면 해영아다.

아빠 이른버려 「김충근」 엄마는 「이옥선」 e빠는 「김희엄
희바는 「김동성」 뒤도지 물어 보면 척척 대답 한다.
아빠 여다 갔니 「학교 갔다」 벗 주를 들고 e면 「엄마 병리 이야」 하고
호 버거를 보이면 「시장가」 하고 운다
희바면 「그 가, 나가」 하고, 모르는걸 물어면 「모것다」
또는 「나는 몰라」 한다 e빠가 여과 아니라 없더니 일어나
머리를 쓰다듬어 주면서 「엄마 뭐 그래」 한다.
이불들 못하는 말이 없다 「아줌마 갔제?」 「e빠 아 나쁜
사람이야」 「아빠 출장 갔다」 「돌아 밥바 먹어라」 등등.
저면 목목 가서 알라 보소며 못츠께가 11시쯤 강도시더 그림 못츠께
가 곧 작게 써났는가 걸러다.
e빠대마 보다 착실 빨리 양강하것같 같다.

늦잠을 자고 10시쯤 일어나서 아침 먹고 똘이(개)하고 놀다가 3시나 4시쯤 점심 먹고 나면 낮잠을 자고 6시경에 일어나서 TV를 본다. 저녁 먹고 잠을 자거나 TV가 다할 때까지 켜놔야지 그렇지 않으면 야단이 난다. 덕분에 유행가란 유행가는 다 한다. 아빠하고 엄마하고 싸울 수 있는 자료를 제공하기도 했다. 아빠 말로는 TV를 너무 보게 해서 유행가를 부르게 된 게 모두 엄마 탓이라는구나. 그래서 한판 싸웠지. 아빠가 술만 마시고 늦게 들어와서 애들하고 놀아주지도 않았기 때문이라고 말이야. TV 프로를 쫙 외고 있다가 첫 부분만 나오면 뭐 한다고 소리친다. 요즈음은 뭐든지 오빠하고 같이 해야 직성이 풀린다. 밖에서 놀다가 하영이가 방 안으로 들어가 버리면 밖으로 나오라고 "하영아 하영아 좀" 하며 화난 목소리로 부른다. 다른 땐 꼭 오빠라고 하면서 화가 나면 하영아다.

아빠 이름 뭐니 "김창근", 엄마는 "이옥선", 오빠는 "김하영", 나는 "김동생" 뭐든지 물어보면 척척 대답한다. 아빠 어디 갔니 "학교 갔다", 빗자루를 들고 오면 "엄마 방 치아?" 하고, 머리를 빗으면 "시장 가?" 하고 묻는다. 화나면 "가! 가! 니가 가!" 하고, 모르는 걸 물으면 "모것다" 또는 "나는 몰라" 한다. 엄마가 머리가 아파서 엎드려 있으면 머리를 쓰다듬어주면서 "엄마 뭐 그래" 한다. 아뭏든 못 하는 말이 없다. "아줌마 갔제?" "오빠야 나쁜 사람이야" "아빠 출장 갔다" "똘이야 밥바 먹어라이" 등등. 저번 목욕 가서 달아보았더니 몸무게가 11kg 정도인데 그 집 몸무게가 좀 적게 나가는 것 같더라. 오빠 때보다 확실히 빨리 성장하는 것 같다.

이때는 TV도 온종일 송출하지 않고 오후 5시쯤 어린이 방송부터
했는데, 12시 되면 애국가와 함께 겨우 세 개 있는 방송이 다 끝났다.
그런데도 '아이들에게 TV를 지나치게 많이 보게 했네' 하는 소리도
들었는데 요새같이 셀 수 없는 채널이 있고, 24시간 방송이 나오는
세상에서는 아이들을 어떻게 키우고 있는지 새삼 궁금하네.

이옥선

"아뭏튼 못 하는 말이 없다. ~ '뚤이야 밥바 먹어라이' 등등."
못 하는 말이 없어진 이 아이는 나중에 커서 『말하기를 말하기』라는
책도 쓰게 된다.

12월 28일.

16일이 하나가 두번째 맞는 생일이었다. 엄마가 온천시장까지 가서 거금(?)을 들여 방도다리를 한마리 사났는데 물론 미역국거리로, 아빠가 반 정도는 생선회로 떠내고 그걸 안주로 옆방 아저씨하고 같이 하나야 생일 축하주로 막걸리를 마셨단다.

특별한 선물을 해봐야 하나가 의미를 알것 같지도 않아서 어느정도 걸때 까진 생략할 작정이다.

제법 밖에 나가서 놀고 어느정도 지나면 집으로 들어오고 한다. 수시로 엄마가 내다 보리만 어떤 땐 넘어져다 "하나야 아야 한다" 며 울고 올때도 있다.

그런데 어디께는 하나를 잃어버려 온집안이 야단이 났었단다.

고추 배급 탔어었지.

가게 앞에 있길래 어느 때처럼 오빠가 데려가려니 했고 통창 집엘 갔었던 게 잘못이었어. 아빠는 게으름뱅이니깐 집에서 뭉그적을 했을 것이고, 오빠는 아직 글볼 나이도 아니었는데. 그리고 사실 엄만 경황이 없었단다. 수입 고추 — 춤날 하나가 보면 생소할까 봐 적어 놓는데 이 무렵엔 고추 파동 때문에 속깨나 썩혔지. 검충 담는 건 두고라도, 고추장 하나에도 신경을 써야 할 때 였다니까 — 땜에 아등바등 해야 했으니깐.

돌아 닥쳐야 하나가 넘어진 걸 알았것지. 거가 막혔다. 어빠랑 찾아 나섰지만 찾을 수가 있어야지. 온저 세방을 훑으나 다녔었다. 그래도, 그래도 딸 애 우리 하나가 없어지기가 쫙하고 싶다면 었지.

찾고 난 후에 아빠는 네 볼을 쪽 쏘썩이며 때렸단다.

그것도 옆방 아줌마가 찾아 왔는데 들어보니 잡아다 부러 약
300 m 쯤 떨어진 찻길 까지 하나가 혼자서 걸을 했던 오양이야
처음인 신이 나서 갔겠지만 차는 놓이 보고 리기 놀다 갔다
하는걸 보니까 잡이났으니 찻길까 에서 막 오고 있었던 오양이야
어떤 아줌마가 달래고 집으로 데리고 가서 밥도 먹이고 데리고
놀다가 누군가 와서 찾아 가라고 아까 왔느너 있던 지엽쯤 데리고
와서 오구르를 시박이고 있었데 옆앙 아줌마에게 맡겨 된가봐
다 엄마가 고추따러 갔댔가 12시 만큼 이었고 찾아 왔을 때가
오시가 넘어 있었으니까 그 2시간을 잃어버렸던 셈이니
회사 찾으리 돌아 다니다가 아빠와 마주치면 다 모르는 사람
왕 다로 얼굴 젖어보고 그나치고 멀리 보이면 반대 방향으로
가고 하니가 이러다간 안되겠다 다시 누렁을 하니 따올소에
가도 가보고 싶어 집이 왔더니 회야 소리가 나지 않아
이미 이빠비 에게 얼어맞아서 울었던 눈물고국이 있는 상태로,
엄마가 먼가오너 회를을 않고 울었더니 '엄마 우나, 하며 연2같은
표정이다. 그래여 느끗없이 어리는 믿간(것이 늙어가는
비미 되었나다. 엄마가 회야 때리고 놀나주었던 막큰뱌께
민낐을 듣고 찾아 갔더니 터흘중이더라 그래여 그냥 다른 멀리
진써 오고라 맛겄을 빨려 놓고 돌나았었다.
그 아것따을 안받쑤어면 아이 어떻게 긴장 되었을까 싶어 리면서
지금 생각 해도 감고각 하구나.
눈 아침에 이빠가 늘끈을 고고 있는데 회가 떠들고 하니까
아빠가 뭐라고 했느리 이니! 오 앞출에 물껄 죽이다 높니
쌀겄도 멋그끼 떠툰다, 그 했댔다.
밝이 까붛다가 늘 끄리 부흔의 정리이 오늘 벗겨 진채로 지근 흔흔
곤나떨어져 있으니 이불을 여르히 끄어 환꿔로.

1978년 12월 28일

16일이 하나가 두 번째 맞는 생일이었다. 엄마가 온천시장까지 가서 거금(?)을 들여 범도다리를 한 마리 사 왔는데 물론 미역국거리로지, 아빠가 반 정도는 생선회로 떠내고 그걸 안주로 옆방 아저씨하고 같이 하나야 생일 축하주로 막걸리를 마셨단다. 특별한 선물을 해봐야 하나가 의미를 알 것 같지도 않아서 어느 정도 클 때까진 생략할 작정이다. 제법 밖에 나가서 놀고 어느 정도 지나면 집으로 들어오고 한다. 수시로 엄마가 내다보지만 어떤 땐 넘어져서 "하나야 아야 한다"며 울고 올 때도 있다.

그런데 어저께는 하나를 잃어버려서 온 집안이 야단이 났었단다. 고추 배급 탓이었지.

가게 앞에 있길래 여느 때처럼 오빠가 데려가려니 하고 통장집에 갔었던 게 잘못이었어. 아빤 게으름뱅이니깐 집에서 뒹굴뒹굴 했을 것이고, 오빤 아직 돌볼 만한 나이도 아니었는데. 그리고 사실 엄만 경황이 없었단다. 수입 고추—훗날 하나가 보면 생소할까 봐 적어놓는데 이 무렵엔 고추 파동 때문에 속깨나 썩였지. 김장 담그는 건 두고라도, 고추장 하나에도 신경을 써야 할 때였다니까— 땜에 아등바등해야 했으니깐.

돌아와서야 하나가 없어진 걸 알았었지.

기가 막혔다. 아빠랑 찾아 나섰지만 찾을 수가 있어야지. 산지 사방을 훑고만 다녔었다. 그래도, 그래도 설마 우리 하나가 없어지기야 할까고 싸다녔었지.

찾고 난 후에 아빤 네 볼을 두 번씩이나 때렸단다.

그것도 옆방 아줌마가 찾아왔는데 들어보니 집에서부터 약 300m쯤 떨어진 찻길까지 하나가 혼자서 진출했던 모양이야. 처

148   VICTORY NOTE

음엔 신이 나서 갔겠지만 차츰 낯이 설고 차가 왔다 갔다 하는 걸 보니까 겁이 났던지 찻길에서 막 울고 있었던 모양이야. 어떤 아줌마가 달래고 집으로 데리고 가서 밥도 먹이고 데리고 놀다가 누군가 와서 찾아가라고 아까 울고 서 있던 지점쯤 데리고 와서 요구르트를 사 먹이고 있을 때 옆방 아줌마에게 발견된 거란다. 엄마가 고추 타러 갈 때가 12시 반쯤이었고 찾아왔을 때가 2시가 넘어 있었으니까 근 두 시간을 잃어버렸던 셈이지.

하나 찾으러 돌아다니다가 아빠와 마주치면 서로 모르는 사람 모양 서로 얼굴 쳐다보고 지나치고 멀리 보이면 반대 방향으로 가고 하다가 이러다간 안 되겠다 다시 무장을 하고 파출소에라도 가보자 싶어 집에 왔더니 하나야 소리가 나지 않니. 이미 아빠에게 얻어맞아서 울었던 눈물 자국이 있는 상태로, 엄마가 반가워서 하나를 안고 울었더니 "엄마 우니" 하며 언짢은 표정이다. 그래서 느닷없이 어제는 밀감 1관이 날아가는 날이 되었단다. 엄마가 하나야 데리고 놀아주었던 아줌마께 밀감을 들고 찾아갔더니 외출 중이더라. 그래서 고맙다는 말을 전해줄 것과 밀감을 맡겨놓고 돌아왔단다.

그 아줌마를 안 만났으면 일이 어떻게 진행되었을까 싶어지면서 지금 생각해도 끔찍하구나.

오늘 아침에 아빠가 늦잠을 자고 있는데 하나가 떠들고 하니까 아빠가 뭐라고 했는지 아니? "안 찾아올 걸 찾아다놓으니 낮잠도 못 자게 떠든다"고 했단다.

낮에 까불다가 눈꼬리 부분에 껍질이 조금 벗겨진 채로 지금 한참 곯아떨어져 있구나. 이불을 여전히 걷어찬 채로.

두 번째 생일

부산에 와서 미역국에 생선을 넣고 끓인다는 말을 듣고 기겁했었다.
어쩐지 비린내가 풀풀 날 것 같은 생각이 들어서다. 남편한테 여러
가지 설명을 듣고 그래도 좀 미심쩍지만 살아 있는 게르치나 도다리를
사다가 토막을 내서 미역국을 끓였더니 정말 맛이 좋았다.
그때는 양식 물고기 같은 것은 있지도 않았고 부산이니까 살아 있는
생선을 쉽게 살 수 있었다. 범도다리는 등에 얼룩덜룩한 무늬가 있는
종류로 가격이 꽤 비쌌다. 순전히 남편의 취향에 의해서 선택된
어종이다. 남편이 집에서 하는 유일한 일은 생선회를 뜨는 것인데
제법 솜씨가 좋았다.
부산 사람들이 미역국을 끓일 때는 꼭 제법 크고 살아 있는
흰살생선을 사용한다. 그것이 생선 미역국의 핵심이다.

이옥선

"하나야 생일 축하주로 막걸리를 마셨단다."

뭔가 이상하지 않은가…? 내 생일인데 아빠가 좋아하는 범도다리를
사서 생선회를 떠서 옆방 아저씨(?)와 내 생일 축하주로 막걸리를
마셨다고…? 내 생일은 그저 좋은 안주에 막걸리를 마시기 위한
구실이었던 것이다. 사실 내 생일 사흘 뒤가 아빠 생일이라서
우리 가족은, 뭐 별로 생일 같은 것 챙기지도 않는 집이긴 하나,
아빠와 내 생일을 겸해서 미역국을 끓이곤 했다.
엄마 아빠 잃어버렸던 것도 서러운데 맞기까지 하다니….
옛날 어른들의 감정 표현은 지금과 굉장한 차이가 있다.

김하나

고추 파동

1978년에 고추 농사가 전국적으로 다 망한 일이 일어났는데,
우리나라 사람에게 고추는 거의 식량에 버금가는 식품이니 큰일이었다.
이때 정부 차원에서 외국에서 고추를 수입해 와서 한 가구당
얼마만큼씩 배급 형식으로 나누어주었는데, 물론 일정한 돈을 내고.
더 많이 구입할 수도 없었다. 그러나 처음 수입 고추를 접한 사람들은
기절하는 줄 알았다. 매운 게 아니라 그냥 폭탄 수준이었기 때문이다.
그때만 해도 볼품도 없고 맛도 없는 데다 매워서 못 먹는 줄로만
알았던 수입 고추 맛을 요새 사람들은 더 매운맛을 찾아다니면서
먹으니, 세태라는 것이 입맛까지 바꾸어놓는구나.

이옥선

아이를 잃어버린다는 것

설마 잃어버렸을까 싶고 곧 찾아지겠지 하는 위로를 스스로 했지만,
그 두 시간 동안의 불안은 정말 무서웠다. 아주 어릴 때 아이를 잠깐
잃어버리거나 한 이야기는 집집마다 조금씩 있고, 우리 어머니가
내가 아기일 때 잃어버렸던 일을 이야기하면 재미있는 에피소드를
듣는 기분으로 같이 웃고 했는데, 이게 그럴 수 있는 게 아니었다.
절대 절대 아이는 잃어버리면 안 되는 것이다.
밀감 1관의 단위는 약 4킬로그램의 무게로 그 당시에 주로 사용하던
계량법이었다.

이옥선

이 일기의 중간쯤부터 필체가 바뀌고 문장의 느낌도 다른데
눈치채셨는지. 이 페이지는 아빠가 썼기 때문인데 나는 알지 못한 새
일어난 사건이고 하니 아빠보고 쓰라고 해서 생긴 일이다.

이
옥
선

만 3세

_____

1979년

_____

1979. 2. 18.
일기를 너무 걸르는것 같다.   아빠가 방학중이어서
엄마가 여유가 없었던 모양이다.
그동안 여러가지 일이 있었겠지?
생각을 거슬러 올라가서 1월 4일엔 엄마가 하나아빠
오빠를 데리고 나가서 에버 학교앞에서 아빠를 만나서
아빠 친구집에 놀러 갔었다. 터민에서 약국을 경영 하는
친구 였는데 택시를 타고 가는동안 하나는 줄곧 잠만 잤단다
약국에서 쥬스 박카스 드링크도 한병먹고 엄마가 이글며
이야기 하는 동안 사탕을 너무 많이 먹더니 나중에 밥을
안 먹을려고 하더라.
1월 9일은 엄마아 생일이었거던 그래서 엄마 덕분에
맛있는 과자랑 빵이랑 많이 먹었단다.
하나 오빠 나 모두 딸잘들로 착한 아이들이어서 엄마 말을
잘듣고 어른이 없어도 얌전히 잘논다. 사랑 간다
오나 해도 둘이서 다투지도 않고 얌전히 놀고 하나가
분망 아줌마가 큰 칭찬 해서 칭찬도다.
목욕탕 몸무게로 재어 봤더니 11KG 이던게 (1월 18일) 이었거던
그런데 2월 7일 소아과 에서 달아보았더니 옷을 입고 있어서
그런지 11.4KG 이었다. 외형적으로 보대도 볼이 터질
것 같이 볼록 하고 혈색도 건강하다. 오래 든오다.
키가 큰 것을 것 같지만 튼튼다 토롱 하다.
특별히 아파서 약 먹은적은 없었는데 엄마 태중때
큰감이 갔은데 바깥을 너무 많이 쏘 다녀 집에 돌아와서 우리
몇일 큰 신란것 같았다. 그래도 잘놀고 해서 건강해 보 보이
생각하고 약국에서 콧감기약만 사다먹이고 보온한데
며칠 지나더니 흔흔기 숨살 같은 게 옷고 혈 머돌도

솟아 나고 신숭치가 않아서 온통장이 있는 촛았다고 갔더니
오는 홍숭이 감기 열로 인한 거라에 즉시 한더 맞고 약
하루분을 지어 주더라 그런데 하나아 엉덩이 미다 즉사를
한데 딱 즉거라 하기가 "아, 하며 처을 내더니 그만이
아, 또 아이들은 즉사 맞고는 울고 불고 아딴 언데 하나는
아숙덤리도 않다봐 얼마나 이뻐니? 그리느 다음분쯤
되니까 엇이 처즉 내리는것 같았다.

오늘 클림이 갔우데 신흐들이랑 모여서 거미있게 놀았는
데 하나 C빠나 어것이 모며 놀지을 않아서 그런지
부끄겁움을 많이 타고 노더 해뵈라고 해도 그그뵐게
얼마 치기까 뜬 들길 정도로 부그고 시꾼들 뒤에 숭어있네
노더중 부그고 그랬단다.

오서늘 해쭈를 꼭 기좋게 하면 "즉겠다, 는 소더를 잘
한다. 아빠가 하나를 꽉 안거나 하면 4 아이 즉겠다, 언국4
한다.

아빠가 단버을 잡머 들면 슴맘 성냥을 들고 뭥냥거비 해낭
거씨더 머엄 한다. 아빠가 백더이를 머며 4 아빠
학고가, 하고 애빠가 그냥 4 아빠 구버길 끼아 4 하고
나가는 시늉을 하면 4 않더, 하고 웃다.

오빠하은 놀면서 해빠가 4 언빠가 시장 갔다 둘께, 또는
4 언빠가 우유 사둘께, 하며 땅도이 엄빠가 히연데로
흉내 흉뵌다.

해빠는 한버 있어 버끈 이후로 멕어나가 노는것 흥긔를
한더니 이젠오 뵉에 나가 놀려고 하길 싫고 밤안에
서면 노느라고 엄빠가 데라고 나가야 데라 나온다.

하나아 머리가 너무 길어서 오늘 가위로 줄가 둟았더니 꼭 총눈
같다. 그래 "아이 총오아, 하고 멱번 말했더니 해빠가

"내가 춘봉이다" 하며 가슴을 손으로 가르킨다
오니는 특히야 "언제 등불 이야기 해 주라" 한다 "하라아기
해 보라" 하면 "옛날에 깊은 산속에 호랑이 다 숲속 거린"
"그래서, 해 주라" 하며 언제가 해 줬던 대로 이야기를
해 느라고 열심이다 그리고 언제랑 같이 등불 놀이를
했다 "나는 낙타다" 하며, "낙타 낙타" 하며
뽐드리며 기어 다니거나 일어서서 등초을 울기다
모으고 돌아 다니며 "기린, 기린" 하거나 엎드려서
방맥작을 배주 맞고 다니며 "뱀이, 뱀이" 한 다닌다
이런 감속 여기 에서 벗어 나서 라주 특집
의 노동을 걷는 모양이다
그리고 춤   아그비이 수라줄 거이 않지
방이야 가끔 6시 9분 초 등 하거나
하리면 엄마가 수라 보면 가르커서
그려지 1부터 10까지의 수라는 대강
안다.

이 부너는 언제 묻게 엄마가 한거다.

일기를 너무 거른 것 같다. 아빠가 방학 중이어서 엄마가 여유가 없었던 모양이다.

그동안 여러 가지 일이 있었겠지?

생각을 거슬러 올라가서 1월 4일엔 엄마가 하나야와 오빠를 데리고 나가서 아빠 학교 앞에서 아빠를 만나서 아빠 친구 집에 놀러 갔었다. 서면에서 약국을 경영하는 친구였는데 택시를 타고 가는 동안 하나는 줄곧 잠만 잤단다. 약국에서 주는 박카스 드링크도 한 병 먹고 엄마가 아줌마와 이야기하는 동안 사탕을 너무 많이 먹었는지 나중에 밥을 안 먹으려고 하더라.

1월 9일은 오빠야 생일이었거든. 그래서 오빠 덕분에 맛있는 과자랑 빵이랑 많이 먹었단다.

하나나 오빠나 모두 말 잘 듣고 착한 아이들이어서 엄마 말을 잘 듣고 어른이 없어도 얌전히 잘 논다. 시장 갔다 오거나 해도 둘이서 다투지도 않고 얌전히 놀고 하니까 옆방 아줌마가 참 희한하다고 할 정도다.

목욕탕 몸무게로 재어봤더니 11kg이던 게 1월 18일이었거든. 그런데 2월 3일 소앗과에서 달아보았더니 옷을 입고 있어서 그런지 11.4kg이었다. 외형적으로 볼 때도 볼이 터질 것같이 볼록하고 혈색도 건강하다. 또래들보다 키가 좀 작을 것 같지만 모두 다 오동통하다.

특별히 아파서 앨 먹은 적은 없었는데 설날에 태종대 큰집에 갔을 때 바람을 너무 많이 쐤던지 집에 돌아와서부터 열이 좀 심한 것 같았다. 그래도 잘 놀고 해서 괜찮겠지 생각하고 약국에서 종합감기약만 사다 먹이고 말았는데 며칠 지나면서 온몸에 좁쌀 같은 게 솟고 혓바늘도 솟아나고 심상치가 않아서 온천장에 있는 소앗과엘 갔더니 모든 증상이 감기 열로 인한 거라며 주사 한 대 맞고 약 하루분을 지어주더라. 그런데 하나야 엉덩이에다 주사를 한 대 탁 주니까 하나가 "아" 하며 소리를 내더니 그만이야. 딴 아이들은 주사 맞고는 울고불고 야단인데 하나는 아무렇지도 않나 봐. 얼마나 이쁘니? 그러고는 다음 날쯤 되니까 열이 차츰 내리는 것 같았다.

설날 큰집에 갔을 때 사촌들이랑 모여서 재미있게 놀았는데 하나나 오빠나 여럿이 모여 놀지를 않아서 그런지 부끄러움도 많이 타고 노래해봐라고 해도 조그맣게 엄마 귀에만 들릴 정도로 부르고 사람들 뒤에 숨어 앉아서 노래를 부르고 그랬단다.

요새는 하나를 조금 귀찮게 하면 "죽겠다"는 소리를 잘한다. 아빠가 하나를 꼭 안거나 하면 "아니 죽겠다 안 쿠나" 한다.

아빠가 담배를 집어 들면 금방 성냥을 들고 성냥개비 하나를 꺼내서 대령한다. 아빠가 넥타이를 매면 "아빠 학교 가?" 하고 아빠가 그냥 "아빠 가버릴 거야" 하고 나가는 시늉을 하면 "안 돼" 하고 운다.

오빠하고 놀면서 하나가 "엄마가 시장 갔다 올게" 또는 "엄마가 우유 사 올게" 하며 평소에 엄마가 하던 대로 흉내를 낸다.

하나를 한번 잃어버린 이후로 밖에 나가 노는 걸 통제를 했더니 이젠 또 밖에 나가 놀려고 하질 않고 방 안에서만 노는구나. 엄마가 데리고 나가야 따라 나온다. 하나야 머리가 너무 길어서 오늘 가위로 잘라놓았더니 꼭 촌놈 같다. 그래서 "아이 촌놈아" 하고 몇 번 말했더니 하나가 "내가 촌놈이다" 하며 가슴을 손으로 가리킨다.

요새는 툭하면 "엄마 동물 이야기 해주라" 한다. "하나야가 해 봐라" 하면 "옛날에 깊은 산속에 호랑이가 살았거든. 그래서 하루는" 하며 엄마가 해줬던 대로 이야기를 하느라고 열심이다. 그리고 오빠랑 같이 동물 놀이를 하는데 "나는 낙타다" 하며 "낙타, 낙타" 하며 엎드려서 기어 다니거나 일어서서 두 손을 앞에다 모으고 돌아다니며 "기린, 기린" 하거나 엎드려서 방바닥을 배를 밀고 다니며 "뱀이, 뱀이" 하고 다닌다. 이젠 정말 애기에서 벗어나서 자주 독립의 노선을 걷는 모양이다.

그리고 참 아라비아숫자를 거의 익힌 모양이야. 가끔 6과 9를 혼동하거나 하지만 오빠가 숫자만 보면 가르쳐서 그런지 1부터 10까지의 숫자는 대략 안다.

이 낙서는 엄마 몰래 오빠가 한 거다.

방학 기간이 되면 일상이 더욱 바빠 일기를 쓸 시간이 없어 거의
두 달 간격으로 쓰게 된다. 이것을 한꺼번에 쓰느라고 일기장을
펼쳐놓고 쓰다가 다른 일이 생기면 볼일을 보고 하다 보니 큰애가
이렇게 요상한 낙서를 해놓았다.

이
옥
선

나는 이쯤에서 대부분 사람은 겪어보지 못했을 희한한 경험을 하게
되는데 그것은 '와, 나 되게 귀엽구나…'라고 생각하는 것이다.
물론 어렸을 때 자기 사진을 보고 '나 되게 귀엽구나' 생각할 사람들도
있겠지만, 또래보다 키가 작은 편이고 오동통한, 겨우 두 돌 지난
앞뒤짱구 못난이 하나야가 부산 사투리 억양으로 이런 말들을
종알거리는 걸 생각하면 너무 웃기고 귀엽다. 엄마가 내가 말하는 걸
잘 관찰 요약해서 옮겨둔 것 같다.
이 페이지에선 지금은 애 둘의 아빠인 우리 오빠가 작게 엎드려서
낙서를 하는 모습이 홀로그램처럼 겹쳐 보인다.

김
하
나

3월 24일
며칠 전에 벽에다 전달력을 뒤집어다 붙여 놓고 크레용으로 크게 글씨를 써서 항상 보고 읽도록 했다.
하명이에게 글자를 익히게 하려고 시작했는데 하나가 재미 있는지 더 열심히 따라 읽고 신이나 했기때문에 하나에게도 가르쳐 주었는데 글자를 보고 아는게 아니라 해도 많이 하다 보니 내용을 순서대로 익혀서 혼자서도 단어를 말할줄 안다.
이제는 1부터 10까지는 확실히 알고 뒤로 짚어서 물어 보면 척척 대답한다.
달력으로 만든 칠판으로 안녕, 인사, 아빠 등등의 단어를 배웠는데 칠판에 있는 글자는 알지만 신문이나 그 외에 있는 같은 글자는 모르겠단다.
오늘은 엄마 대신 어머니 라는 단어를 배워가지고 썩 마음에 들었는지 거의 어머니 라고 말만 한다.
「어머니 일해」 「시장갔다 왔어요 어머니?」 「어머니 사탕 주세요 어머니」 하는 식 이다.
자다가 일어났을때도 어머니는 잊지 않는다. 엄마 라는 거의 사용을 하지 않아 엄마 은근히 걱정이 되는구나 왜냐 하면 엄마의 경험인데, 엄마가 어렸을때 엄마의 엄마를 보고 엄마 라고 하질 않았거든 그맘때 같은 또래의 아이들이 저기 어머니를 보고 엄마라고 부르는게 흠 부러웠거든, 그런데 습관적으로 「어머니」 라고 부르는 걸로 되어온터 엄마는 「엄마라 부르고 싶었지만 쑥스러워서 그렇게 하지 못했던 기억이」 있거든? 그래서 해도 그냥 엄마가고 계속 불러 겠음 좋겠거든 그런데 하나는 지금 어머니라 하느게 많에 드느지 아주 열심히 어버리고 하느구나.
오며칠 감기기가 왼더니 식욕이 없어진 모양이다. 밤을
잘먹지 않는다. 그리고 안바강 자주 싸우고 되기의
욱박으로 먹고 할때도 있다. 주로 장난감을 다고 거녕
려고 하는 점들 많인데 하따가 그래도 양보를 많이
하는 편이다.
못하는 말이 없을 정도이고 노래도 자주 부르는 노래는
흥얼찬다. 요즈음 배운 노래는 「넓고넓은 바닷가에 안빡
숙이 짐찬래, 다. 혀 짧은 소리로 노래를 하면
(T.V 그드나 전축 그드는 마이크처럼 감아쥐고
아주우연한 포으을 갑고 노래한다) 정뜬 키였다.

머칠 전엔 벽에다 헌 달력을 뒤집어서 붙여놓고 크레용으로 크
게 글씨를 써서 항상 보고 읽도록 했다.

하영이에게 글자를 익히게 하려고 시작했는데 하나가 재미있는
지 더 열심히 따라 읽고 신이 나 했기 때문에 하나에게도 가르
쳐주었는데 글자를 보고 아는 게 아니라 하도 많이 하다 보니
내용을 순서대로 익혀서 혼자서도 단어를 말할 줄 안다.

이제는 1부터 10까지는 확실히 알고 뭐든 짚어서 물어보면 척
척 대답한다.

달력으로 만든 칠판으로 안녕, 인사, 아빠 등등의 단어를 배웠
는데 칠판에 있는 글자는 알지만 신문이나 그 외에 있는 같은
글자는 모르겠단다. 요새는 엄마 대신 어머니라는 단어를 배워
가지고 썩 마음에 들었는지 거의 어머니라는 말만 한다. "어머
니 일해" "시장 갔다 왔어요 어머니?" "어머니 사탕 주세요, 어
머니" 하는 식이다.

자다가 일어났을 때도 어머니를 잊지 않는다. 엄마는 거의 사용
을 하지 않아서 엄마는 은근히 걱정이 되는구나. 왜냐하면 엄
마의 경험인데 엄마가 어릴 때 엄마의 엄마를 보고 엄마라고 하
질 않았거든. 그랬는데 같은 또래의 아이들이 자기 어머니를 보
고 엄마라고 부르는 게 참 부러웠거든. 그런데 습관적으로 '어
머니'라고 부르는 걸로 되어 있던 엄마는 '엄마'라고 부르고 싶
었지만 쑥스러워서 그렇게 하지 못했었던 기억이 있거든? 그래
서 하나도 그냥 엄마라고 계속 불러줬음 좋겠거든. 그런데 하나
는 지금 어머니라고 하는 게 맘에 드는지 아주 열심히 어머니
라고 하는구나. 요 며칠 감기기가 있더니 식욕이 없어진 모양이

다. 밥을 잘 먹지 않는다. 그리고 오빠랑 자주 싸우고 둘이서 육박전으로 발전할 때도 있다. 주로 장난감을 서로 가지려고 하는 쟁탈전인데 하나가 그래도 양보를 많이 하는 편이다.

못 하는 말이 없을 정도이고 노래도 자주 부르는 노래는 곧잘 한다. 요즈음 배운 노래는 〈넓고 넓은 바닷가에 오막살이 집 한 채〉다. 혀 짧은 소리로 노래를 하면(TV 코드나 전축 코드를 마이크처럼 감아쥐고 아주 유연한 '포옴'을 잡고 노래한다) 정말 귀엽다.

우리 어머니는 우리를 좀 엄격하게 키운 편이어서 어머니에게
응석을 부리거나 하는 것은 상상도 못 했었다. 어머니로서도 할 수
없는 노릇일 것이 조카들도 거두어야 했고, 워낙 건사해야 하는
식구가 많았다. 진주 사투리로 '어머이'라고 '이' 자를 끌어내리며
불렀는데 그때도 딴 애들 중에 '엄마'라며 자기 어머니에게 응석을
부리는 아이들이 많았다. 나는 그것이 부러울 때도 있었다.

이
옥
선

"아주 열심히 어머니라고 하는구나."
물론 잠깐이었고 바로 '엄마'로 되돌아갔다.

김
하
나

4월 14일.
며칠전에 옛날에 살던 동네인 ○○○대 아파트 엄마 친구네
□ 들러 갔었다. 가는 길에 태권도 도장 앞을 지나 갔는데
오빠야 라라 갔었던 기억이 났는지 태권도 도장에 가겠느
래비 울고 괴롭히는데 가려 갔는데 엄마 달래느라고
혼이 났구나. 비스뜨 타면 라고 친구 랑에 갔을때 같은 또래
의 창누강 위로 공을 뺏을려고 울고 싸우는 비람에
한판 시끄러웠단다. 하나는 투지력이 강커서 울언서도
안 뺏길려고 공을 두팔로 꼭 안고 "안돼, 내꺼, 싫어"
하며 소리 치고 야단이었단다.
오빠 하고 싸울때도 "내꺼, 싫어" 하고 소리지르며
입을 빠르르 하게 내밀고 손을 뒷짐을 지고 배를 내밀고
디디 버틴다. 심하면 오빠 를 때려주고 손으로 집어
뜯느라고 해서 오빠를 울려 놀기를 예사로 했다.
엄마가 "하나 밥먹니, 하면" "밥먹다" 고 대답하고
"히 밥먹니, 하면" "밥먹다" 며 똑 같은 답을 한다.
오새는 선배이 하고 싶은면 "쉬 하고 싶을까다" 하습 이상
한 말을 하는구나. "밥빠 먹고 싶을까다" 등
하나 맘대로 말을 지어 내어서 하고 아빠는 엄마를
웃게 만드는구나.

며칠 전엔 옛날에 살던 동네인 해운대아파트 엄마 친구네엘 놀러 갔었다. 가는 길에 태권도 도장 앞을 지나갔는데 오빠야 따라갔었던 기억이 났는지 태권도 도장에 가자고 하며 울고 차 타는 데까지 갔는데 엄마는 달래느라고 혼이 났구나. 버스만 타면 자고 친구 집에 갔을 때 같은 또래의 창수랑 서로 공을 뺏으려고 울고 싸우는 바람에 한참 시끄러웠단다. 하나는 투지력이 강해서 울면서도 안 뺏기려고 공을 두 팔로 꼭 안고 "안 돼, 다 가, 싫어" 하며 소리치고 야단이었단다.

오빠하고 싸울 때도 "다 가, 싫어" 하고 소리 지르면서 입을 뾰로통하게 내밀고 손을 뒷짐을 지고 배를 내밀고 서서 버틴다. 심하면 오빠를 때려주고 손으로 집어 다니고* 해서 오빠를 울려 놓기를 예사로 한다.

엄마가 "하나 성났니" 하면 "성났다"고 대답하고 "왜 성났니" 하면 "성났다"며 똑같은 답을 한다. 요새는 소변이 하고 싶으면 "쉬 하고 싶을란다" 하는 이상한 말을 하는구나. "밥바 먹고 싶을란다" 등 하나 맘대로 말을 지어내어서 하고 아뭏튼 엄마를 웃게 만드는구나.

* 잡아당기고

처음 살던 아파트에서 하나를 업고 하영이는 걸리고서 밖에 좀
다닐 수 있었을 때(왜 유모차를 안 썼을까 생각해보니 계단식 아파트라
불가능했다), 같은 아파트 단지 안에서 낯익은 친구를 만났다. 이 친구는
진주에서 학교를 다니다가 고2 때쯤 부산으로 전학을 갔기 때문에
그렇게 친한 사이는 아니었지만 같은 중학교를 나온 동창이었다.
아주 반가워하며 서로의 사정을 알고 보니 아이들의 나이가 같았다.
그 친구는 아들만 둘이었다. 즉 하영이는 창욱이와 같은 나이이고 하나는
창수와 같은 나이라 처지가 같으니까 서로의 집을 왕래하며 지냈다.
알고 봤더니 그 집 남편도 애들 아빠의 후배로 서로 잘 아는 사이였다.
그 덕분에 애들을 데리고 친구 집에 가서 점심으로 국수도 끓여 먹고
우리 집에 와서 놀기도 했는데 두 집을 모아놓으면 애들 넷이서
난리도 아니었다. 둘은 기어 다니고 둘은 뛰어다녔다. 그래도 이날은
제법 커서 다시 만났기 때문에 잘 놀 줄 알았는데 이 사달을 낸 거였다.

이옥선

♥
└─→   TMI 하나. 창수는 내 첫 키스 상대다.

김하나

"쉬하고 싶을란다." "밥바 먹고 싶을란다."
이 어법은 매우 중독성이 강해서 '빅토리 노트'를 읽으면
꼭 며칠 동안은 "영화 보고 싶을란다"처럼 말하고 다니게 된다.
여러분도 한번 시도해보시라.

김
하
나

7월 13일.

2달 가까이 기록을 안 했구나. 엄마가 마음의 여유가 없었던 모양이다. 그동안에 이사를 했는데가 저번 집보다 넓고 편리 한 점이 많지만 그층이여서 안전하고 가위네 우리나 넓은 건 산어 항상 따라가 붙어 하다. 해는 계단 먼 아랫단에 앉아 더 놀기를 좋아한다. 그리고 목욕통에 들어 가서 물장난을 하고 있으라고 가보면 "엄마 씨가 손 씻었다," 한다.

오빠를 보고 하기나 우면 "바보 멍청아," "저기 빠바라," "반둥아," "가시나야," 등등 의 많은 소리하고 아빠나 엄마 를 보고 에다는 에다. 온갖 소리를 다하고 또 그림이 여간 에어더 물딱 일을 했는데 조금만 누면 뚝그것은 잡어 던리고 신문이나 수건이나 끌개래 오라고 했는데 엄마가 먼저 잡어 오면 안꺼 내고 오고 야단을 하다가 가지든 신앙을 밖에다 잡어 던제 버리고 한참 쓰다가 가지고 논다. 뜻길대로 안되면 뒤로 길어 먼지 먹거를 부린다. 가끔식 엄마가 뒤호거로 다스였더니 엄마가 화호거를 들면 ✶목을 인축리며 달아나 모습이 웃음이 가없어서 엄마가 웃어버렸수 밖기 없다.

섬섬해서 엄마를 보고 "엄마! 나중에 먼저근기 싸구라이," 한다 "쯥시 줄까," 하빠 "쯕쯕바 싸우," "내밀 싸구께," "내밀 쯕쯕바 싸구라시," 하빠 다같은 쳐놓고는 꼬꼬것다 다라는 지금 못 싸내라고 그른다.

오그온은 라칸거도 잘되고 못하게 없을 정도다. 뒷모 안긴 T.V 채널는 보고 T.O.C.니리 M.B.C.의리 KB.S모지 구별한다 해가 M.B.C 돌려라 했는데 다는 방송은 돌려면 야단이스다. 엄마강 싸윗때 오면 해가 엄마 손꿈은 찾아가지고 꼬집고 머리카락 을 그렇게 당기고 해서 엄마가 항상 울고 엄마에게 도움을 마청 할 정도로 엉큼의 사능다.

본래 인내 옷이던것을 하니까 한번 입었다 하면 다시는 하여니
가엾 수없을 정도다 하니가 9내옷이야 내옷이야, 하면 잡아당기
그물고 댈때를 쓰기 대문이라.

두 달 가까이 기록을 안 했구나. 엄마가 마음의 여유가 없었던 모양이다. 그동안에 이사를 했으니까 저번 집보다 넓고 편리한 집이긴 하지만 2층이어서 안전사고가 일어나지나 않을까 싶어 항상 마음이 불안하다. 하나는 계단 맨 아랫단에 앉아서 놀기를 잘한다. 그리고 목욕탕에 들어가서 물장난을 하고 엄마가 가 보면 "엄마 내가 손 씻었다" 한다.

오빠를 보고 화가 나면 "바보 멍청아" "지기삘라" "반풍아" "가시나야" 등등의 말을 사용하고 아빠나 엄마를 보고도 예외는 아니다. 온갖 소리를 다 하고 또 고집이 여간 아니어서 물 달라고 했을 때 조금만 주면 물그릇을 집어 던지고 신문이나 수건이나 좀 가져오라고 했을 때 오빠가 먼저 집어서 오면 야단이 난다. 울고 야단을 하다가 가지고 온 신문을 밖에다 집어 던져버리고 한참 있다가 가지고 온다. 성질대로 안 되면 뭐든 집어 던지고 억지를 부린다. 가끔씩 엄마가 회초리로 다스렸더니 엄마가 회초리를 들면 목을 움츠리며 달아나는 모습이 우습고 가엾어서 엄마가 웃어버릴 수밖에 없다.

심심하면 엄마를 보고 "엄마! 나중에 맛있는 거 사주라이" 한다. "뭘 사줄까" 하면 "쭈쭈바 사주" "내일 사주께" "내일 쭈쭈바 사주라이" 하며 다짐을 해놓고는 조금 있다 와서는 지금 곧 사내라고 조른다.

요즈음은 자전거도 잘 타고 못 하는 게 없을 정도다. 뭘 보고 아는지 TV 채널만 보고 TBC인지 MBC인지 KBS인지 구별한다. 하나가 MBC 돌려라 했는데 다른 방송을 돌리면 야단이 난다. 오빠랑 싸울 때 보면 하나가 오빠 살갗을 찾아가지고 꼬집고 머리카락을 끄집어 당기고 해서 오빠가 항상 울고 엄마에게 도움을 요청할 정도로 성질이 사납다.

본래 오빠 옷이던 것을 하나가 한번 입었다 하면 다시는 하영이가 입을 수 없을 정도다. 하나가 "내 옷이야, 내 옷이야" 하며 잡아댕기고 울고 생떼를 쓰기 때문이지.

또 이사

이번에는 저번 집보다 더 동쪽으로 한 정거장 정도 되는 거리로
이사를 했다. 2층 단독이고 새로 지은 집이라 깨끗했다. 아래층에는
주인집과 또 다른 세 든 사람들이 있었다. 이 집에 비슷한 또래의
아이들이 총 다섯 명인데 마당이 넓어서 아이들이 놀기가 좋았다.

이
옥
선

동네 아이들과 같이 노니까 이상한 욕도 배워 오고, 뭐든지 자기 고집대로 하려고 하다가 엄마에게 매를 맞기도 하고 생떼를 잘 쓴다.

이옥선

"지기삘라"는 부산 사투리로 '죽여버릴까 보다'라는 뜻이고 "반풍아"는 '반푼아', 즉 '바보야'라는 뜻이다.

김하나

8월 25일.
정확히 말하자면 지금은 26일이다. 왜냐 하면
엄마가 잠이 안와서 1시가 가까워 오늘러 이걸 쓰고
있으니까.
밖에 나가면 흙장난을 해와 머리 부터 발끝 까지 흙을
뒤집어 쓰고 들어오고 자전거 1대를 두고 오빠랑 서로
타겠다고 다투고 아랫층 민이가 조금만 건드려도
(예쁘다고 안아주는걸) 소리를 지르고 운다.
같은 또래인 시영이 (아랫층 영방) 가 집에 올라오면
'엄마 시영이가 왔다' 하며 좋아 한다. 이젠 제법 어울려
놀줄도 알고 밖에 나가서 (엄마가 틈이 없어도) 한
동안 놀다가 들어 오기도 한다. 가끔씩 난간에 올라가
위험하게 아래로 내려다 보는데가 있어 엄마
마음이 불안 하다. 그럴때 마다 야단을 치고 때려주기
도 하는데 뭔어 뜻으로 하는가 라가 나더 "씨씨"
하며 눈을 흘기고 "엄마가" 하며 소리친단다.
친구들과 같이 놀때나 밖에서 놀때 보면 오빠
하는 욕심이 완전히 닮나 다. 우리걸 다른애가 만지
거나 갖고 놀면 "우리꺼야 놀지지마" 하며 영악스러
운 면을 뵌다. 또 새로운게 생기면 자꾸 하는
걸 배웠소리. 저번에 덕순이 이모가 하나야 원피스
사 줬는데 입고 내려가서는 "나는 원피스 입었다, 우리
이모가 사줬다" 하며 그렇게 자랑을 하더란다.
또 명순이 이모는 끌고다니면 떼그럭 떼그럭 소리가
나는 강아지 장난감을 사줬는데 혼자선 끌고다니고
놀다가 오선 ~~~~~ 첫 거들때 보지도 않는구나.
그리고 다른 아이들이 가지고 있는 장난감을 보기만 하면

오빠하고 각당을 해 가지고 " 엄마 경찰차 사주라,
" 오토바이 사주라, " 예쁜공 사주라, 등등 주문.)
그럴 때가 없구나. 그래서 한번은 장난감 기게미
가서 오빠는 헬리콥터를 사고 해나는 소꿉놀이
기구를 사왔다. 소꿉놀이 할때는 항상 목욕탕에
들어가서 그릇마다 물떠 놓고 하는게 무슨 형식 처럼
되어 오너서 소꿉놀이 가 곧 목욕 이고 목욕이 소꿉놀이
처럼 되어 버렸다. 그래서 요새는 하루에도 몇번씩
씻은 같아 앉아야 되고 그만큼 목욕도 자주 한단다.
지난 5월엔 비원도 각슷곳으로 되어 여행을 갔다
충주까지 가슨 연결로 배 안에서 가증없기 승용차
좋아 하는 사같은 어느 6명에 아이 5명 중에 해나가 제일
이었단다. 아빠랑 바다에 들어 갔을떤 처음에 겁을
내고 뎄더니 차츰 재미가 오셨는지 나중엔 튜브를 타고
아빠 하고 바다 가운데 까까지 가자고 안나를떠 했단다
보트를 탔을 때도 굉장히 좋아 하고 지금도 가끔씩 "우리
보트 타러 가자, 해 쌌는데 해나가 발라는 보트은 튜브를
가까기은 말기 쓰라. 6일날 길기 늦게 도착 했는데 그래도
잠을 짜 반가인던지 " 아 우리 집이다, 하며 좋아 한다.
아직 가끔씩 지려가 오줌을 싸버리는 일이 있어서 곤란하다
엄마가 12시쯤 되면 꼭꼭 누이곤 하는데도 그렇구나.
낮에도 " 엄마 쉬하고 싶어, " 엄마 똥 차고 쉬어, 하며 엉덩
이를 빼쭉 하게 내여 밀고 끙하며 빼죽 빼죽 흔들기도
한다. 엄마가 " 해나야고 가서 해라, 하면 " 엄마가해줘,
한다. 아직 수세식 변기에 혼자서 올라가기가 힘이드
는 모양이야 앉혀 주면 엄마손 뿌리 " 넘어진다 저리가,
한다. 그리고는 " 다했다, 하고 소리 지르고, 그러면

엄마가 안아서 내려놓다.
밥먹을때는 처음 몇 술갈은 스스로 먹겠다고 하건 하다가
나중엔 "언마가 먹여줘" 한다. 안먹여주면 밥을 제대로
안먹기 때문에 꼭 언마가 거들어 주어야 하고 물에다
떠 먹여주면 제법 먹-) 먹는다. 아직은 배가 불룩하니
나따 가지고 운동을 하게 살이 쪄서 왔고 큰 키였다.
밥다고 머리는 양 옆으로 묶어 주면 "언니 거울좀 보자"
하며 들여다 보고는 "예쁘다 언나" 하며 좋아 한다.
밤에 잘때는 꼭 엎고 흥나기서 최가면 방바닥에
얼굴을 대고 문드려서 잔다 언나가 몇번씩 es) 에
데려와 뉘히고 이불을 덮어 주어도 소용이 없고
깨서 그대로 쳤더니 오늘은 곳죽이 계속 나는구나.

정확히 말하자면 지금은 26일이다. 왜냐하면 엄마가 잠이 안와서 1시가 가까워 오는데 이걸 쓰고 있으니까.

밖에 나가면 흙장난을 해서 머리부터 발끝까지 흙을 뒤집어쓰고 들어오고 자전거 한 대를 두고 오빠랑 서로 타겠다고 다투고 아래층 민이가 조금만 건드려도(예쁘다고 안아주는 것도) 소리를 지르고 운다.

같은 또래인 시영이(아래층 옆방)가 집에 올라오면 "엄마 시영이가 왔다" 하며 좋아한다. 이젠 제법 어울려 놀 줄도 알고 밖에 나가서(엄마가 옆에 없어도) 한참 동안 놀다가 들어오기도 한다. 가끔씩 난간에 올라가서 위험하게 아래로 내려다보는 때가 있어서 엄마 마음이 불안하다. 그럴 때마다 야단을 치고 때려주기도 하는데 얻어맞고는 하나가 화가 나서 "씨, 씨" 하며 눈을 흘기고 "엄마 가" 하며 소리친단다.

친구들과 같이 놀 때나 밖에서 놀 때 보면 오빠하고는 성질이 완전히 달라서 우리 걸 다른 애가 만지거나 갖고 놀면 "우리 거야, 손대지 마" 하며 영악스러운 면을 보인다. 또 새로운 게 생기면 자랑하는 걸 배웠는지 저번에 덕순이 이모가 하나야 원피스를 사줬는데 입고 내려가서는 "나는 원피스 입었다. 우리 이모가 사줬다" 하며 그렇게 자랑을 하더란다. 또 명순이 이모는 끌고 다니면 따그락따그락 소리가 나는 강아지 장난감을 사줬는데 처음엔 잘 가지고 놀더니 요샌 거들떠보지도 않는구나. 그리고 다른 아이들이 가지고 있는 장난감을 보기만 하면 오빠하고 작당을 해가지고 "엄마 경찰차 사주라" "오토바이 사주라" "예쁜 공 사주라" 등등 주문이 그칠 때가 없구나. 그래서 한번은 장난감 가게에 가서 오빠는 헬리콥터를 사고 하나는 소꿉놀이 기구를 사 왔다. 소꿉놀이할 때는 항상 목욕탕에 들어가서 그릇마다 물 떠놓고 하는 게 무슨 형식처럼 되어 있어서 소꿉놀이가 곧 목욕이고 목욕이 소꿉놀이처럼 되어버렸다. 그래서 요새는 하루에도 몇 번씩 옷을 갈아입어야 되고 그만큼 목욕도 자주 한단다.

저번 5일엔 비진도라는 곳으로 피서 여행을 갔다. 충무까지 가는 엔젤호 배 안에서 가장 원기 왕성하고 좋아하는 사람은 어른 여섯 명에 아이 다섯 명 중에 하나가 제일이었단다. 아빠랑 바다에 들어갔을 땐 처음에 겁을 내고 도사리더니 차츰 재미가 있었는지 나중엔 튜브를 타고 아빠하고 바다 가운데까지 가서는 안 나오려고 했단다.

보트를 탔을 때도 굉장히 좋아하고 지금도 가끔씩 "우리 보트 타러 가자" 해쌌는데 하나가 말하는 보트는 튜브를 가리키는 말이란다. 6일 날 집에 늦게 도착했는데 그래도 집을 보니 반가웠던지 "야 우리 집이다" 하며 좋아한다. 아직 가끔씩 자다가 오줌을 싸버리는 일이 있어서 곤란하다. 엄마가 12시쯤 되면 꼭꼭 누이곤 하는데도 그렇구나. 낮에도 "엄마 쉬하고 싶어" "엄마 똥 하고 싶어" 하며 엉덩이를 삐쭉하게 내어밀고 급하면 삐죽삐죽 흔들기도 한다. 엄마가 "하나야가 가서 해라" 하면 "엄마가 해줘" 한다. 아직 수세식 변기에 혼자서 올라가기가 힘이 드는 모양이야. 앉혀주면 엄마를 보고 "냄새 난다 저리 가" 한다. 그러고는 "다 했다" 하고 소리 지르고, 그러면 엄마가 안아서 내려준다.

밥 먹을 때는 처음 몇 숟갈은 스스로 먹겠다고 야단하다가 나중엔 "엄마가 먹여줘" 한다. 안 먹여주면 밥을 제대로 안 먹기 때문에 꼭 엄마가 거들어주어야 하고 옆에서 떠먹여주면 제법 많이 먹는다. 아직은 배가 볼록하니 나와가지고 오동통하게 살이 쪄 있고 참 귀엽다.

덥다고 머리를 양옆으로 묶어주면 "엄마 거울 좀 보자" 하며 들여다보고는 "예쁘다 엄마" 하며 좋아한다. 밤에 잘 때는 꼭 밀고 올라가서 차가운 방바닥에 얼굴을 대고 엎드려서 잔다. 엄마가 몇 번씩 요 위에 데려다 눕히고 이불을 덮어주어도 소용이 없고 해서 그대로 뒀더니 오늘은 콧물이 계속 나오는구나.

처음으로 1박 2일 여름휴가 여행을 갔는데 어린애 둘을 데리고 갈 엄두가 안 나서 같이 가자는 사람에게 난색을 표했다. 그랬더니 업고 걸리고 하면서도 가야지 다 키워놓고 가려면 언제 가게 될지 모르니 그냥 가자고 했다. 그 말에 설득되어서 남편 친구 두 가족과 여행에 나섰다. 택시를 타고 국내선 부두로 가서, 엔젤호를 타고 통영까지 가서, 다시 배를 타고 비진도에 갔는데 요즘처럼 자가용이 있으면 여행이 쉽겠지만 이때의 여행은 참 쉽지 않았다. 하지만 배를 타고 나가서 볼락도 낚고 바다에서 수영도 하고 잡은 생선으로 회도 뜨고 매운탕도 끓이고 즐겁게 지냈다. 그때는 비진도가 한가하고 소박한 어촌 마을이어서 민박을 했는데 지금은 안 그럴 것 같다.

이옥선

11월 9일.

11월 9일.
웬 일인지 일기를 오랫동안 걸렀구나. 그동안 별다른
사건은 없었던것 같고 하나가 감기가 걸려서 온천장
에 왔는 즉시라 병원에 가더 진찰받고 주사 맞은 일이있
구나. 주사를 맞고는 앙울더니 조금 있다 그럴다 병원
밖에 나타더 "하나야 내일또 병원에 올까" 했더니 또
오겠단다. 참 기특도 하지. 그리고 10월 8일이 추우이
어서 4일날 태종대에 갔다가 다음날 돌아왔고
10일인 아침일찍 전주에 갔다가 저녁 늦게 부산으로
왔다. 전주 되돌아 버리기가 하나야가 좀 예뻐 젰었구나.
10월 17일인 부산 대학교 학생들의 데모 사건 때문에
학교가 휴교되고 아빠가 계속 집에더 논문(대학원 졸업
논문)을 쓰고 있어서 그런지 아빠하고 막이 친해져서
"세상 에더 엄마가 데일 좋고 그 다음에 아빠가 좋다"
는 정도로 말을 한다.
11월 3일인 아빠 친구들이 태종대에 모여더 낚시를
가기로 했기 때문에 같이 태종대에 가더 큰 집에더 하루를
자고 다음날 또 하빠 친구집에 (일한 이미) 가더 1박하고
집으로 왔다.
오르은의 낚시 나가기만 하면 흑 장난을 하고 놀기 때문에
나초대 들어 이때 혼되기고 웃꽃 울히르기 뵈다.
언따가 흑 장난 한다고 야단을 치면 어 언제 다시는
안그럴께. 해 놓고는 근방 또 흑 장난이다.
따구 끝이 되어 밖에 있는 이빠를 보고 "긴 하영
이라요" 하고 소리 지기도 하고 언따가 뜻을 못 했다
고 야단을지면 "내가 안그랬그면 하영이가 그랬어요"
하며 손을 가슴에다. 대 었다고 이빠를 가르킨다.

가게에 가서 과자 사오걸 버려가지고 특히 밤 눈 달라고
졸라 가지고 과자 사먹으러 준다. "언니 내가 새우깡
사올께이," 그리고 언니가 가게에 가면 밖에서
놀다가 따라가려는 뉘들이 꼭 시켜야 된다다.
과자를 가지고 동네 아이들과 좀 나누어 먹지만 다른
아이들이 하나를 좀 안줬다고 울고 으기도 한다.
"하나와 친구들 중에서 누가 좋아요 하면 "나는 시영이가
좋다," "효기는 나쁜 사람이다," "민이는 하나야 때렸
다," 등 나름대로 평가를 한다. 언제런지 언니가
아버지 전후미와 이쑤시개를 입었는데 언니가 아버지
방으로 가고 느티기 이쑤시개를 보고 "이거는 우리 아빠
빤바리다 나도 쓰버지 않다. 태훈이 강에는 책시놓고
누구에게는 장난감이 많고, 하나 계속 하며 이야기
를 하려간다. 같은 또래에 비하여 말도 잘하고
지적이 배른 편인지 동정도 뜰뜰하게 보이면 키가 즉
은 편이다. 항상 e배랑 같이 행동 하며가 그런 모양이다
보두게는 12Kg이 조금 모자랐다. 하지만 혼자서 가게
에가서 할맨누를 사올정도로 심부름도 잘한다.
밖에서 놀다가 누가 때렸거나 존위줄기 하기나하면
온 동네가 시끄럽게 圖 울고 을지 아니는 "효기가 때렸
다," 하며 호소를 한다. 언마가 왜 "아이구 누가
우리 해를 때렸니? 나쁜 사람 이구나, 때려리며,
하면 "효기 또 때리고 민이는 안때 렸다. 효기 나쁜 사람
이다, 시영이는 착한 사람인데," 하며 한참 동안 딸린다.
지나간것은 어제 이고 앞으로 는 모르기 내놓다.
밖을 완전만 알도 "언마 여게 넣어 주세요, "우리 여잇
걸려 가라, 는 식이 다.

아침에 할아버지가 일어 났을때 엄마나 일어나 있으면
"여보여 내 일어 났소, 엄마" 말(?)게 줄것을 강요한다.
칭찬 엄마가 "아이구 우리 할아버지 일어 났구나, 하신 말을
해 줄거 때문이지 요새는 아빠가 출근을 안하시기
때문에 엄마가 늦잠을 자면 할아버지 일어나서 자고있는 나를
보고 "엄마 밥줘" 한다. 밥달라는 소리니는 안일어
날수가 없구나. 하지만 밥을 챙겨서 먹여보면
내가 그랬던가 애고 엄마 주 일어 나게 하기 위한 수단
이었구나. 밥먹고 나면 뒷을 챙겨 입혀 주고, 그러면
할아버지가 "엄마 내가 먹기 나갔다 온게" 하며 마주본 북
에서 손을 흔들고 는 나간다. 하루 종일 먹기만 놀고
아이들과 어울려서 흙 장난 하고 쌔우고 울고 몇번씩
들어 와서 "엄마 쉬 하게 싫다 똥 하게 싫다. 맛있는거
사줘라, 누가 때렸다, 옥건이가 껏 줬다 , 등등
하고 놀 하고 그시간 불러대니 점심밥 먹고 또 나가서
놀고 해가 저녁에 들어든다 세수하고 손씻고 발씻
고 저녁밥 먹고 나면 온 집이 술과 덜거린다.
언제 우리가 낮잠을 잔척 자지 않구나.
요새는 먹으것만 바라고 뒤로지 잘먹는다. 하지만 밥지
않고 반죽 어리야 주로 달걀을 후라이 하거나 찌거나
해서 밥에 비벼 먹거나 국은 그속으로 넘기전에 떠 두었
다가 말아 주거나, 묵우나 속주. 등을 무쳐서 먹는
정도이다. 하지만 엄마가 주는게 거의 가리지 않고
잘먹는다 (쥬 생선도 좋아 한다.)
하지만 탄수유 당분기 인지 몇일 전보다 조금 마른것
같고 밥을 먹이 먹지 않는구나.

웬일인지 일기를 오랫동안 걸렀구나. 그동안 별다른 사건은 없었던 것 같고 하나가 감기가 걸려서 온천장에 있는 녹십자병원에 가서 진찰받고 주사 맞은 일이 있구나. 주사를 맞고는 "앙" 울더니 조금 있다 그쳤다. 병원 밖에 나와서 "하나야 내일 또 병원에 올까?" 했더니 또 오겠단다. 참 기특도 하지. 그리고 10월 5일이 추석이어서 4일 날 태종대에 갔다가 다음 날 돌아왔고 10일엔 아침 일찍 진주에 갔다가 저녁 늦게 부산으로 왔다. 진주 외할아버지가 하나야가 좀 예뻐졌다는구나. 10월 17일엔 부산대학교 학생들의 데모 사건 때문에 학교가 휴교되고 아빠가 계속 집에서 논문(대학원 졸업 논문)을 쓰고 있어서 그런지 아빠하고 많이 친해져서 "세상에서 엄마가 제일 좋고 그다음에 아빠가 좋다"는 정도로 발전했다.

11월 3일엔 아빠 친구들이 태종대에 모여서 낚시를 가기로 했기 때문에 같이 태종대에 가서 큰집에서 하루를 자고 다음 날 또 아빠 친구 집(일한이네)에 가서 1박 하고 집으로 왔다.

요즈음에 밖에 나가기만 하면 흙장난을 하고 놀기 때문에 나갔다 들어오면 손 씻기고 옷 갈아입히는 게 일이다. 엄마가 흙장난 한다고 야단을 치면 "엄마 다시는 안 그럴게" 해놓고는 금방 또 흙장난이다.

마루 끝에 서서 밖에 있는 오빠를 보고 "김하영 이리 와" 하고 소리치기도 하고 엄마가 뭘 잘못했다고 야단을 치면 "내가 안 그랬고요. 하영이가 그랬어요" 하며 손을 가슴에다 대었다가 오빠를 가리킨다.

가게에 가서 과자 사는 걸 배워가지고 툭하면 돈 달라고 졸라

가지고 과자 사 먹으러 간다. "엄마 내가 새우깡 사올께이." 그
리고 엄마가 가게에 가면 밖에서 놀다가 따라 와서는 뭐든지 꼭
사줘야 된단다.

과자를 가지고 동네 아이들과 잘 나누어 먹지만 다른 아이들이
하나를 좀 안 줬다고 울고 오기도 한다. "하나야 친구들 중에
서 누가 좋니?" 하면 "나는 시영이가 좋다" "훈이는 나쁜 사람이
다" "민이는 하나야 때렸다" 등 나름대로 평가를 한다. 얼마 전
에 엄마가 아파서 진주에서 외할머니가 오셨는데 엄마랑 아빠
랑 병원에 가고 난 뒤에 외할머니를 보고 "이거는 우리 아빠 반
바지다. 나도 반바지 있다. 태훈이 집에는 책이 많고 누구네에
는 장난감이 많고" 하며 계속해서 이야기를 하더란다. 같은 또
래에 비하여 말도 잘하고 지각이 빠른 편인지 표정도 똘똘해 보
이지만 키가 작은 편이다. 항상 오빠랑 같이 행동하니까 그런
모양이다.

몸무게는 12kg이 조금 모자란다. 하지만 혼자서 가게에 가서
활명수를 사 올 정도로 심부름도 잘한다.

밖에서 놀다가 누가 때렸거나 좀 귀찮게 하거나 하면 온 동네가
시끄럽게 울고 올라와서는 "훈이가 때렸다" 하며 호소를 한다.
엄마가 안고 "아이구 누가 우리 하나를 때렸지? 나쁜 사람이구
나. 왜 때리데" 하면 "훈이만 때리고 민이는 안 때렸다. 훈이 나
쁜 사람이다. 시영이는 착한 사람인데" 하며 한참 동안 말한다.
지나간 것은 어제이고 앞으로는 모조리 내일이다. 오늘 있었던
일도 "엄마 어제 업어줬지" "우리 내일 진주 가자"는 식이다.

아침에 하나야가 일어났을 때 엄마가 일어나 있으면 "내 일어났

다, 엄마" 반겨줄 것을 강요한다. 항상 엄마가 "아이구 우리 하나야가 일어났구나" 하는 말을 해왔기 때문인지 요새는 아빠가 출근을 안 하시기 때문에 엄마가 늦잠을 자면 하나가 일어나서 자고 있는 나를 보고 "엄마, 밥 줘" 한다. 밥 달라는 소리에는 안 일어날 수가 없구나. 하지만 밥을 챙겨서 먹여보면 배가 고팠던 건 아니고 엄마를 일어나게 하기 위한 수단이었구나. 밥 먹고 나면 옷을 챙겨 입혀주고, 그러면 하나가 "엄마 내가 밖에 나갔다 올게" 하며 마루 문 밖에서 손을 흔들고는 나간다. 하루 종일 밖에서 놀고 아이들과 어울려서 흙장난하고 싸우고 울고 몇 번씩 올라와서 "엄마 쉬하고 싶다, 똥 하고 싶다, 맛있는 거 사주라, 누가 때렸다, 유진이가 껌 줬다" 등등 보고를 하고 2시쯤 불러다가 점심밥 먹고 또 나가서 놀고 해가 져서야 들어온다. 세수하고 손 씻고 발 씻고 저녁밥 먹고 나면 곧 잠에 곯아떨어진다. 언제부턴지 낮잠을 전혀 자지 않는구나.

요새는 매운 것만 빼고 뭐든지 잘 먹는다. 하지만 맵지 않은 반찬이래야 주로 달걀을 프라이하거나 찌거나 해서 밥에 비벼 먹거나 국을 고춧가루 넣기 전에 떠두었다가 말아주거나, 무우나 숙주 등을 무쳐서 먹는 정도이다. 하지만 엄마가 주는 건 거의 가리지 않고 잘 먹는다(구운 생선도 좋아한다).

하지만 요즈음은 성장기인지 몇 달 전보다 조금 마른 것 같고 밥을 많이 먹지 않는구나.

10월 16일부터 뒤에 '부마항쟁 사건'이라 불리게 되는 학생 데모가 시작되었다. 부산대 학생들이 "유신 정권 타도! 독재 정권 타도!"를 외치며 시내까지 진출하여 격렬한 데모를 벌였다.

이때 남편은 부대 학보사에서 간사를 맡고 있었는데 워낙 기자들을 데리고 집에 와서 술판을 잘 벌이는 타입이다 보니 16일, 17일, 18일 연속으로 데모를 하고 나서 학생 기자들이 흥분된 기분에 우리 집으로 다들 몰려왔다. 라면도 많이 끓이는 것은 어려운 일이라는 걸 그때 알았다. 큰 부엌살림이 별로 없을 때 열 개 넘는 라면을 끓이고 김치를 내고 했는데, 둘이 일주일 정도 먹을 만한 김치가 하루 만에 동이 났는데도 다음 날도 계속 오는 거라.

참으로 난감했었는데 18일 자정을 기해서 비상 계엄령이 내려지고 학교에는 정보부 요원이 쫙 깔리고 캠퍼스에는 탱크가 들어왔다고 했다. 학교는 휴교하였다.

이옥선

처음 '빅토리 노트'를 읽었을 때 나는 어렸고 이게 어떤
의미인지 잘 몰랐다. 나도 성인이 되어 나름의 정치적 격동기를
겪고(심지어 나는 오랫동안 청와대 근처에서 살았다) 민주화운동의
역사에 대해 더 알게 되면서 일기의 부피감이 달라졌다.
아빠는 부마항쟁의 중심이었던 부산대학교에서 학보사
간사였으니 집회를 취재하기 위해 학생 기자들을 파견하고
취합해서 신문을 만들고, 엄마는 낮에는 아이 둘을 돌보고
밤이면 몰려드는 기자들에게 라면을 끓여주며 자리를
마련해주었다. 정치가 불안정하면 시민들이 쏟게 되는
에너지가 엄청난데, 엄마와 아빠도 굉장한 일을 바로 옆에서
겪었구나. 이러니 광주는 오죽했을까.

김
하
나

지금도 미스터리

그 이후 정확한 날짜는 기억이 안 나는데, 어느 날 남편이 집으로
찾아온 친구랑(이때는 집집마다 전화가 없으니 직접 집으로 찾아오는
경우가 흔했다) 술 마시러 가면서 애들 재워놓고 어디 술집으로
오라고 했다. 애들이 늦게 잠드는 바람에 꽤 늦은 시간에 약속
장소로 갔더니 2차로 옮기면서 주인장에게 말을 했겠지만 결국
나는 가게를 찾지 못하고 혼자 다시 집으로 돌아왔다.

그런데 바로 집 앞 몇 미터 안 되는 지점에서 누군가가 내 뒤통수를
뭔가 몽둥이 같은 걸로 가격했다. 나는 노란색 바바리코트를 입고
양손을 포켓에 넣고 걸어오다가 손을 뺄 여가도 없이 그대로 앞으로
일자로 엎어졌다. 그 상태로 약간 기절을 한 것 같은데 누군가가
재빨리 탁 탁 탁 뛰어 달아나는 소리가 들렸다. 나는 너무 놀랐지만
후속 피해를 볼 수도 있다는 생각에 얼른 일어나서 고함을 질렀다.
동네에서 몇몇 사람들이 나오고 웅성웅성했지만 어떻게 해야 할지
몰라서 집으로 들어왔다.

그날 저녁은 일단 그냥 잤는데 다음 날 일어날 수가 없었다.
뒤통수부터 등판까지 너무나 경직된 나머지 꼼짝을 못 했다.
결국 진주에서 어머니가 오시고 병원에 가서 주사를 여러 대 맞고
수선을 피운 끝에 겨우 조금씩 나아졌는데, 그때 금이 간 앞니가
두고두고 애를 먹이더니 지금까지 말썽이다.

이 사건을 두고 여러 설이 있었다. 이번 데모와 상관이 있을 거라느니, 집주인 아줌마는 나를 처녀인 줄 알고 끌고 가려고 그랬다느니 말들이 많았지만 아무것도 짐작 가는 바가 없었다. 나는 지갑이나 핸드백도 안 들었기 때문에 노상강도라고도 할 수 없었다. 며칠 뒤 뭔가 사러 집 밖을 나갔는데 집집마다 조기가 달려 있었다. 그 전날 우리가 다 아는 10·26 사태가 나서 박정희 대통령이 죽었다는 것이다. 이런 반전이 있나? 계엄은 계속되었고 남편도 계속 집에 있었고. 그날의 사건은 지금도 여전히 미스터리로 남아 있다.

이 옥 선

이 이야기는 자라면서 몇 번 들은 적이 있지만 다시 세부사항이 묘사된 글로 읽으니 최근의 여성 혐오 사건들과 이어지며 소름이 돋는다. 언제나 여성들은 몇 배의 가사노동, 몇 배의 위험 속에 살아야 했다. 요즘 들어 이것을 직시하는 흐름과 언어가 생겨서 더 눈에 들어오게 된 것일 뿐. 더 큰 상해를 입지 않아서 다행이라며 가슴을 쓸어내리기엔 너무 화가 치민다. 도대체 왜!

김 하 나

12월 16일.
오늘이 하나야 세번째 생일이다.
어저께 엄마가 " 하나야 내일 니 생일이다, 그랬더니
고개를 끄떡 끄떡 하는 품이 생일이 뭔지나 아는것 같은
표정이구나.
같은 또래 보다 키가 좀 작은 편이지만 아주 혈색도 좋고
통통하다. 아직 밤에 자다가 오줌을 실례를 하는
수가 있지만 그외엔 대체적으로 소견이 좀 나았는
편이다. 말도 잘하고 밖에나가서 노는것도 그렇고
가게에 가서 군것질 하는것도 할줄알고 아빠가 집에
왔을때 다른 친구들을 집에 데려오면 좀 곤란하는 것도
알고 있다.
T.V 에서 신나는 노래가 나오면 엉덩이를 멋지게 흔드
면서 춤도 잘춘다. 혼자서 잘추다가도 엄마가 쳐다
본다 싶어지면 괜히 혼자 쑥스럽게 생긋 웃을도 안다.
밤에 잘때 이불을 막 차내고 자니까 항상 감기기가 없어
맑은 콧물이 나온다.
밖에 나가서 욕같은것도 배워오고 또 이상한 말투도 배워온다.
하나가 " 엄마! 씨 발 놈아 하면 안돼 제, 멋제?, 하고 물어
본다. "멋제, 하고 바지똑 말솜을 하게 오줌을 맞듣다.
조금 전엔 "멋게, 안멋게, 없는데 오나이 바꼈어.
" 훈이는 나쁜 사람이다, 멋제, " 아빠가 깜깜 해지면 온다
멋제, " 쉬수하면 예삐지 깛다 멋제, 등 등.
오늘은 미역국만 끓여 먹고 좋아하는 과자 멸기 사주고
말었다. 조금 더 자라면 기억이 되면 하게 해 주지했는데
그런데 아빠가 저녁 늦게 들어 오면서 생일 케익을
사오셨구나. 하나가 자고 있어서 아빠가 섭섭해 하셨는

데 한밤중의 깨어나서 오빠 까지 깨게 했구나, 한밤중에
케익고에다 촛불을 켜고 입으로 불어 그라고 하더니 엄마 뒤로
숨어버리잖니? 그래서 엄마가 대신 했는데 뒷날 아침에 일어
나더니 또 촛불을 켜잔다. 그러더 조금 전라면은 케이크에다
촛불을 다시 켜고 해바아가 불어 줬단다
아주 신기하고 재익 읽었던 모양이야, 밖에 나가더
라는 애들을 보고 '우리집에 촛불 켜는 케이크있다, 해께
자랑이 한창이다.

                    12. 17,

오늘이 하나야 세 번째 생일이다.

어저께 엄마가 "하나야 내일 니 생일이다" 그랬더니 고개를 끄덕끄덕하는 품이 생일이 뭔지나 아는 것 같은 표정이구나.

같은 또래보다 키가 좀 작은 편이지만 아주 혈색도 좋고 통통하다. 아직 밤에 자다가 요에다 실례를 하는 수가 있지만 그 외엔 대체적으로 소견이 좀 나 있는 편이다. 말도 잘하고 밖에 나가서 노는 것도 그렇고 가게에 가서 군것질하는 것도 할 줄 알고 아빠가 집에 있을 땐 다른 친구들을 집에 데려오면 좀 곤란한 것도 알고 있다.

TV에서 신나는 노래가 나오면 엉덩이를 멋지게 흔들면서 춤도 잘 춘다. 혼자서 잘 추다가도 엄마가 쳐다본다 싶어지면 괜히 혼자 쑥스럽게 생각할 줄도 안다. 밤에 잘 때 이불을 막 차내고 자니까 항상 감기기가 있어 맑은 콧물이 나온다.

밖에 나가서 욕 같은 것도 배워 오고 또 이상한 말투도 배워 온다. 하나가 "엄마! 씨발노마 하면 안 되제, 맞제?" 하고 물어본다. "맞제" 하고 마지막 막음을 하는 게 요즈음 말투다. 조금 전엔 "맞게, 안 맞게"였는데 요사이 바뀌었다. "훈이는 나쁜 사람이다, 맞제" "아빠가 캄캄해지면 온다 맞제" "세수하면 예뻐지겠다 맞제" 등등.

오늘은 미역국만 끓여 먹고 좋아하는 과자 몇 개 사주고 말았다. 조금 더 자라면 기념이 될 만하게 해주지 했는데 그런데 아빠가 저녁 늦게 들어오시면서 생일 케이크를 사 오셨구나. 하나가 자고 있어서 아빠가 섭섭해하셨는데 한밤중에 깨어나서 오빠까지 깨게 했구나. 한밤중에 케이크에다 촛불을 켜고 입으로 불어 끄라고 했더니 엄마 뒤로 숨어버리잖니? 그래서 엄마가 대신 했는데 뒷날 아침에 일어나더니 또 촛불을 켜잔다. 그래서 조금 잘라 먹은 케이크에다 촛불을 다시 켜고 하나야가 불어서 껐단다.

아주 신기하고 재미있었던 모양이야. 밖에 나가서 다른 애들을 보고 "우리 집에 촛불 켜는 케이크 있다" 하며 자랑이 한창이다.

12.17.

우리 집에 촛불 켜는 케이크 있다. 자랑이 또 한 바가지다.

이
옥
선

♥
└→   얼마 전에 황선우 작가와 함께 〈여둘톡: 여자 둘이 토크하고
        있습니다〉라는 팟캐스트를 시작했다. 그리고 그 즈음
        만난 분으로부터 마침 케이크를 선물로 받았다. 동거인이
        케이크를 꺼내며 장난으로 "촛불 불 사람?"이라고 했는데
        문득 생일도 아닌 날 촛불을 불면 기분이 좋을 것 같아
        "저요!"라며 손을 번쩍 들었다. '팟캐스트 잘되게 해주세요'
        소원을 빌고 촛불을 불어 껐다. 세 살 생일부터 시작된 촛불
        불어 끄기 이벤트는 지금도 역시 재미있고 기분이 좋다.
        그리고 정말로 〈여둘톡〉은 잘되어 아이튠즈 팟캐스트에서
        인기 프로그램 1위를 달리는 중이다. 나는 또 자랑이 한
        바가지다.

김
하
나

만 4세

1980년

3 월 18 일

그 동안 엄마는 왜 그런지 안정이 안되고 항상 마음이
뒤숭숭해 있었나 보다. 첫째 원인은 아빠의 진로
문제가 불안정 했던데 있었고 둘째는 경제적으로
여유가 없었던 점이 마음의 여유를 빼앗아 간 모양이다.
그리고 또 이유가 있다면 오빠(화영이)의 일기를 이젠
그만 쓰도 된다는 안도 여러 ... 먹고 ... 두어야 겠다는
생각이 갑자기 든 탓도 있겠다.
그래서 거의 두달이 넘도록 한번도 일기나 편지 따위는
쓸 여유가 없었던것 같다.
동생이나 해외 오빠와의 관계 에서 너무 억눌을 들어 오더라도
인지는 몰라도 해는 그것이 너무 세거나 오래 히 오빠가
양보 해야 될거라고 생각 하고 있는것 같다.
... 가 마음에 안차서 울고 앙살을 부리기 시작하면 충족될
때 까지 울고 그것을 피운다 그러이 아빠가 어저께
가 성격상 좋지 않으로 한번 혼내주겠다고 먹고 있어다
... 가 신을 신으려 했다 ... 울고 그림을 ... 이 ...
때려 주었더니 그림 ... 없어진게 ... 엄마가 ...
... 를 들거나 ... 어깨를 ... 손으로 ...
... 면서도 ... 항복 하질 ...
오늘이 ... 오빠 보고 화장실 ... 에서 ...
한는데 만약 안 해주면 소변도 안 하고 울고 버텼다
엄마에게 ... 맞고 화장실로 ... 에서 ... 도리어 공하지
않을때 이제 안 ... 싶다고 버텼단다
또 ... 울고 ... 화영이가 ... 울다 ... 가버리면
울다 ... 중간 지점에서 ... 울고 ... 울때 ...
... 엄마가 화내거늘 ... 을 들고 가다 ...

주면서 혼자 물러 가도록 유도 해도 말을 안듣는다
(네가 저건거 안불어 준다고) 물고 하여도 헤엄이는 하나 떼
주게 치흫르 없이 한두가지 그 에러니도 비요쯤 하나 하고
갈 놀다.

헤노 밥 먹을때도 엄마 속을 태운다 혼자 먹게 하면
한두 술갈 떠먹으는 안먹고 반찬만 먹거나 물만 떠먹거나
장난 같을 치거나 한다 엄마가 답답해다 떠 먹여 주노면
밥을 먹기 싫어되 안먹 없던것도 에써아 한그릇을 다먹여
치운다. 먹는걸 안먹는 탓도는 하는데도 영 향증을 안하는
것 같다. 키도별 자라지도 않고 몸무게도 12kg 에너
걸려 눈금이 나가는 탓타너 에이에 비해서 너무 작은것 갈다.
키가 작아되 그건지 체격은 그래도 통통해 보여되 건강 한것
같다.

2월16일이 설날이어되 태중의 가너 차례밥 주고 제사 지내고
시골들 차고 어울려되 놀고 떡써 삼늘이 줄을 사주어되
가지고 ᄃ니가 헤엄이노 덕시 에다 줄을 두고 ㅇㄹ 헤너노
열심히 가지고 일나가 잦고 내몇주나 그래되 한뼈릭 동난
즐 정말같이 막어 졌더다.

그리고 23일은 아빠 대학원 줄업식이 어되 의할아버지와
되 할머니 께되 되어되 같이 부선 대학에 갔었다. 그때 아빠가
순 줄업 식사모자 와 까운이 좀 이상스럽게 보였던지 그다음우리
T,V 에되 학사모슨 장면 (쯧고 4번 쯯고) 만 나오면 "저기 우리
아빠 보자고 "신을씨에 가서 사진 쩠엤다, 등 그녀릭의
던 일뜰을 설맹 하느나 바쁘다.

어저께 밤에노 이둘기다 실래(?) 를 채류고 잔 엄마를
보고 "쯨었다, 쯨었다, 하는 울다 언제쯤 그건오게이
신끔 사되 않고 스스로 세수하고 밥은 가고 밥먹고 차겠너?

그동안 엄마는 왜 그런지 안정이 안 되고 항상 마음이 뒤숭숭
해 있었나 보다. 첫째 원인은 아빠의 진로 문제가 불안정했던 데
있었고 둘째는 경제적으로 여유가 없었던 점이 마음의 여유도
빼앗아 간 모양이다. 그리고 또 이유가 있다면 오빠(하영이)의
일기를 이젠 그만 써도 된다는 안도에서 뭔가 적어두어야겠다
는 생각이 감소된 점도 있겠다.

그래서 거의 두 달이 넘도록 한 번도 일기나 편지 따위는 쓸 여
유가 없었던 것 같다.

동생이라 해서 오빠와의 관계에서 너무 역성을 들어준 때문인
지는 몰라도 하나는 고집이 너무 세거나 으레 오빠가 양보해야
될 거라고 생각하고 있는 것 같다.

뭔가 마음에 안 차서 울고 앙살을 부리기 시작하면 충족될 때
까지 울고 고집을 피운다. 그래서 아빠가 여자애가 성격상 좋
지 않다고 한번 혼내주겠다고 벼르고 있어서 엄마가 선수를 써
야겠다 싶어 울고 고집을 피울 땐 좀 때려주었더니 고집 피우는
게 없어진 게 아니라 엄마가 회초리를 들거나 하면 어깨를 움츠
리고 손으로 방어 태세를 갖추면서도 빨리 항복하질 않는구나.
오줌이 누고 싶다고 오빠보고 화장실 문 앞에 서 있으라고 하는
데 만약 안 해주면 소변도 안 하고 울고 버틴다. 엄마에게 매를
맞고 화장실로 가는 게 아니라 도리어 급하지 않을 땐 이제 안
누고 싶다고 버틴단다.

또 계단을 올라올 때 하영이가 먼저 올라가 버리면 올라오던 중
간 지점에서 엎드려서 울고 데리러 올 때까지 악을 쓴다. 엄마가
회초리를 들고 가서 몇 대 때려주면서 혼자 올라가도록 유도해

도 말을 안 듣는다. 오빠가 자전거 안 밀어준다고 울고 하여튼 하영이는 하나 때문에 귀찮은 일이 한두 가지가 아니지만 비교적 하나하고 잘 논다.

하나는 밥 먹을 때도 엄마 속을 태운다. 혼자 먹게 하면 한두 숟갈 떠먹고는 안 먹고 반찬만 먹거나 물만 떠먹거나 장난질을 치거나 한다. 엄마가 답답해서 떠먹여줘 보면 밥을 먹기 싫어서 안 먹었던 것도 아니야. 한 그릇을 다 먹어치운다. 먹는 걸 안 먹는 정도는 아닌데도 영 성장을 안 하는 것 같다. 키도 별 자라지도 않고 몸무게도 12kg에서 조금 더 눈금이 나갈 정도니 나이에 비해서 너무 작은 것 같다. 키가 작아서 그런지 체격은 그래도 통통해 보여서 건강한 것 같다.

2월 16일이 설날이어서 태종대 가서 하룻밤 자고 제사 지내고 사촌들하고 어울려서 놀고 막내 삼촌이 총을 사주어서 가지고 오다가 하영이는 택시에다 총을 두고 오고 하나는 열심히 가지고 있다가 갖고 내렸구나. 그래서 한 며칠 동안 총 쟁탈전이 벌어졌었다.

그리고 23일은 아빠 대학원 졸업식이어서 외할아버지와 외할머니께서 오셔서 같이 부산대학에 갔었다. 그때 아빠가 쓴 졸업 석사 모자와 가운이 좀 이상스럽게 보였던지 그다음부터 TV에서 학사모 쓴 장면(칼라사진 광고)만 나오면 "저거 우리 아빠 모자다" "신문사에 가서 사진 찍었다" 등 그날 있었던 일들을 설명하느라 바쁘다.

어저께 밤에는 이불에다 실례(?)를 해놓고는 자는 엄마를 보고 "젖었다, 젖었다" 하고 운다. 언제쯤 그런 문제에 신경 쓰지 않고 스스로 세수하고 변소 가고 밥 먹고 하겠니?

모자와 가운을 입은 아빠가 아주 이상스럽게 보였나 보다.
외할아버지와 외할머니도 오셨다고 쓰여 있는데 내 기억에는 없다.
이러니 일기를 써야 하는구나.

이
옥
선

"뭔가 마음에 안 차서 울고 앙살을 부리기 시작하면
충족될 때까지 울고 고집을 피운다."
나는 지금도 꽤나 고집이 센 편이라 동거인이 "으이그
고집쟁이야~"라며 져줄 때가 종종 있다. 그래도 오랜 사회 생활 덕분에
나아진 점은 고집이 필요할 때인지 아닌지를 구분하는 감식안이
생겼다는 것과 나도 때로는 기꺼이 져줄 줄 알게 되었다는 것?

김
하
나

5월 10일.

거의 두달이 지나 갔구나. 그동안 이사를 했다. 이제까진 부산 대학 앞에서 살았었는데 이젠 해운대로 이사 온다. 그전에도 여기 아파트 단지 에어 살았었는데 하나가 올지나고 얼마 안돼서 사직 아파트로 이사하고 2년 남짓 동안기 벌써 4번째의 이사 였구나. 이젠 그렇게 자주 이사할 생각은 없다. 지금 생각으로는 하연이랑 하나가 이 아파트 단지 안에 있는 동백 국민 학교를 졸업할때 까지 이사할 계획은 없다.

이사 한 동안 외할머랑 작은 이삼촌 이랑 또 병호대까지 타서 도다 주고 같이 며칠 지냈고 또 콩기가 안되어서 정신이 없었 단다. 4월 19일에 이사를 했으나가 이젠 돼략 정리가 되어 간다. 처음 이사 왔을때는 같이 놀던 친구도 없고 바로 길옆이 찻길 이라 놀 때도 마땅잖아여 히이 살던집이 좋다 먼저 아파트 가 싫다고 아단 들이 였단다. 오르온은 계단 앞에서 놀거나 현관 이나 베란 다에서 놀거나 한다. 아직 친구가 없어서 장난감 사달고 조른다. 태배옹 쥐이 작장을 하거리고 그리고 싶으게 앉으면 관찰 될때 까지 노래부르듯이 한다. 그래서 한달소리 웃다 있는데. 병원놀이 됐다. 그랬다 이제 마죽기. 4주 소년야듬 토 바이 등 몇가지 글 사줘야 했단다. 외할아버지가 오셔서 사준것도 있단다. 장난감 가게 에 가서 인형 같은걸 사놓게고 했더니 싫다고 하면서 토 바이를 쪼루다. 하나는 같은 또 때리 어라 아이 들이 대부분 하는 행동, 예쁜옷 입혀 달라 거나 머리를 묶, 어들라거나 하는 주문이 없다. 머리 묶어 주면 싫다고 풀어 버린다. 하나는 안입으려고 하고 장난감도 홍이나 꽃, 화 같은것을 조른한다. 목소리도 낮고 울기 보다는 야랑 한다는 톨현이 좋은가아. 태배 타썬 놀아서 그런 모양이다. 어디께라 그러께 이틀을 계속 오네다 오속을 쌌다. 엄마가 새 호청을 입히고 나면 으레히 하손 했다다.
그럴때 마다 하나가 엄마 이불에 따라 술래를 하자고 해서
어저께는 야딴을 맞았다. "하나야는 으름쓰기지?, 하고
아빠가 놀은 면 그개는 길썩 길썩 한다. 하루종일 아빠 하고 놀기
때문에 비교적 울지않는 편이라면 가끔씩 하나가 앙심을 부려
서 아빠를 귀찮게 하고 밥을 안먹어주다고 울기도 한다.
지난 5월 4일은 일요일이 됐는데 다음날이 어린이 날이었기 때문
에 같은 아파트에 사는 엄마와 아빠의 친구 김형 충욱이네가
어린이 대공원으로 놀러 가자며 같이 가자고 해서 아빠는 오고
술일이 밀려서 못가고 엄마와 하나다 하빠만 같이 갔다.
대공원기 있는 마당가다 공룡 미끄럼틀을 보고 아주 좋아
한다. 그리고 여러 가지 전시물들을 보고 왔는데 아빠에게
보고 한다고 야단이다. 그리고 휴일날은 태풍때문 갔었다
할아버지 계셨니 있기 때문이었다. 사촌들끼리 모여서
놀고 같이 다니면 가게에서 뻘 사오기도 하고 얻어먹어 무늘
을 깨기도 하고 하여튼 신나게 놀다 왔단다.

거의 두 달이 지나갔구나. 그동안 이사를 했다. 이제까진 부산대학 앞에서 살았었는데 이젠 해운대로 이사 왔다. 그 전에도여기 아파트 단지에서 살았었는데 하나가 돐 지나고 얼마 안 있어서 사직아파트로 이사하고 2년 남짓 동안에 벌써 네 번째의이사였구나. 이젠 그렇게 자주 이사할 생각은 없다. 지금 생각으론 하영이와 하나가 이 아파트 단지 안에 있는 동백국민학교를졸업할 때까진 이사할 계획은 없다.

이사할 동안 외할머니랑 작은 외삼촌이랑 또 병호 오빠랑 와서도와주고 같이 며칠 지냈고 또 정리가 안 되어서 정신이 없었단다. 4월 19일에 이사를 했으니까 이젠 대략 정리가 되어간다. 처음 이사 와서는 같이 놀던 친구도 없고 바로 집 앞이 찻길이라놀 데도 마땅찮아서 전에 살던 집이 좋다면서 아파트가 싫다고야단들이었단다. 요즈음은 계단 앞에서 놀거나 현관이나 베란다에서 놀거나 한다. 아직 친구가 없어서 장난감 사달라고 조른다. 오빠랑 같이 작당을 해가지고 가지고 싶은 게 있으면 관철될 때까지 노래 부르듯이 한다. 그래서 한 달도 채 못 되었는데병원놀이 세트, 그랜다이저 맞추기, 우주소년 아톰 오토바이등 몇 가지를 사줘야 했단다. 외할아버지가 오셔서 사준 것도있단다. 장난감 가게에 가서 인형 같은 걸 사주려고 했더니 싫다고 하면서 오토바이를 샀구나. 하나는 같은 또래의 여자아이들이 대부분 하는 행동, 예를 들면 예쁜 옷을 입혀달라거나 머리를 묶어달라거나 하는 주문이 없다. 머리를 묶어주면 싫다고풀어버린다. 치마는 안 입으려고 하고 장난감도 총이나 칼, 차같은 것을 주문한다. 목소리도 날카롭기보다는 우렁차다는 표현이 좋을 거야. 오빠와만 놀아서 그런 모양이다. 어저께와 그저께 이틀은 계속 요에다 오줌을 쌌다. 엄마가 새 호청을 입히고 나면 으레 하는 행사다. 그럴 때마다 하나가 엄마 이불에 와서 실례를 해놓곤 해서 어저께는 야단을 맞았다. "하나야는 오줌싸개지?" 하고 아빠가 물으면 고개를 끄덕끄덕한다. 하루 종일 오빠하고 놀기 때문에 비교적 잘 지내는 편이지만 가끔씩 하나가 앙살을 부려서 오빠를 귀찮게 하고 말을 안 들어준다고 울기도 한다.

저번 5월 4일은 일요일이었는데 다음 날이 어린이날이었기 때문에 같은 아파트에 사는 엄마와 아빠의 친구 집인 창욱이네가 어린이대공원으로 놀러 간다며 같이 가자고 해서 아빠는 원고 쓸 일이 밀려서 못 가고 엄마와 오빠와 하나만 같이 갔다. 대공원에 있는 마징가와 공룡 미끄럼틀을 보고 아주 좋아한다. 그리고 여러 가지 전시물들을 보고 왔는데 아빠에게 보고한다고 야단이다. 그리고 8일 날은 태종대엘 갔었다. 할아버지 제삿날이었기 때문이란다. 사촌들끼리 모여서 놀고 같이 다니면서 가게에서 뭘 사 오기도 하고 엎어져서 무릎을 깨기도 하고 하여튼 신나게 놀다 왔단다.

해운대로 이사

주공에서 지은 15평 연탄 아파트로 전형적인 서민 아파트다. 지금 사람들은 연탄을 사용하는 아파트라면 이해가 안 되겠지만 그땐 그랬다. 5층 계단식 아파트인데 우리는 1층이었다. 동네 분들도 다 주로 주택 같은 데서 살다가 처음으로 아파트로 이사 온 셈이라 갑갑하다고 현관문을 열어놓고 살았고, 아이들도 비슷비슷하게 어려서 쉽게 친해졌다. 아파트는 찻길가에 있어서 계단을 대여섯 개 올라가게 되어 있고, 우리 집 건너편에서 조금 내려가는 곳에 버스 정류장이 있었다. 길 바로 건너편에는 대형 상가가 있어서 아이들이 좋아하는 문방구부터 약국, 부동산, 정육점, 식품 가게, 슈퍼마켓 등 생활에 필요한 것은 거의 있는 편이라 살기에 불편은 없었다.

이옥선

다시 이사

이사할 계획이 없다 했지만 하나가 국민학교 2학년이던 봄에
이곳에서 2킬로미터쯤 떨어진 해운대 바닷가 가까운 곳으로
이사했다. 학교를 가고 보니 집에 책상을 두 개 놓을 공간이
필요해져서이다. 그래도 둘 다 동백국민학교를 졸업했다.

이옥선

9월 7일.

이 일기 쓰고 부터 아마 가장 오랫동안 걸렸던것 같다.
엄마가 안정이 안되고 또 시국도 시끄러웠기 때문
이기도 하지만 무엇보다도 엄마의 불찰이겠지,
5월 17일 부터 계엄령이 내려 있어 전국의 모든 대학
들이 문을 닫고 따라서 아빠가 거의 집에다 시간을
보냈기 때문에 엄마 의 성질머리 같은이 깨어진것.
거기다 아빠 직장의 불안정성 그리고 아빠의 건강상의
문제 (고혈압 증세) 이런것들이 엄마를 불안하게한
요인 이란다. 하지만 아빠가 늘 집에 계셨기 때
문에 하영이 하영이가 아빠랑 더욱 친해져서 누가
「엄마가 좋아? 아빠가 좋냐?」 하고 물으면 서슴치 않고
아빠가 좋다는구나, 그러다 「엄마는?」 하고 물으며
하영이가 대답 하기를 「엄마는 때려서, 안돼 때려서」
하고 엄마가 때렸다는 사실을 강조한다
하긴 하영이 보다 하나가 엄마에게 자주 맞는다
왜 냐 하면 하나가 너무 고집이 세서 엄마가 화를
내는 일이 자주 일어나기 때문이란다. 얼마전쯤 하나
엄마랑 같이 시장에 갔다 오는데 양 손에다 시장거리
를 들었기 때문에 하나 손을 잡을수 없었는데도 제발
을 손잡고 같이 걷지 않았다는 이유로 하나가
찻길 가운데서 떡 들어 누워서 악을 쓰고 울기는
10분쯤 계속 했단다 하나를 발견한 하나가 둘러
서 가고 엄마가 여러 가지 방법으로 집으로 들어오기
를 종용 하였지만 말을 듣지 않았기 때문에 결국
하나를 들고 나가서 맞으며 겨우 집으로 들어 왔단
다. 요즘은 이런일이 한두번이 아니고 하루의

한두번씩은 일어 쓴단다. 혼자서 화장실에 잠들어
가서 볼일을 보곤 하다가도 심통이 나면 혼자서
못한다. 엄마가 해줘야 한다면서 소변이 마려
싶어도 엉덩이를 비죽비죽 하면서도 꼭 엄마
라고 꼭 손을 딲고 옷을 내려서 변기에 앉혀주기
해야 한다던가. 밥을 먹다가도 먹여줘야 한다
던가 아냐 어려가지다.
이웃 아줌마들이 "그집 딸없이 여간 아니예요" 할정도
다. 그래서 늘상 애비보다 더 자주 야단을 맞거나
매를 맞기나 한다.
그동안 많이 발전해서 동네 아이들과 친구가 되어서
술래 되기 술래 가기도 했고 앉의 집에 가서 오랫동안 놀다
오기도 하는데 거의 애비를 따라 다니기 때문에 애비
친구들하고 거의 놀고 여자 친구는 없다.
그리고 집 건너편에 바로 상가 이기 때문에 거의 매일
2,3백원씩 소비를 한다. 엄마로서는 애비랑 둘이
더 써는 5,6백원의 소비가 제법 부담이 될정도다
지나는 것이지만 아파트 가까운 곳에 해동시장 이라
는 새시장이 생겼는데 그곳의 큰집에서 횟집을
시작했다가 2달 정도 하고 문을 닫았단다. 6월말
부터 8월 말 까지 적어도 나비 놀을 들을 지면 그동안
하영이랑 하나는 참 신났었단다. 거의 매일 한두번
시장에 가서 큰엄마 (원근엄마), 작은엄마 에게 융숭한
대접을 받곤 했단다. 시장안기 있는 군것질 종류는 거의다
이 사다주곤 했었니까. 특히 애비는 가기만 하면 떡을
사달라고 할정도로 떡을 좋아 했단다. 하지만 이제 그만두
되었니 애석한 일이지?

그대신 엄마가 여럭 그간 하게 됐구나. 쭈쭈 바를
사달라. 만나봉을 사달라. 핫52. 불통 빵, 풀떼
영껌. 구슬껌 등을 사달라 늘겄 거의 매일 되풀이 되는
거고. 마킹가를 사겼다. 불총을 사겼다. 그기싶지를
사겼다. 그종류도 수없이 많은 장난감을 거의 매일 주문
을 한다. 이유나. 외출하 버리기가 되시면 듣보값이 장난감
을 사려시기 때문에 더 번가라 한다.
하나는 성격이나 취향이 거의 남성적이다. 그러나
지면성은 여전하고 다는 사람들 앞에서는 수줍음을 잘 타여
말을 잘하지 않는다. 쑥스러움을 많이 느끼는 편이다.
노래를 시켰을때 하나가 노래할때 두기 르라 거듭거나
망려를 했을때는 야단이 난다. 엄마친이는 하나에게
글자에 관신을 가지게 하려고 달력 뒷면을 떡여다
부치고 「아가. 엄마. 아빠. 이오 등...」 의 글자를 써서
하나에게 익히게 했더니 글자에 대한 관심은 별로없고
그냥 소리만 외워 버렸구나 그래서 안보고도 순서대로
외위 대는 따같이 떼어 버렸다. 아직 너무 이른 모양이다.
9월 2일 부터 아빠는 가까운 친계교회 부속 유치원 선교
유치원에 다니게 되되기 때문에 이미 하나는 아빠가
놀아 줄때 가지 홀로 놀아야 한단다. 그럴려면 엄마가
걱정했던것 보다는 성정히 양호한 덤으로 밖에 나가서
아빠 친구들과 어울려 놀기도 하고 들어갔다 나갔다 하면서
더 놀서여도 좋는다. 그래도 아빠가 돌아올시간을 물어보고
시간이 됐다면 아빠가 다 내다 보고 열심히 기다리고
마중을 가기도 한단다.
아빠가 유치원에 다니면서 스케치북. 팽동. 가위. 연틱
크레용 등을 사주는걸 보고 하나도 사달라 졸라서

대신 장난감 정주차 것도나 공룡 시리즈 달라고 해서도 엄마 쓴 거야 6살이 되면 유치원에도 가고 모두다 사 주겠다고 약속을 했더니 하루기 한번씩 "엄마 나도 언제 큰 거면 유치원 가?" 하고 머리치고 한번은 울이 손을 들기 보인다.

또 뭣사랑 그믐에 엄마가 내일 사줄께 그런 소리를 간주하니까 아침기 자고 일어나면 "엄마 어께 내일 이야?" 하고 물어본다. 그러면 엄마가 "아니야 내일은 하듯만 더라야 되고 이건 모늘이야" 하면 알쏜다는듯 고개를 그덕이지만 철이러가 살이되는 모양이다 매칠을 계속 내일에 대한 질문을 하더니 이젠 그만 둔 모양이다. 밖에 나가니 「거 새끼」라는 욕을 배워가지고 해가 많이 나면 아하나 보고 거새끼 라고 하는 버릇이 한번은 아빠에게 혼이 는것이 보인다.

성질도 사납고 고집 불통이다 자존심이 강해서 매를 맞기도 하지만 인정이 많고 (만약 아빠가 떼를 맞거나 하면 엄마에게 항의를 하고 같이 울기도 한다) 건강하고 (키는 작지만 단단하다) 정말 정말 귀엽다.

그리고 자기 본능를 살아서 오빠와 놀이를 할때는 항상 *아빠 의 부하가 될즐알다 (*대장넌 나쁜놈.) 나도 놨습니다,, 또는 "박사님 공룡이 나도 놨습니다" 등의 역할을 즐겁게 할줄알고 엄마가 신부름을 시키면 (수건을 가려다. 휴지를 가려 오다 등) 싹싹하게 잘 한다. 하나는 아주 건강하고 밝게 잘 자라는것 같구나.

1980년 9월 7일

이 일기 쓰고부터 아마 가장 오랫동안 걸렸던 것 같다. 엄마가 안정이 안 되고 또 시국도 시끄러웠기 때문이기도 하지만 무엇보다도 엄마의 불찰이겠지.

5월 17일부터 계엄령이 내리면서 전국의 모든 대학들이 문을 닫고 따라서 아빠가 거의 집에서 시간을 보냈기 때문에 엄마의 생활의 리듬이 깨어진 점, 거기다 아빠 직장의 불안정성 그리고 아빠의 건강상의 문제(고혈압 증세) 이런 것들이 엄마를 불안하게 한 요인이란다. 하지만 아빠가 늘 집에 계셨기 때문에 하영이, 하나가 아빠와 더욱 친해져서 누가 "엄마가 좋니? 아빠가 좋니?" 하고 물으면 서슴지 않고 아빠가 좋다는구나. 그래서 "엄마는?" 하고 물으면 하나가 대답하기를 "엄마는 때려서, 아프게 때려서" 하고 엄마가 때렸다는 사실을 강조한다.

하긴 하영이보다 하나가 엄마에게 자주 맞는다. 왜냐하면 하나가 너무 고집이 세서 엄마가 화를 내는 일이 자주 일어나기 때문이란다. 며칠 전만 해도 엄마랑 같이 시장엘 갔다 오는데 양손에다 시장 가구[•]를 들었기 때문에 하나 손을 잡을 수 없었는데도 계단을 손잡고 같이 올라가지 않았다는 이유로 하나가 찻길 가운데서 딱 드러누워서 악을 쓰고 울기를 10분쯤 계속했단다. 하나를 발견한 차가 둘러서 가고 엄마가 여러 가지 방법으로 집으로 들어오기를 종용했지만 말을 듣지 않았기 때문에 결국 회초리를 들고 나가서 맞고야 겨우 집으로 들어왔단다. 요즈음 이런 일이 한두 번이 아니고 하루에 한두 번씩은 일어난단

• 장바구니

다. 혼자서 화장실에 잘 들어가서 볼일을 보곤 하다가도 심통이 나면 혼자서 못 한다. 엄마가 해줘야 한다면서 소변이 하고 싶어서 엉덩이를 비죽비죽 하면서도 바쁜 엄마보고 꼭 손을 닦고 옷을 내려서 변기에 앉혀주게 해야 한다든가 밥을 먹다가도 먹여줘야 한다든가 이유야 여러 가지다.

이웃 아줌마들이 "그 집 딸냄이 여간 아니에요" 할 정도다. 그래서 늘상 오빠보다 더 자주 야단을 맞거나 매를 맞거나 한다.

그동안 많이 발전해서 동네 아이들과 친구가 되어서 놀이터에 놀러 가기도 하고 남의 집에 가서 오랫동안 놀다 오기도 하는데 거의 오빠를 따라 다니기 때문에 오빠 친구들하고 끼어 놀고 여자 친구는 없다.

그리고 집 건너편이 바로 상가이기 때문에 거의 매일 2~300원씩 소비를 한다. 엄마로서는 오빠랑 둘이서 쓰는 5~600원의 소비가 제법 부담이 될 정도다. 지나간 것이지만 아파트 가까운 곳에 해동시장이라는 새 시장이 생겼는데 그곳에 큰집에서 횟집을 시작했다가 두 달 정도 하고 문을 닫았단다. 6월 말부터 8월 말까지 적자가 나서 문을 닫았지만 그동안 하영이랑 하나는 참 신났었단다. 거의 매일 한두 번은 시장에 가서 큰엄마(원조 엄마), 작은엄마에게 융숭한 대접을 받곤 했단다. 시장 안에 있는 군것질 종류는 거의 다 사다 주곤 했으니까. 특히 오빠는 가기만 하면 떡을 사달라고 할 정도로 발전했단다. 하지만 이제 그만두었으니 애석한 일이지?

그 대신 엄마가 더욱 곤란하게 됐구나. 쭈쭈바를 사달라, 만나포를 사달라, 핫도그, 설탕빵, 롯데영 껌, 구슬껌 등을 사달라는 건 거의 매일 되풀이되는 거고. 마징가를 사겠다, 불총을 사겠다, 고기낚시를 사겠다, 그 종류도 수없이 많은 장난감을 거의 매일 주문을 한다. 이모나 외할아버지가 오시면 틀림없이 장난감을 사주시기 때문에 더 반가와한다.

하나는 성격이나 취향이 거의 남성적이다. 그러나 귀염성은 여전하고 다른 사람들 앞에서는 수줍음을 잘 타서 말을 잘 하지 않는다. 쑥스러움을 많이 느끼는 편이다. 노래를 시켰을 때 하나가 노래할 때 누가 조금 거들거나 방해를 했을 때는 야단이 난다. 얼마 전에는 하나에게 글자에 관심을 가지게 하려고 달력 뒷면을 벽에다 붙이고 '아가, 엄마, 아빠, 이모 등···'의 글자를 써서 하나에게 익히게 했더니 글자에 대한 관심은 별로 없고 그냥 소리만 외워버렸구나. 그래서 안 보고도 순서대로 외워대는 바람에 떼어버렸다. 아직 너무 이른 모양이다.

9월 2일부터 오빠는 가까운 침례교회 부속인 선교유치원에 다니게 되었기 때문에 이제 하나는 오빠가 돌아올 때까지 혼자 놀아야 한단다. 그렇지만 엄마가 걱정했던 것보다는 상당히 양호한 셈으로 밖에 나가서 오빠 친구들과 어울려 놀기도 하고 들어갔다 나갔다 하면서 혼자서도 잘 논다. 그래도 오빠가 돌아올 시간을 물어보고 시간이 됐다면 오빠가 오나 내다보고 열심히 기다리고 마중을 가기도 한단다.

오빠가 유치원에 다니면서 스케치북, 필통, 가위, 연필, 크레용 등을 사주는 걸 보고 하나도 사달라고 졸라서 대신 장난감 정구 라켓과 공을 사주고 달래고 하나도 오빠만큼 커서 여섯 살이 되면 유치원에도 가고 모두 다 사주겠다고 약속을 했더니 하

220

루에 한 번씩 "엄마 나도 이만큼 크면 유치원 가?" 하고 머리 위로 한 뼘쯤 높이 손을 들어 보인다.

또 뭘 사달라고 조를 때 "엄마가 내일 사줄게" 그런 소리를 자주 하니까 아침에 자고 일어나면 "엄마 이게 내일이야?" 하고 물어본다. 그러면 엄마가 "아니야 내일은 하룻밤 더 자야 되고 이건 오늘이야" 하면 알았다는 듯 고개를 끄덕이지만 잘 이해가 안 되는 모양이다. 며칠을 계속 내일에 대한 질문을 하더니 이젠 그만둔 모양이다. 밖에 나가서 '개새끼'라는 욕을 배워가지고 화가 많이 나면 아무나 보고 개새끼라고 하는 바람에 한번은 아빠에게 혼이 난 적이 있었단다.

성질도 사납고 고집불통에다 자존심이 강해서 매를 맞기도 하지만 인정이 많고(만약 오빠가 매를 맞거나 하면 엄마에게 항의를 하고 같이 울기도 한다) 건강하고(키는 작지만 오동통하다) 정말 정말 귀엽다.

그리고 자기 분수를 알아서 오빠와 놀이를 할 때는 항상 오빠의 부하가 될 줄 알아서 "대장님 나쁜 놈이 나타났습니다" 또는 "박사님 공룡이 나타났습니다" 등의 역할을 즐겁게 할 줄 알고 엄마가 심부름을 시키면(수건을 가져오라, 휴지를 가져오라 등) 씩씩하게 잘한다. 하나는 아주 건강하고 밝게 잘 자라는 것 같구나.

5월 17일, 다시 계엄령

남편과 친구들은 서울의 봄에 대한 기대로 술잔을 기울이며
흥겨워했는데 시국이 또 예상 밖으로 진행되었다. 곳곳에서 데모가
일어나고 급기야 다시 계엄령이 발포되었다. 전국의 대학들에
휴교령이 내려지고 남편은 다시 집에 있는 나날이 되었다. 계엄령
속에서도 광주에서는 사태가 수습이 안 되다 보니 우리가 익히 잘
알고 있는 5·18 민주화운동이 발생한 것이다.

이옥선

하나, 찻길에 드러눕다

미운 네 살 하나가 점점 고집이 세져서 자기 생각이 관철되지 않으면
버스가 다니는 길 위에라도 드러누워서 생트집을 부릴 정도라
회초리로 맞기도 하고 울기도 많이 울었다.

이옥선

217페이지 전체가 알찬 유머집 같다.
읽을 때마다 웃음이 터진다.

김
하
나

만 5세

1981년

1981년.

1월 12일. 새벽

지금은 새벽 3시 30분이다. 2시가 넘도록 엄마가
소설책을 읽고 있더니 한시간이나 눈을 감고 누워
있어도 잠이 오지 않아서 다시 일어났다.
너무 오랫동안 이 노트를 펴 보지 않아서 잠시 쓰기가
망설여질 정도다. 엄마가 너무 둑퍼진 아지메가
된 증거인지 갈수록 마음의 여유가 없는건지 분별하기
가 어렵구나. 항상 한밤중에 눈이 띠곤 할때 이 노트를
들추니까 못쓰는 글씨가 더욱억씩이 되는것 같다.
일기를 너무많이 걸러서 어디다 부터 쓸까 알기 모르겠다.
거꾸로 거슬러 올라가야 겠구나.
오그은 와서 부전 했다가 어리것이 놀아더 한둑기 된건
꼭 엄마 에게 안겨서 잘려고 하는 거다가도 깨어더
잘도 바람에 엄마가 잠을 같이 잘수가 없구나.
그리고 방학 중이기도 해서 엄마와 아빠가 모든식구가
같이 기거 해던 큰방에서 짝을 방으로 이사을 했다.
하지만 초저녁의 큰방에서 아이들 저쉬 놓고 각드방에
서 자고 있으면 해가 자다가 꼭 나에게로 살짝 안온다
생각돼다 오빠는 는든하게 잘자고 아침에 깨어서도
혼자 몽드려서 만화책을 보거나 놀고 있는데 해는
눈만 뜨면 엄마를 찾아서 둑속에 띠고 든다. 그러더
여서 겂은 섭치면서 그래 한단다. 그런데 해가
어것것을 심하게 했으 이유를 곰곰 생각해봐서 엄마가
해보고 「동생 해다 놓을까? 끝 꼬쁜한 아가야, 하고
말했던 이측 인것 같구나. 해는 동생이 싫다고 당치
당치 아주 단호이 말했거던. 사실은 엄마는 당춘수도
당은 생각도 없으리만. 끝에 동생이 있는애들보다. 어리고

독립심이 (의승픽인것에 대한) 적은것 같애서 그렇던 근데
장난슨아 그런 말을 했던 이유로 늦게 되게 어려광을
부리는것 같구나.   요 며칠동안은 숙제 아빠 혼자 주무
신 우리 섯이너 한방에서 자고 있다.
아빠하고 언니하고 작은 방에 있을때 코수기가 나쁘면
「온다 또 온다」하며 둘이서 따구보고 웃는 단다.
처음 언니 동안은 그장 그리 거리며 울기도 하더니. 요새는
오빠 흉내고 양춤을 정확히 닫고 만간한 따누를 리나
우게땅 조는 없고 또 정확히 닫고 당연히 내 품속으로
들어와서 목을 끌어 않는 구나.
그리고 또 어른들의 생활의 리듬이 방학으로 인내서 깨어
지는 늦게 자고 늦게 일어나는 생활이다 낙낙 아이를 도
지연히 그렇게 되는데 항상 이마 모대 하게 쪽이
더 늦게 자고 더 늦게 일어나서 삭구 중에서 제일
꽃찌로 일어 나는 구나. 인너나서 밥을 먹고 나면
다른 집의 전심 먹고 난 시간 같애서 하루의 늦게 뜬
먹어도 될 찮도 않다.   개학하면 의승 복기 피태관 그반
큰 너두 했다 실다.

사긴 떽로 보면   9월 23일이 추석이었어나가.
22일에 터홍매 죽은 그날은 또 할머니 제사이기도 하다.
10일 맘쯤 언에 고등학교 국회 근시회 의 가족들이 같이
가더 아빠 친구들 삭구들으 만나서 놀다가 았다.
한번은 언마 친구랑의 (승러 네) 갔는데 잡촉기 울러
스케이트 장이 있어더 데리고 갔다. 하은기는 무지 하더니
한번 선거 보겠받다. 그런것 보면 확실히 해기가 씩씩한
집이 없나 보다. 오빠는 적대로 안하고 구경만 했어나가

힘없이 뒤로 자빠지고 엎어지고 해봐도 철덕을
잡고 산을 다녀야 재미있는지 집에 돌아 올때 까지
스케이트 신발을 안 벗으려고 때를 썼단다.
그리고 또 어느땐 가는 엄마 외주 식구들 하고 같이 어린
공원에 놀러 갔던 적도 있었다.
12월 7일이 명환이 이모가 결혼식을 한숨이기
때문에 우리는 6일날 김주에 가서 1박 하고 7일날
새벽에 첫차 버스로 서울에 갔다 그시간 결혼식이 9시
간이었기 때문이란다. 종로에 있는 천주교 성당 인데
그 곳이 하나도 엄마따라서 해은데 성당에 들어가
미사 친례를 했던 적이 있단다. 그런데 결혼식 도중에
하나가 아빠에게 안겨서 쿵쿵 소리를 내며 너무 같이
잠들어 버려서 모두들 보고 웃었단다.
아빠는 그날로 부산으로 내려갔고 우리는 엄마 외주 집
으로 이모네로 또 타산을 이모 데로 돌아다니다
가 9일에 김주로 내려 갔었는데 10일날 신혼여행
때문에 이모와 이모부를 만나보고 다시 부산으로 왔는데
아빠가 혼자서 여러동안 많이 언크도 보고 해서 엄마
좀 미안했단다. 여러동안 OOO랑 하나랑 아빠 보고 싶다
그 집에 가려 하나는 몇번씩이나 한거든,
OOO네 우리원에의 생일 잔치가 있어서 언니랑 하나
랑 같이 갔단다. 생일 승호에의 하나랑 OOO랑 언니랑
셋이서 사진도 찍었단다.
그리고 크리스마스 에 하나는 옷을빵 멜고 있는 키티가
친 아가야, OOO는 검정 외는 산타크로스 할아버지
인거와 인형을 받았단다. 오느는 똑똑 갈때마다 그라가
인형을 데리고 가서 하나가 꼭 여러를 감기고 똑똑도

지금은 새벽 3시 30분이다. 2시가 넘도록 엄마가 소설책을 읽고 났더니 한 시간이나 눈을 감고 누워 있어도 잠이 오지 않아서 다시 일어났다.

너무 오랫동안 이 노트를 펴보지 않아서 잠시 쓰기가 망설여질 정도다. 엄마가 너무 푹 퍼진 아지매가 된 증거인지 갈수록 마음의 여유가 없는 건지 분별하기가 어렵구나. 항상 한밤중에 눈이 피곤할 때 이 노트를 들추니까 못 쓰는 글씨가 더욱 엉망이 되는 것 같다. 일기를 너무 많이 걸러서 어디서부터 써야 할지 모르겠다. 거꾸로 거슬러 올라가야겠구나.

요즈음 와서 부쩍 하나가 어리광이 늘어서 잠들기 전엔 꼭 엄마에게 안겨서 자려고 하고 자다가도 깨어서 찾는 바람에 엄마가 잠을 깊이 잘 수가 없구나.

그리고 방학 중이기도 해서 엄마와 아빠가 모든 식구가 같이 기거하던 큰방에서 작은방으로 이사를 했다. 하지만 초저녁에 큰방에서 아이들을 재워놓고 작은방에서 자고 있으면 하나가 자다가 꼭 나에게로 찾아오는구나. 생각보다 오빠는 늠름하게 잘 자고 아침에 깨어서도 혼자 엎드려서 만화책을 보거나 놀고 있는데 하나는 눈만 뜨면 엄마를 찾아서 품속에 파고든다. 그래서 역시 잠은 설치면서 자야 한단다. 그런데 하나가 어리광을 심하게 하는 이유를 곰곰 생각해보니 엄마가 하나보고 "동생 하나 낳을까? 쪼꼬만한 아가야" 하고 말했던 이후인 것 같구나. 하나는 동생이 싫다고 낳지 말라고 아주 단호히 말했거든. 사실은 엄마는 낳을 수도, 낳을 생각도 없었지만. 밑에 동생이 있는 애들보다 어리고 독립심이(일상적인 것에 대한) 적은 것 같애서 그랬거든. 근데 장난삼아 그런 말을 했던 이후로 눈에 띄게 어리광을 부리는 것 같구나. 요 며칠 동안 숫제 아빠 혼자 주무시고 우리 셋이서 한방에서 자고 있다. 아빠하고 엄마하고 작은방에서 있을 때 문소리가 나면 "온다, 또 온다" 하며 둘이서 마주 보고 웃는단다.

처음 얼마 동안은 찡찡거리며 울기도 하더니 요새는 오빠 춥다고 방문을 정확히 닫고 캄캄한 마루를 지나 우리 방 문을 열고 또 정확히 닫고 당연히 내 품속으로 들어와서 목을 끌어안는구나. 그리고 또 어른들의 생활의 리듬이 방학으로 인해서 깨어지고 늦게 자고 더 늦게 일어나서 식구 중에서 제일 꼴찌로 일어나는구나. 일어나서 밥을 먹고 나면 다른 집의 점심 먹고 난 시간 같아서 하루에 두 끼만 먹어도 될 정도란다. 개학하면 원상복귀되겠지만 좀 너무했다 싶다.

○

사건별로 보면 9월 23일이 추석이었으니까 22일에 태종대에 갔고 그날은 또 할머니 제사이기도 하다. 10월 말쯤 원예고등학교 국화 전시회에 가족들이 같이 가서 아빠 친구들 식구들과 만나서 놀다가 왔다. 한번은 엄마 친구 집(상재네)엘 갔는데 집 앞에 롤러스케이트장이 있어서 데리고 갔다. 처음에는 주저하더니 한번 신어보겠단다. 그런 걸 보면 확실히 하나가 씩씩하고 겁이 없나 보다. 오빠는 절대로 안 하고 구경만 했으니까.

처음에 뒤로 자빠지고 엎어지고 하면서도 철책을 잡고 살살 다니면서 재미있는지 집에 돌아올 때까지 스케이트 신발을 안 벗으려고 떼를 썼단다. 그리고 또 어느 땐가 엄마 친구 식구들하고 같이 에덴공원에 놀러 갔던 적도 있었다.

12월 7일이 명순이 이모야가 결혼식을 한 날이기 때문에 우리는 6일 날 진주에 가서 1박 하고 7일 날 새벽에 전세버스로 서울에 갔다. 2시가 결혼식 시간이었기 때문이란다. 종로에 있는 천주교 성당인데 그 전에 하나도 엄마 따라서 해운대성당에 두어 번 미사참례를 했던 적이 있단다. 그런데 결혼식 도중에 하나가 아빠에게 안겨서 쿨쿨 소리를 내며 너무 깊이 잠들어 버려서 모두들 보고 웃었단다.

아빠는 그날로 부산으로 내려가고 우리는 엄마 친구 집으로 이모네로 또 외삼촌 아파트로 돌아다니다가 9일엔 진주로 내려갔었단다. 10일 날 신혼여행 다녀온 이모와 이모부를 만나보고 다시 부산으로 왔는데 아빠가 혼자서 며칠 동안 방에 연탄도 넣고 해서 엄마는 좀 미안했단다. 며칠 동안 오빠랑 하나랑 아빠 보고 싶다고 집에 가자 소리를 몇 번씩이나 했거든.

오빠네 유치원에서 생일잔치가 있어서 엄마랑 하나랑 같이 갔단다. 생일상 앞에서 하나랑 오빠랑 엄마랑 셋이서 사진도 찍었단다. 그리고 크리스마스에 하나는 우유병 빨고 있는 기저귀 찬 아가야, 오빠는 경찰차를 산타클로스 할아버지에게서 선물받았단다. 요즈음 목욕 갈 때마다 그 아가 인형을 데리고 가서 하나가 꼭 머리를 감기고 목욕도 시키곤 한다.

롤러스케이트

상재 엄마라고 여고 동창이 남천동에 살았는데, 그때만 해도 은행이
많이 없어서 월급이 상업은행으로 나오면 직접 가서 찾아와야 했다.
상업은행은 남천동에 지점이 있었고 한 달에 한 번쯤 아이들을
데리고 나들이 삼아 친구 집에 가곤 했다. 그 친구 집에 갔다가
롤러스케이트를 처음 타봤는데 하나가 아주 좋아했다.

이옥선

셋째 이모 결혼식

진주로 갔다가 전세버스를 타고 서울까지 가서 성당에서 결혼식
하는 걸 보고, 서울에서 며칠 지내고 다시 진주로 갔다가 부산으로
왔는데 아이들은 아빠가 보고 싶다고 조른다. 항상 같이 어울려
살다가 며칠 못 보면 그새 또 보고 싶어 한다. 어린 시절의 가족은
이래서 더 소중하다.

이옥선

산타클로스 할아버지의 선물

오빠는 경찰차를 하나는 우유병을 빨고 있는 기저귀 찬 아가야를
선물받았는데, 며칠 뒤에 하나가 "이 아가야 인형이 꽃동산 슈퍼에
있던데 이상하다"라고 말했다. 띵~

이
옥
선

9월에 유치원에 입학한 큰아이

4월 말에 다시 해운대로 이사를 하고 보니 새로운 환경에 적응도
해야 했고, 그러다 보니 큰애의 유치원 입학이 늦어져 버렸다. 그때의
나는 경제적 여력이 없는 상태였는데, 탈탈 긁어모아서 집을 산 데다
남편은 아직 학보사 간사를 하는 시간 강사였고 나는 남편의 대학원
학부모이기도 했다. 그 시절에는 유치원에 안 보내는 집도 많았지만
나는 아이들이 그 시기에 경험해야 하는 것은 그때 해야 한다고
생각했다. 그래서 내 금반지와 금귀고리, 아이들의 돌반지를 팔아서
유치원 입학금을 내고 원복도 맞추고 나머지 필요한 것들을 샀다.
이런 사정 때문에 하나가 이때 유치원에 가고 싶어 했다.

이
옥
선

새기록 한다.

3월 3일.
오늘은 제 12대 대통령 취임 경축 기념으로 임시 공휴일이
된 날이다. 우리집의 공휴일 아직까진 별 효력이 없다.
그러나 5월 이후론 모든것이 완전히 달라질 전망이다.
아빠도 내일부터는 정상 출근이 시작되어서 이제까지 기나긴
방학이 끝나고 게다가 올해부터는 동의 대학에 전임으로 나가
시게 되어서 출퇴근 시간이 여김 없을것 같고 또하나
큰 변혁도 오빠가 국민 학교에 입학을 하게 된 사실
이지. 5월날 입학식 하고 나면 이제까지 늦잠 자던 불규칙
적인 생활 리듬이 규칙적으로 바뀔건 명백해 지기를
오빠가 등교 하면 며칠은 엄마가 같이 가 줘야 할거고
하나도 데리고 가야 할테니까 (씬이 함께 등교 하는 꼴이)
될거야. 그동안 오빠 입학에 대비해서 옷도 새로 사고
신도 새로 샀지만 해는 자기걸 사지 않는다고 시샘 하는 법도
없고 즉흥기만 해서 엄마가 예뻐서 신을 하나 사 주었다.
서울 이모, 삼촌 들이 오빠 입학 선물로 책가방 이모 모든
학용품을 t 도로 부쳐구나. 좋아 하는 오빠 덩달아 하나도 같이
신 나하고 기뻐서 소리 소리 질러 대지만 자기도 사달라
던지 하는 성깔는 한번도 안했구나. 이럴땐 영물 측
하기는 한데 어떨땐 갑갑 못할 만큼 그립 스럽다.
아빠나 누구라도 한대 때리거나 듣기 싫은 소리를 하면
꼭 공격적인 자세로 같이 때리거나 하거나 함으로 안되면
좋반감 같이라도 가지고 대어든다. 식구들 에겐 그러면서도
밖에 나가거나 집에 누가 오면 수줍는 되고 엄마 뒤에
숨고 말을 잘하지 않는다. 모르는 사람들은 아주 얌전한

아이 인줄 아는구나. 쑥스러움을 막 느끼며 구정 때 (2월 5일)
피곤데 가서 세배 한번 못하고 옷만 보고 세배돈만
받아 가지고 500원 그러거나 천원 주거니 엄마 애기 너 주고
통틀어 한거 주면 좋아한다. (아빠는 아직 돈에 대한 개기
욕심이 희박하다)
친구 외할아버지 돌아가셔서 문상 왔을 때 꿇어 안는게 멋들어 번허리를
해서 모두를 다 웃고, 해는 더 흥을 부렸다.
이제 해는 글자에 관심을 가지기 시작해서 신문이
나 아는 글자를 찾아서 읽기도 한다. 아가. 새. 나.
아빠. 사자. 부산일보. 자동차. 의원. 화영.
그리스도. 등 쉬운 글자는 제법 잘 안다. 그리고 아빠
덕분에 상식이 늘어서 김유신. 쟌다크. 세종대왕 이순신
슈바이처 등 위게 위인 들의 이름을 거의다 알고 수수께끼
도 쉬운건 나오면 곧 알아 맞힐 정도다.
「하루 종일 길가 에서 휴지만 받아 먹고 사는 것은」 아빠가
물 하면 「우체통」 하고 대답하고리 카드놀이 하는 장난감
셋트를 워낙 많이 가지고 놀아서 그렇단다.
위인 카드는 「김유신 장군 같이 대원 이더 친사한 ● 백제의
명광, 하면 「계백 장군」 하고 대답한다.
겨울 동안 거의 매일 읽히는건 안다기고 아빠 형은 뚱뚱이더
더만 농숙였니까 이런 것들을 받는게 무거운 아니란다.
모두들 보고 키가 작다고 한다 그리고 같은 또래 보다
튼튼도 여려 보이고 아직도 아이 (유아) 티가 많이 난다
본다. 특히나 아빠 보고 혹은 태워 달라더 아빠 목에
올라 앉기 좋아하고 엄마 무릎에 앉아 앉기 좋아하고
아빠가 같이 안놀아 주면 억술 부리고 조르고 울고 보는
떠르더 논다.

만 5세   1981년   235

오늘은 제12대 대통령 취임 경축 기념으로 임시공휴일이 된 날이다. 우리 집엔 공휴일이 아직까진 별 효력이 없다. 그러나 5일 이후론 모든 것이 완전히 달라질 전망이다.

아빠도 내일부터는 정상 출근이 시작되어서 이제까지 기나긴 방학이 끝나고 거기다 올해부터는 동의대학에 전임으로 나가시게 되어서 출퇴근 시간이 어김없을 것 같고 또 하나 큰 변혁은 오빠가 국민학교에 입학을 하게 된 사실이지. 5일 날 입학식 하고 나면 이제까지 늦잠 자던 불규칙적인 생활 리듬이 규칙적으로 바뀔 건 명백해지거든. 오빠가 등교하면 며칠은 엄마가 같이 가줘야 할 거고 하나도 데리고 가야 할 테니까 셋이 함께 등교하는 길이 될 거야. 그동안 오빠 입학에 대비해서 옷도 새로 사고 신도 새로 샀지만 하나는 자기 걸 사지 않는다고 시샘하는 법도 없고 착하기만 해서 엄마가 예뻐서 신을 하나 사주었다. 서울 이모, 삼촌들이 오빠 입학 선물로 책가방 외 모든 학용품을 소포로 부쳤구나. 좋아하는 오빠 옆에서 하나도 같이 신나하고 기뻐서 소리소리 질러대지만 자기도 사달라든지 하는 생떼는 한 번도 안 하는구나. 이럴 땐 정말 착하기만 한데 어떨 땐 감당 못 할 만큼 고집스럽다.

아빠나 누구라도 한 대 때리거나 듣기 싫은 소리를 하면 꼭 공격적인 자세로 같이 때리거나 차거나 힘으로 안 되면 장난감 칼이라도 가지고 대어든다. 식구들에겐 그러면서도 밖에 나가거나 집에 누가 오면 수줍음을 타고 엄마 뒤에 숨고 말을 잘 하지 않아서 모르는 사람들은 아주 얌전한 아이인 줄 아는구나. 쑥스러움을 많이 느껴서 구정 때(2월 5일) 태종대 가서 세배 한 번 못 하고 놀림만 받고 세뱃돈만 받아가지고 500원짜리나 천 원짜리는 엄마에게 다 주고 동전으로 한 개 주면 좋아한다(오빠도 아직 돈에 대한 자기 욕심이 희박하다).

진주 외할아버지, 할머니 오셨을 때 절한다는 게 엎드려뻗쳐를 해서 모두들 다 웃고, 하나는 심통을 부렸다.

이제 하나는 글자에 관심을 가지기 시작해서 신문에 난 아는 글자를 찾아서 읽기도 한다. 아가, 새, 나, 오빠, 사자, 부산일보, 자동차, 의원, 하영, 그리스도 등 쉬운 글자는 제법 잘 안다. 그리고 오빠 덕분에 상식이 늘어서 김유신, 잔다르크, 세종대왕, 이순신, 슈바이처 등 세계 위인들의 이름을 거의 다 알고 수수께끼도 처음만 나오면 곧 알아맞힐 정도다.

"하루 종일 길가에서 종이만 받아먹고 사는 것은" 오빠가 말하면 "우체통" 하고 대답하는데 카드놀이 하는 장난감 세트를 워낙 많이 갖고 놀아서 그렇단다. 위인 카드는 "김유신 장군과의 대전에서 전사한 백제의 명장" 하면 "계백장군" 하고 대답한다. 겨울 동안 거의 매일 밖에는 안 나가고 오빠하고 방 안에서만 놀았으니까 이런 것들을 안다는 게 무리는 아니란다. 모두들 보고 키가 작다고 한다. 그리고 같은 또래보다 표정도 어려 보이고 아직도 아이(유아) 티가 많이 남아 있다. 툭하면 아빠보고 혹말* 태워달래서 아빠 목에 올라앉기 좋아하고 엄마 무릎에 와서 앉기 좋아하고 오빠가 같이 안 놀아주면 억살** 부리고 꼬집고 울음보를 터트려놓는다.

• 목말   •• 억지

날씨가 춥고 밖에 나가 놀지 못하니까 집 안에서만 노는데 아이들은
어떻게 해서라도 알아서 놀이를 찾아내는 법이다. 하나는 쉬운
글자를 조금씩 알아가더니 오빠하고 카드 맞히기 놀이에 빠졌다.
방바닥에 카드를 흩뿌려 놓고 카드 하나를 집어서 처음만 읽으면
답을 하는데 이게 거듭되니까 카드 내용을 다 외워버리는 식이다. 그
외에도 모든 일상에 대한 것들도 수수께끼가 되어 '우리 집에서 제일
늦게 일어나는 사람은?' '조금 전에 방귀를 뀐 사람은?' 이런 식이다.

이옥선

"500원짜리나 천 원짜리는 엄마에게 다 주고
동전으로 한 개 주면 좋아한다."

아직 어려서 그렇지 크면 자연스레 경제 관념이 생길 거라고 생각했던
엄마는 성인이 되어서도 돈 개념이 너무 없는 딸이 슬슬 걱정이 된
나머지 돈은 중요한 것이라고 자주 일깨워 주려고 했다. 이때에도
인용구가 동원되었는데 앞서 말한 『조개 줍는 아이들』의 일부분이다.
"돈이란 중요한 거예요. 돈으로는 좋은 것을 얻을 수 있기 때문이죠.
좋은 차, 모피 코트, 하와이 여행이나 보석을 말하는 것은 아니에요.
독립, 자유, 품위, 배움, 시간같이 진짜로 소중한 걸 살 수 있으니까요."
나는 40대 중반이 되어서도 여전히 친구들로부터 '돈등신'이라는
별명으로 불리지만 덕분에 돈이 중요하다는 사실은 잘 알고 있다.
돈의 가치에 대한 나의 생각에 단단한 틀이 되어준 문장이다.

김
하
나

4월 30일.

하영이가 학교일 가게 되고 일주일 정도 따라 다녔
다. 물론 하나도 따라 갔고. 그래도 비가 오거
나 바람이 몹시 부는날은 집에 혼자 있기도 했는
데 1시간 중도는 순순히 잘 있다.
3월 중순 경에는 아빠 친구분 댁에 놀러 갔는데 상욱
이네 라고 연산동에 있다. 4가구 식구들이 오두
모였는데 우리집 아이들이 제일 얌전하고 말 잘듣는다고
아빠 친구가 저러고 했는줄 아니? 그집 아이들은
처음 부터 원가가 작게 먹었다는구나. 그래서
모두들 웃었단다.
하나가 베란다 밖으로 내다보고 맞은편 상가의
간판 들을 하나씩 읽기 시작하더니 차츰 오려
읽어 내는구나. 점차 글 읽기가 늘어 간다.
4월 초에는 상례네에 놀러 갔다 두집 아이들을 더리고
백화점 구경을 갔다 혜경이는 인형 사달라고 떼를
쓰는데 하나는 인형 대위도 끈덕이 없다 나중에
집들이 가서 흥사 달라는 애두 정도로 그쳤다.
그런데 우리 아파트 계단 에는 하나 또래의
친구가 없다. 꼬러 어린 남자애 남주 과수 에다
좀 놀기도 했지만 거의 집안에서 그림책을
보거나 만화 책을 보고 논다. 오빠가 학교가
고 없는 동안엔 심심 해서 현만이 네기 있어
오빠 가 학교에서 왔는가 보고 있곤 한다.
오빠는 화장실에 가는 흉게 양추질. 세수 등등
산토 잘 한다. 아직 까지 대변 볼때 혼자라는
못싰지 만. 저녁 되면 손씻고 세수하고 잠옷
갈아 입고. 가끔 저녁 두번정 쯤 낮잠을 자고

나면 저녁이 진눌 받고 안자고 뒤적이다 끝날
때 까지 있을 때도 있다.

4월 21일은 하영이 학교에 덕 했은데 동백단
부근에 소풍을 갔다 엄마는 멀리 가고 청두네다
같이 택시를 타고 순구 때도 소풍을 간 셈이다

그런데 하씨가 중간 쯤에서 길이 가려고 생떼를
써더 엄마가 화가 났는데 비처 호텔 옆에서 소풍때
라온 엄마들이 많이 둘러서어 구경하고 있는데의
하나가 엄마를 발로 차고 소리 소리 지르고 땡깡을
놓는데 다른 사람들이 달래도 안되고 엄포를 놓아도
안되고 할수없어 엄마가 쌍을 갔더니 그래도
한참 앙살을 부리다가 갑자기 시태를 깨닫고
울음을 뚝 그치더구나 그러더 엄마가 하씨앞에
가더 이제부터 엄마말 하지 말고 엄마는 나 같은딸
딸도 없다 고 했더니 하씨가 하는 말이

" 아! 그래 잘못했다 안하께 " 였단다. 그소늬
우리 아파트 계씬 사람들에게 며칠 동안 회제가 되었을
정도 였단다.

4월 28일은 엄마 참한의 결혼식이 있어서 동래 에
있는 결혼식장이 가더 조주 할머니 할아버지 우효이
삼촌. 하고 만났고 또 집으로 와더 하영이 데리고
더 동래에 갔었다. 할아버지 제사 였기 때문 이란다.
큰집에 모여서 사촌들 하고 놀다가 집에 돌아와서
12시가 가까웠단다.

하영이가 학교엘 가게 되고 일주일 정도 따라다녔다. 물론 하나
도 따라갔고. 그래도 비가 오거나 바람이 몹시 부는 날은 집에
혼자 있기도 했는데 한 시간 정도는 순순히 잘 있다.
3월 중순경에는 아빠 친구분 댁에 놀러 갔는데 상록이네라고
연산동에 있다. 네 가구 식구들이 모두 모였는데 우리 집 아이
들이 제일 얌전하고 말 잘 듣는다고 아빠 친구가 뭐라고 했는
줄 아니? 그 집 아이들은 처음부터 원가가 적게 먹혔다는구나.
그래서 모두들 웃었단다.
하나가 베란다 밖으로 내다보고 맞은편 상가의 간판들을 하나
씩 읽기 시작하더니 차츰 모조리 읽어내는구나. 점차 글 읽기가
늘어간다 .
4월 초에는 상재네에 놀러 가서 두 집 아이들을 데리고 백화점
구경을 갔다. 혜림이는 인형 사달라고 떼를 쓰는데 하나는 인형
따위는 관심이 없다. 나중에 집 앞에 가서 총 사달라는 요구 정
도로 그쳤다.
그런데 우리 아파트 계단에는 하나 또래의 친구가 없다. 조금
어린 남자애 남규라는 애와 잘 놀기도 하지만 거의 집 안에서
그림책을 보거나 만화책을 보고 논다. 오빠가 학교 가고 없는
동안엔 심심해서 현관에 나가 서서 오빠가 학교에서 오는가 보
고 있곤 한다.
요새는 화장실에 가는 문제, 양치질, 세수 등등 스스로 잘한다.
아직까지 대변 본 뒤처리는 못 하지만. 저녁 되면 손 씻고 세수
하고 잠옷 갈아입고 가끔 저녁 무렵쯤 낮잠을 자고 나면 저녁에
잠을 빨리 안 자고 TV가 끝날 때까지 있을 때도 있다.

4월 21일은 하영이 학교에서 해운대 동백섬 부근에 소풍을 갔다. 오빠는 먼저 가고 창수네와 같이 택시를 타고 식구대로 소풍을 간 셈이다. 그런데 하나가 중간쯤에서 집에 가자고 생떼를 써서 엄마가 혼이 났는데 비치호텔 앞에서 소풍 따라 온 엄마들이 많이 둘러서서 구경하고 있는 데서 하나가 엄마를 발로 차고 소리소리 지르고 땡깡*을 놓는데 다른 사람들이 달래도 안 되고 엄포를 놓아도 안 되고 할 수 없어서 엄마가 도망을 갔더니 그래도 한참 앙살을 부리다가 갑자기 사태를 깨닫고 울음을 뚝 그치더구나. 그래서 엄마가 하나 앞에 가서 "이제부터 엄마 딸하지 말자. 엄마는 니 같은 딸 필요 없다"고 했더니 하나가 하는 말이 "야! 그래 잘못했다 안 하나"였단다. 그 소문이 우리 아파트 계단 사람들에게 며칠 동안 화제가 되었을 정도였단다.

4월 28일은 엄마 친척의 결혼식이 있어서 동래에 있는 결혼식장에 가서 진주 할머니, 할아버지, 우균이 삼촌하고 만났고 또 집으로 와서 하영이 데리고 태종대에 갔었다. 할아버지 제사였기 때문이란다. 큰집에 모여서 사촌들하고 놀다가 집에 돌아오니 12시가 가까웠단다.

• 생떼

하영이 입학

드디어 하영이가 국민학교에 입학을 하게 되어 우리 집에 변화가
일어났다. 누구나 그렇듯이 아이가 입학을 하면 익숙해질 때까지
학교에 데리고 다니는데 하나 혼자 둘 수 없으니 같이 가야 해서 온
가족이 입학하는 분위기였다.

아빠도 이해부터는 대학교에 전임교수로 가게 되어 한시름 놓았다.
학교에 가게 되면서 이제까지 늦잠 자고 밥도 늦게 먹고 하는
자유분방한 생활에서 등교에 맞추어 절도 있는 생활을 하는 모범
시민으로 거듭났을까?

이
옥
선

하영이 봄소풍

하영이가 봄소풍을 가게 되니 식구대로 다 소풍을 가는 모양새가
되었다. 소풍 장소는 송림 숲으로, 동백섬 들어가기 전 입구 쪽
해운대 백사장 서쪽 끝의 산책로 위쪽에 있었다(지금은 주차장으로
변함). 마련해 간 김밥을 겨우 먹었나 싶었는데 재미가 없어진 하나가
집에 가자고 조른다. 오빠야 소풍이 끝나야 집에 갈 수 있다고
설명하는데도 막무가내로 집에 가자는 거다. 지금처럼 휴대폰이
있었다면 이날의 사태를 찍어놓았을 텐데.

이옥선

♥
└→　　　이 동백섬 사건은 참으로 강렬했던지, 내가 30대일 때 엄마와
　　　　부산 거리를 걷다가 마주친 엄마 지인이 나를 보며 "옴마야~
　　　　니가 그때 동백섬 가가(그 아이니)?!"라고 외쳤던 적이 있다.
　　　　야… 그래, 잘못했다 안 하나….

김하나

만 5세　　　　1981년　　　　　　　　　　　　　　　　　　　　　**245**

6월 12일

하영이 학교에서 어린이 날 행사를 5월 4일에 했기 때
문이 엄마하고 창수 엄마 (창욱이가 하영이 했으면만
4반 이다)라같이 오빠 학급 학생들에게 스케이지북
을 선물하러 갔었단다. 물론 하영도 같이 갔지.
그날 오빠는 선물을 참 많이 받았는데 먹는거는
하영강 같이 나눠 먹고 수첩, 연필, 공책 등은
혼자 다 차지 했기 때문이 없다고 사정 하여 연필
스케치 북 등은 하영 몫으로 주었단다. 며칠뒤면
하영이가 가져 가버렸지만.

5일 날은 공휴일이 였기 때문에 아빠 쪽 2 의 고수
가족들고 행사를 여러 써서 사진도 찍고 재미
있게 놀다가 다시 해운대로 나가서 산책도 하고
솜사탕도 사먹고 즐겁게 하루를 보냈단다.

그달의 3일 (일요일) 에도 청사들 이 엄마 친구에
식구 (비향이네) 증훈이 놀러 가서 재미 있게 지내다
왔었단다. 4월 26일에도 청사들이 갔었구나. 우리
선물이 다 였었기 때문에 일일이 여러 아빠강 T.U
이야하고 정척 치고 쓰기를 하고기고 해바가 적기 때
문이 현력 바느 것이 없단다.

5월 10일에 해기고 처음으로 극장에 가본 숨이간다.
시민회관 에서 하는 뮤지골 이었는데 「알라딘의 모술램프」
라는 건데 무대 위로 낙하기 나타 나고 갑자기 거인이
나타나고 해서 연속 으로 아이들 홍이 하는 거였단
다. 아빠는 학교에서 야숙회가 있어 가시고
오빠강 엄마강 하영강 또 창누에 3다 (그림에
아빠나고 바꿈 가시고 안 계 시다) 그렇게 갔었단다.
전선도 사먹고 극장 마치고 택시타고 해운대 극동

호텔 커피 숍에서 아이스크림도 시켜 먹고, 또
물 쇼핑에서 놀기도 하고 신나는 하루를 보냈다.

오조은 해는 한글을 거의 다 안다. 아는 정도에서
그치는게 아니라 그침없이 줄줄 읽는다. 웬만한
국민 학생 정도의 실력이다. 엄마는 생각해도
신통하고 기특하다. 글자에 관심을 갖기 시작 하는
것 같다 생각 했더니 어느새 그렇게 빨리 익혔는
지 십을 정도로 진도가 빠르더니 사람들이 놀랄
정도로 잘읽는다. 애바에 비켜서 글자에 관심을
늘기 시작한다 싶었는데 속도는 훨씬 더 빠른것
같다. 5월 중순부터 ... 정학 교습이라는 문제지를
받아서 하는데 혼자 읽고 알아서 척척 한다.
남의 집을 가거나 하면 동화책을 들려서 열심히 읽고
만화책도 즐겨 본다. 그래서 집에도 만화책이 몇
권 있다. 아무리 생각 해도 신통하다. 따지고 보면
지금 네가 만 4세 6개월 밖에 안됐으니까 뭐니안
모두들 알 뒤 광주 노릇을 톡톡히 할 모양이라고
한 마디 씩 하는 구나
오조은은 엄마 보다 아빠가 더 좋은 눈치고
아빠 에게 온갖 보고를 다하고 엄마 에게
말 해 달라고 부탁 하는것 보다 아빠 에게 부탁
해야 효과를 보는 경우가 많기 때문인지
과자를 사달라 거나 장난감을 사달라는 생떼
를 잘쓴다. 하기는 아직도 애기 티를 못벗
는지 잠이 오면 아빠 옆에 있다가도 엄마
옆에 와야 잠이 드는 구나.

하영이 학교에서 어린이날 행사를 5월 4일에 했기 때문에 엄마
하고 창수 엄마(창욱이가 하영이하고 한 반인 4반이다)와 같이 오
빠 학급 학생들에게 스케치북을 선물하러 갔었단다. 물론 하나
도 같이 갔지. 그날 오빠는 선물을 참 많이 받았는데 먹는 거
는 하나랑 같이 나눠 먹고 수첩, 연필, 공책 등은 혼자 다 차지
했기 때문에 엄마가 사정해서 연필, 스케치북 등을 하나 몫으로
주었단다. 며칠 뒤엔 하영이가 가져가 버렸지만.

5일 날은 공휴일이었기 때문에 아빠 학교의 교수 가족들과 청
사포에서 만나서 사진도 찍고 재미있게 놀다가 다시 해운대로
나가서 산보도 하고 솜사탕도 사 먹고 즐겁게 하루를 보냈단다.
그 앞에 3일(일요일)에도 청사포에 아빠 친구네 식구(미향이네)
랑 같이 놀러 가서 재미있게 지내다 왔었단다. 4월 26일에도 청
사포에 갔었구나. 우균이 삼촌이 와 있었기 때문에 일요일이어
서 아빠랑 TV에서 하는 장학 퀴즈 내기를 해가지고 아빠가 졌
기 때문에 한턱 내는 것이었단다.

5월 10일은 하나가 처음으로 극장에 가본 날이란다. 시민회관
에서 하는 뮤지컬이었는데 〈알라딘과 요술램프〉라는 건데 무
대 위로 낙타가 나타나고 갑자기 거인이 나타나고 하는 연극으
로 아이들이 출연하는 거였단다. 아빠는 학교에서 야유회가 있
어 가시고 오빠랑 엄마랑 하나랑 또 창수네 세 사람(그 집에 아
빠가 미국 가시고 안 계시다) 그렇게 갔었단다. 점심도 사 먹고 극
장 마치고 택시 타고 해운대 극동호텔 커피숍에서 아이스크림
도 시켜 먹고, 또 모래사장에서 놀기도 하고 신나는 하루를 보
냈단다.

요즈음 하나는 한글을 거의 다 안다. 아는 정도에서 그치는 게 아니라 그침 없이 줄줄 읽는다. 웬만한 국민학생 정도의 실력이다. 엄마가 생각해도 신통하고 기특하다. 글자에 관심을 갖기 시작하는 것 같다 생각했더니 어느새 그렇게 빨리 익혔나 싶을 정도로 진도가 빠르더니 사람들이 놀랄 정도로 잘 읽는다. 오빠에 비해서 글자에 관심을 늦게 가진다 싶었는데 속도는 훨씬 더 빠른 것 같다. 5월 중순부터 장학교실이라는 문제지를 받아서 하는데 혼자 읽고 알아서 척척 한다. 남의 집을 가거나 하면 동화책을 달래서 열심히 읽고 만화책도 즐겨 본다. 그래서 집에도 만화책이 몇 권 있다. 아무리 생각해도 신통하다. 따지고 보면 지금 나이가 만 4세 6개월밖에 안 됐으니까 말이야. 모두들 앞뒤짱구 노릇을 톡톡히 할 모양이라고 한마디씩 하는구나.

요즈음은 엄마보다 아빠가 더 좋은 눈치고 아빠에게 온갖 보고를 다 하고 엄마에게 뭘 해달라고 부탁하는 것보다 아빠에게 부탁해서 효과를 보는 경우가 많기 때문인지 과자를 사달라거나 장난감을 사달라는 생떼를 잘 쓴다. 하지만 아직도 애기 티를 못 벗는지 잠이 오면 아빠 옆에 있다가도 엄마 옆에 와서야 잠이 드는구나.

어린이날

이제 조금 컸다고 어린이날 기념행사를 하게 된다. 그래서 아마
〈알라딘과 요술램프〉를 보러 갔을 것이다. 극동호텔 커피숍에서
아이스크림도 시켜 먹고…. 야 참 엄청나게 발전했네. 어쨌든 같이
어울릴 수 있는 친구가 있어 좋았다. 지금은 없어졌지만, 극동호텔은
엄마 아빠가 신혼여행 때 갔던 호텔이다. ㅎ

이옥선

친구 따라 강남 가다

내가 부산대학교 앞 동네를 돌아서 네 번의 이사를 하고 그전
아파트와 비슷한 위치의 아파트로 다시 이사 왔을 때, 창수
엄마는 느긋하게 성당에서 반주자를 하고 있었다. 그 친구는 음대
졸업생으로 피아노 전공자여서 아이들 레슨도 했는데, 그러다가
성당에서 반주를 해달라는 부탁을 받은 것 같다.

친구가 반주를 하고 있으니까 같이 다니자고 성화를 부려서 얼떨결에
따라갔는데 내가 원래 이런 종교적인 문제를 쉽게 결정하는 타입은
아니다. 남편이 가톨릭 재단의 학교에서 근무한 적도 있고 해서
거부감은 없었다. 자연스럽게 교리반에 들어가서 파견 나온 수녀님과
교리 공부도 하게 되었고, 같이 영세를 받은 동기들은 몇 달 동안
교리 공부를 같이하면서 자연스럽게 친구가 되었다. 영세 동기 중에
노래를 빼어나게 잘하는 친구가 있어서 아직 성가대가 없던 성당에
성가대도 만들고 자주 모여서 성가 연습도 했다.

나는 이제 아이 둘을 데리고 쩔쩔매는 초보 엄마가 아니다. 하영이가
학교 가고 나면 하나를 데리고 어디든지 갈 수 있다. 이웃들과도
잘 지내고, 학부모 모임에서 친구도 생겼다. 어느새 우리 집은 여러
친구가 드나드는 종점 다방으로 불리게 되었다.

이옥선

7월 1일부터 전차가 개통되다.

7월 1일부터 전화가 개통되다.

요즘 사람들은 이해할 수 없겠지만 그때는 전화를 놓기 위해서
이사하는 날에 맞춰 전화를 설치해달라고 전화국에 미리 계약금을
주고 기다려야 했다. 전화가 들어온 날은 아파트에 대부분 다
같이 전화가 들어오게 되어서 동네가 축제 분위기였다. 우리 집
전화번호 뒤 네 자리는 아직도 이때 우연히 주어진 번호를 사용하고
있고, 식구들의 휴대폰 번호도 이 숫자로 했다. 때로는 전화번호가
가계도가 되기도 한다.

이
옥
선

내가 처음 '빅토리 노트'를 읽었을 때 가장 충격받은 문장이 다름 아닌
이것이다. 사람은 자기가 기억할 때부터 있었던 것은 으레 당연한
것으로 여기곤 하기 때문에 그것의 부재를 상상하기 어렵다. 전화가
없었다니? 그럼 아빠가 밖에서 무슨 일이 생기거나 집에서 도움을
요청해야 하는 비상사태가 일어나면 어떻게 해야 한단 말인가?
요즘 태어나는 아이들은 세상에 스마트폰이라는 게 있기 때문에
어린 시절을 기록한 엄청난 양의 동영상과 사진이 남게 된다. 하지만
지나치게 많은 정보는 어디서부터 어떻게 접속해야 좋을지 모르기
때문에 오히려 난감해지기도 한다. 내게는 백일 날 찍은 사진 한 장도
없지만, 내가 어떤 걸 먹었고 어떻게 걸음을 떼었으며 무슨 단어를
말했는지, 어리고 미숙한 내가 어떻게 보살핌과 사랑을 받았는지를
담은 빛바랜 노트 한 권이 있다. 마지막 즈음에 가서야 겨우
유선전화가 개통되는.
그러나 이 빛바랜 노트는 언제나 내 모든 시절의 제일 앞 장에 놓여
내 삶의 마지막 장까지 소중한 빛을 비추어줄 것이다(그나저나
전화번호가 가계도가 되기도 한다니, 이옥선 여사는 천재다).

김
하
나

11월 16일

하나야. 세월이 너무 빨리 지나 갔는지. 엄마가
게으름을 부렸는지. 앞에 쓴 날짜를 보니 벌써
몇달이 지나 갔구나. 그래서 생각나는 데로 대충
적겠다.

6월 7일 ; 이날 엄마가 소피아 라는 세례명을
받고 카톨릭 에서 영세를 받았다. 아빠랑, 하영이
랑, 하나가 성당에 있었고 같이 했는데 바닷가에 되
점심을 먹고 산보를 하다가 돌아 왔다.

6월 21일 ; 하영 이는 라자로, 하나는 클라라 라는 영세
명으로 이날 했는데 본당의 백스타체 하고 신부님
으로 부터 유아 세례를 받다 영세명은 아빠가
골라 주었다.

7월 18일 ; 하나야 수영복을 준비 했다 비키니로
나침 아빠가 비취파라솔을 사서 와 했는데로 가되
놀다 왔다.

7월 19일 ; 청사포 바닷가에 놀러 가서 낚시도 하고
수영도 하다 , 리장에 있는 「인형이 네 집에」 갔음
7월 동안 티동데에 가서 배를 타고 섬섬에 가되 하룻동안
놀다 오다. 사촌 드라 고종사촌인 정호 네다 같이 어울렸다.

8월 4일 ; 진주에 가다. 엄마 랑 아빠가 다투어서 엄마랑 하나랑
하영이는 출발 해서 「정란이 있는 엄마 친구(화운에) 댐에
들려서 1시 늦게 진주 도착. 5일날 덕순이 이모랑 이모부
민희 가 왔고 저녁 늦게 아빠 도 왔었다.

6일날 이모네 차로 「거창,으로 출발 해서 수승대 에 도착 하여
점심도 먹고 물놀이도 하고 (벌거 벗고 적은 사진이 있다)
재미 있게 놀았다 돌아 오는 길에 「안의,에 있는 농월정
에다 들려 쉬고 「함양, 에 있는 상림 들에도 가보았다.

7월 간 역시 이모네 와서 부산으로 출발했는데 진주서 여러곳을
(촉석루, 의장대 등) 두루 구경하고 부산에 와서
는 성지곡 수원지에서 놀고 점심을 먹고 저녁 때가
다 되어서 아파트로 돌아왔다.
8일날은 아침부터 종점으로 드라이브를 하고 「인랑, 허
수욕장에 가서 놀다가 참사도 해운대를 두루 다니며
즐겁게 보냈다.
9일날 오전은 쉬고 오후에 태종대로 가서 배를 타고 태종
대 바다를 한바퀴 돌고 다시 더면으로 와다 아빠가
잘 아는 음식점 이어 저녁을 먹고 돌아왔다.
9일날 새벽에 인천네가 되로 출발 하다.
9월 11일 태종대에 가다 할머니 제사이며 (12일)
추월이기 때문이다.
9월 20일 일찍비 비. 삼촌네 (불란) 인영네 의식구들이
우리집이 모여서 하루를 보내다. 뒤미 버들에도 왔다.
10월 3일 어린공원이 있는 둘이의 산을 버들에게 갔다.
아빠는 그곳은 갔고 인천이에도 같이 다니 모두
음속도로 놀러갔다. 배를 타고 건너 갔는데 바같이
심하게 불어서 추웠다. 갈 곳이 우리제 오는 것 별이
캐나 기어대높이 보였다.
10월 20일 동백국민학교 운동회 뽐이어서 학교에 갔다
희사는 스탠드에 앉아서 엄마가 오빠를 없고 달리는것
을 보고 4등했다고 집에 와서 아빠에게 보고 한다.
11월 14일 진주에 가다. 명의 이모와 사산을 하고 산우
요리를 하러 진주 외일다기에 갔었다. 진주에서 할아버지
발에서 산능을 골골 엮어 내려서 칭찬을 받다.

하나야, 세월이 너무 빨리 지나갔는지 엄마가 게으름을 부렸는지 앞에 쓴 날짜를 보니 벌써 몇 달이 지나갔구나. 그래서 생각나는 대로 대충 적겠다.

6월 7일: 이날 엄마가 소피아라는 세례명을 받고 가톨릭에서 영세를 받았다. 아빠랑 하영이랑 하나가 성당에 왔었고 같이 해운대 바닷가에서 점심을 먹고 산보를 하다가 돌아왔다.

6월 27일: 하영이는 라자로, 하나는 글라라라는 영세명으로 이날 해운대 본당의 백 스타테파노 신부님으로부터 유아 세례를 받다. 영세명은 아빠가 골라주셨다.

7월 18일: 하나야 수영복을 준비했다. 비키니로. 마침 아빠가 비치 파라솔을 사 오셔서 해운대로 가서 놀다 왔다.

7월 19일: 청사포 바닷가에 놀러 가서 낚시도 하고 수영도 하다. 괴정에 있는 일한이네 같이 갔음. 7월 동안 태종대에 가서 배를 타고 생섬에 가서 하루 동안 놀다 오다. 사촌들과 고종사촌인 진호네와 같이 어울렸다.

8월 4일: 진주에 가다. 엄마와 아빠가 다투어서 엄마와 하나와 하영이만 출발해서 창원에 있는 엄마 친구(최은애) 집에 들러서 오후 늦게 진주 도착. 5일 날 덕순이 이모와 이모부, 민희가 왔고 저녁 늦게 아빠도 오셨다.

6일 날 이모네 차로 거창으로 출발해서 수승대에 도착하여 점심도 먹고 물장구도 치고(발가벗고 찍은 사진이 있다) 재미있게 놀았다. 돌아오는 길에 안의에 있는 농월정에서 잠시 쉬고 함양에 있는 상림숲에도 가보았다.

7일엔 역시 이모네 차로 부산으로 출발했는데 진주의 여러 곳들(진

양호, 촉석루, 서장대 등) 두루 구경하고 부산에 와서는 성지곡 수원지에서 늦은 점심을 먹고 저녁 때가 다 되어서 아파트로 돌아왔다. 8일 날은 아침부터 송정으로 드라이브를 하고 일광해수욕장에 가서 놀다가 청사포, 해운대를 두루 다니며 즐겁게 보냈다. 9일 날은 오전은 쉬고 오후에 태종대로 가서 배를 타고 태종대 바다를 한 바퀴 돌고 다시 서면으로 와서 아빠가 잘 드나든다는 음식점에서 저녁을 먹고 돌아왔다.

10일 날 새벽에 민희네가 서울로 출발하다.

9월 11일: 태종대에 가다. 할머니 제사이며 12일이 추석이기 때문이다. ─추석 옷으로 하나는 곤색 잠바 스커트를 해운대 백화점에서 직접 골랐다. 흰색 부라우스와 맞춰서 입히다.

9월 20일: 일한이네, 상록이네(불참), 민정이네의 식구들이 우리 집에 모여서 하루를 보내다. 뒤에 버들이네도 왔다. ─22일이 엄마 아빠의 결혼기념일이었기 때문에 해운대암소갈비집에 가서 점심을 먹었다.

10월 3일: 에덴공원이 있는 동네에 사는 버들이네에 갔다. 아빠는 그 전날 갔고, 일한이네도 같이 와서 모두 을숙도로 놀러 갔다. 배를 타고 건너갔는데 바람이 심하게 불어서 추웠다. 갈숲이 우거져 있는 갯벌에 게가 기어 다니는 게 보였다.

10월 20일: 동백국민학교 운동회 날이어서 학교에 갔다. 하나는 스탠드에 앉아서 엄마가 오빠를 업고 달리는 것을 보고는 4등 했다고 집에 와서 아빠에게 보고한다. ─회충약 필콤 복용. 요충이 있는 듯하다.

11월 14일: 진주에 가다. 명순이 이모가 사산을 하고 난 후 조리를 하러 진주 와 있다기에 갔었다. 진주에서 할아버지 앞에서 신문을 줄줄 읽어내려서 칭찬을 받다.

비키니

하나, 비키니를 입고 해운대 백사장에서 자태를 뽐내다.

이
옥
선

여름휴가 (1981년 8월 4일)

아마도 여름휴가 문제로 다투었나? 하여간 진주로 가서 5일부터
서울에서 온 둘째 이모 식구들과 봉고를 타고 어머니도 힘께 거창,
안의, 함양 등등을 돌아다녔다. 7일에 다 같이 부산으로 와서 10일에
동생네가 서울로 떠날 때까지 한바탕 야단법석을 떨었다.

이
옥
선

해운대소문난암소갈비집

우리 집의 주 외식 장소는 해운대소문난암소갈비집이었는데 집에서
생선회를 자주 먹기 때문에 외식을 하면 고깃집으로 가게 되었다.
입학식이나 졸업식, 그 외에도 축하할 일이 있거나 별일 없이 외식한
지 오래되었다 싶으면 거의 해운대소문난암소갈비집으로 갔다.
그곳에서 식사를 하고 어슬렁거리며 해운대 시장통을 돌아다니거나
해운대 서점에 가서 각자 필요한 책을 한두 권씩 사서 돌아오는
것이 우리 집에서 하는 유일한 오락거리였다. 그러니까 이것은 우리
식구에게는 일종의 리추얼이었던 셈이다.
그런데 최근 몇 년 사이 상황이 완전히 달라졌다. 우리가 다닐 때는
좀 비싼 듯한 감이 있었지만 그래도 한 달에 두어 번 정도는 갈 수
있는 정도였는데, 요즘은 가격이 엄청나게 비싸진 데다 도통 바로
가서 먹을 수가 없게 된 것이다. 〈수요미식회〉 같은 프로들에 몇 번
방송되더니 언제나 넘쳐나는 손님들로 장사진이라 도저히 기다리고
있을 수가 없어서 포기를 하고 만다. 한 가족이 어릴 때부터 다니던
식당이 몇십 년이 지나고도 여전히 존재한다는 것은 아주 좋은
일이지만 요새는 그림의 떡 같다.

이옥선

뒷면에 지저분하게 비쳐나는 펜 자국을 보라. 여러분 역시
플러스펜을 써야 한다. 오래갈 기록이라면 더더욱. 가격이
싸다고 무시할 일이 아니다. 플러스펜은 모나미에서
1965년에 독자 개발한 펜이다. 여전히 저렴한 가격과
심플한 디자인을 유지하며 회사 비품 등으로 애용되고
있다. 엄마가 내 육아일기를 쓸 때 사용했던 펜이 지금도
생산되고 있다는 것은 근사한 일이다.
해운대소문난암소갈비집은 1964년에 창업했고 옛날에
아빠가 할머니께 식사를 사드렸던 곳인 동시에 나중에는
아빠의 손자들도 함께 식사한 곳이니 우리 가족 4대가
이곳을 다녀간 셈이다. 한국처럼 모든 것이 빨리 변하는
곳에서 가족 4대가 거쳐가는 식당이 있다는 것은 대단하고
멋진 일이다. 플러스펜도 해운대소문난암소갈비집도
얼마나 수많은 사람들의 기억 속에 스며 있을까? 얼마나
많은 기록과 추억에 이바지했을까?

김하나

동백국민학교 운동회 날
하영이 업고 달리기 4등. 하여간 나는 달리기에 소질이 없어.

이
옥
선

♥
└─→　우리 가족 중에 달리기 잘할 만한 사람은 아무도 없다.
　　　수학 머리도 아무도 없고.

김
하
나

신문
진주에서 하나가 신문을 줄줄 읽어내는 것을 보고 외할아버지가
칭찬을 하셨다.

이
옥
선

성당과 바다

『빅토리 노트』를 읽는 분들은 나의 어린 시절을 마냥 따뜻하고
아름답게만 볼 수도 있겠다. 하지만 내가 봤을 때 부모님은 아이를
정서적으로 꽤나 불안하게 하는 관계였다. 아빠는 시인이라는
자의식으로 가득한 자수성가형 전문직 종사자이자 술을 대책 없이
사랑하는 분이었고 엄마는 시인의 허세를 그러려니 품어주기보다는
앞서 말했듯 『난중일기』풍의 강건한 결기로 받아치는 분이었기
때문에 허구헌 날 전쟁이 벌어졌다. 오빠와 나는 어린 시절 자주
공포와 불안에 휩싸이곤 했다.

어린 시절을 떠올리면 이내 배경음처럼 깔리는 고성과 파열음
사이로, 한편 아주 대조적인 이미지가 서서히 떠올라 그 소란함을
덮으며 시야를 가득 채운다. 성당과 바다의 이미지다. 어린 시절
엄마를 따라 갔던 성당의 높은 천장과 촛불, 성가대의 노래, 엄숙하고
신성한 분위기 같은 것은 내게 깊은 인상을 주었다. 설명될 수 없는
것이 있다는 감각, 세상이 이게 다가 아니라는 느낌. 집에 모여서
함께 기도하고 노래하는 '레지오' 모임의 차분하면서도 신비로운
분위기도 오래 기억에 남는다. 성인이 된 나는 종교를 믿지 않지만
종교의 형식—건축, 음향, 동선, 리듬, 기도 같은 것들—이 얼마나 큰
위안이 되는지 알고 있다. 마음이 힘들 때면 절이나 성당을 찾아가서
안식을 얻기도 한다. 엄마도 지금은 무종교인이 되었는데, 아마
당시의 엄마에게는 종교와 거기서 만난 사람들과의 교류가 큰 힘이
되지 않았을까 싶다.

또 바다. 나는 해운대 주공아파트 시절부터 기억이 나고, 이후로
열아홉 살이 되어 부산을 떠날 때까지 해운대에서 살았다. 명절이나
제삿날이면 가는 큰댁도 태종대 바닷가였다. '빅토리 노트'를 보면
바다에 간 이야기가 많이 나오는데, 어린 시절을 생각하면 바다가
항상 근처에 있다. 갯비린내와 반짝이는 물결, 파도 소리, 모래밭,
일렁이는 물속, 검은 바위들. 그 탁 트인 푸름과 반듯한 수평선.
압도적으로 거대하고 끝없이 움직이는 물의 공간. 서울에서
생활하다 보면 갑갑한 느낌이 들 때가 있다. 바다를 본 지 오래됐을
때 그렇다. 어린 시절의 여러 기억들 중에 나를 가장 안도하게 하는
것은 성당과 바다의 이미지다.

김
하
나

1981년 12월 16일

하나가 만 5세가 되는 날이다.
"엄마 내 생일에 친구들 초대해 준다 해놓고 뭐한게?"
"이제 곧 할께 친구들 누구 누구 초대 할래?"
"정아하고, 정은이 난규, 승권이, 찬이, 장두"
오후 두시쯤 동네 꼬마들이 모두 모였다.
케익에 촛불을 켜고 생일 축하 노래도 부르고
모두 손뼉 치고 하나가 촛불을 불어 껐다.
하나가 잔부르는 노래 사라같은 내얼굴도 불렀다.
"사라 같은 내얼굴 예쁘기도 하리요
눈도 반짝 코도 반짝 입도 반짝 반짝
호박 같은 내 얼굴 밉기도 하리요
눈도 삐뚤 코도 삐뚤 입도 삐뚤 삐뚤"
어디서 듣고 노래 활잎(독창)이 생기면 줄 부르는
노래다.
생일 선물로 스케이치북, 티티파스, 수첩,
지우개, 과자 등등을 받았다.

아직 또래들에 비해서 키는 좀 작지만 통통하고
건강하고 영리 한 애 다우리다.
특히 글재를 익히는데는 여주 뒤지치지 않아 실은
정도로 빨라가서 국민학교 2,3 학년 정도는 빵점
정도의 실력 이다. 내가 아는 범위 안에서는 모르는
데 안다. 공부를 거의 같이 하기 때문이다.
"아빠 이는 독해 안해?" "받어쓰기 시켜 불러
줄께," "나무 중에서 제일 무거 운것은 순바,"
"금속 중에서 가벼운 금속은 알루미늄,"
"놀 가벼운 스텐레스, 무건 자는 알루미늄,"

등 1학년 교과 리젼은 거의다 안다. 요새는 만화책 보는데 흥미가 오르기 좋겨 있을 정도다. 대화는 대화체로 읽고 혼소리로 읽을땐 큰소리로 읽는다.

혼자 하고도 잘 어울려 놀아서 어떤땐 아린이 나가면 점심 먹는 것도 잊고 어두컴컴 할때 들어온다.

말하는 것도 야무지고 혼자서 집도 잘 본다. 엄마가 성당에 가거나 친구집이 잔깐 갔다 온다거나 시장에 갔다 온거나 할때도 안데라 다닐려고 하고 집도라고 혼자도 잘본다 보고도 잘본다.

1 2월초에, 히영이가 수두를 않았다. 그래서 히사는 미리 전염병 예방주사를 맞고 증증음 가볍게 앓고 끝냈다. 병원에가 진찰하고 주사 맞을 때도 에바 보다 훨씬 눈을 하고 울기도 왔다.

그럴시은 히사는 우리 집에서 제일 늦잠꾸러기다 "우리 집에서 제일 늦잠은 자는 사람은?" 하고 아빠가 누두께 기공 내면 히사가 "네, 히사 손가락으로 자신을 가르킨다. 어떤땐 10시가 될때까지 자고 있다. 밤에는 늦게 자고, 그리고 고집이 쇠고 앙심도 잘부린다. 성성분이 있거나 아닌을 못고 나면 다르방에가서 울고 이불을 쓰고 누워 울기도 한다.

엄마가 빨래를 걸어다가 "히사야 빨래 좀 걸게?" 하면 누리나 양쪽 같도 건 거역 넣기도 하고 "집좀 치워라, 하면 늘어놓은 장난감이나 신문 같은걸 누워 치우기도 하고 식빵이나 라면 같은걸 사는 심부듬은 지건 해우 잘한다.

지금까지 만 5년 동안 히사는 잘 자라주었다.

그리고 앞으로도 잘자라서 훌륭한 생을 만들어 가리
라는걸 엄마는 의심치 않는다
해나가 커서 이 노트를 보게 될때는 무슨 생각을
하게 될까?
「우리 엄마는 글씨도 왜 이렇게 못쓸까?」
이런 소리를 하게 될꺼야. 하지만 해나야. 엄마는
따로 쓴 일기는 아니지만 지금의 해나를 위해서 충실치
는 못했지만 가끔씩이라도 이렇게 적어놓고
싶었다. 자격이 없는 한나는 글쎄 치지 않는다
해나의 안개 속에 가려졌던 아득한 옛이야기 의 자락이
조금이라도 펼쳐 보이지 않을까?
지금 엄마의 나이는 34살 이지만 이노트를 받게
될때 엄마는 50살쯤 되겠지 젊었을 시절이
없어의 생각, 생활이 오르른 지금 될수 있을까 고
생각 한다. 낳아서 젖물려 재우고 대소 변
첫 웃음 내딛고, 키우기는 때고, 딸을 한마디씩
배우고, 호르는 유리고, 눈간 숨결이 엄마의 기쁨
이었고, 그상이었고, 가슴 두근 거림아, 놀라. 그리고
눈감이 멀다.
다시 한번 해나야, 잘자라서 무엇인가를 이루고
깨닫고, 그리고 스스로 뿌듯하며 또한 뿌듯
함을 주는 「사람」이 되기를 바란다.

하나가 만 5세가 되는 날이다.

"엄마 내 생일에 친구들 초대해준다 해놓고 왜 안 해?"

"이제 곧 할게. 친구들 누구누구 초대할래?"

"정아하고 정은이, 난규, 승권이, 찬이, 창수."

오후 2시쯤 동네 꼬마들이 모두 모였다. 케이크에 촛불을 켜고 생일 축하 노래도 부르고 모두 손뼉 치고 하나가 촛불을 불어 껐다. 하나가 잘 부르는 노래 〈사과 같은 내 얼굴〉도 불렀다.

사과 같은 내 얼굴 예쁘기도 하지요

눈도 반짝 코도 반짝 입도 반짝 반짝

호박 같은 내 얼굴 미웁기도 하지요

눈도 삐뚤 코도 삐뚤 입도 삐뚤 비뚤

어디서든지 노래할 일(독창)이 생기면 잘 부르는 노래다. 생일 선물로 스케치북, 티티파스, 수첩, 지우개, 과자 등등을 받았다.

○

아직 또래들에 비해서 키는 좀 작지만 통통하고 건강하고 영리하며 다부지다. 특히 글자를 익히는 데는 너무 지나치지 않나 싶을 정도로 빨라서 국민학교 2~3학년 정도는 뺨칠 정도의 실력이다. 오빠가 아는 범위 안에서는 모조리 다 안다. 공부를 거의 같이 하기 때문이다. "오빠 오늘 숙제 안 해?" "받아쓰기 내가 불러줄게" "나무 중에서 제일 무거운 것은 참나무" "금속 중에서 가벼운 금속은 알루미늄" "숟가락은 스테인리스, 주전자는 알루미늄" 등 1학년 교과 과정은 거의 다 안다. 요새는 만화책 보는 데 흥미가 모조리 쏠려 있을 정도다. 대화는 대화체로 읽고 큰 소리로 읽을 땐 큰 소리로 읽는다.

친구들하고도 잘 어울려 놀아서 어떤 땐 아침에 나가면 점심 먹는 것도 잊고 어두컴컴할 때 들어온다. 말하는 것도 야무지고 혼자서 집도 잘 본다. 엄마가 성당에 가거나 친구 집에 잠깐 갔다 오거나 시장에 갔다 오거나 할 때도 안 따라다니려고 하고 집도 보고 전화도 잘 받아서 보고도 잘한다.

12월 초에 하영이가 수두를 앓았다. 그래서 하나는 미리 전염병 예방주사를 맞고 중순쯤 가볍게 앓고 끝냈다. 병원에서 진찰하고 주사 맞을 때도 오빠보다 훨씬 늠름하고 용기도 있다.

그렇지만 하나는 우리 집에서 제일 늦잠꾸러기다. "우리 집에서 제일 늦잠을 자는 사람은?" 하고 아빠가 수수께끼를 내면 하나가 "내" 하며 손가락으로 자신을 가리킨다. 어떨 땐 10시가 될 때까지 자고 있다. 밤에는 늦게 자고. 그리고 고집이 세고 앙살도 잘 부린다. 섭섭한 일이 있거나 야단을 맞고 나면 다른 방에 가서 울고 이불을 쓰고 누워 있기도 한다.

엄마가 빨래를 걷어다가 "하나야 빨래 좀 갤래?" 하면 수건이나 양말 같은 건 개어놓기도 하고 "집 좀 치워라" 하면 늘어놓은 장난감이나 신문 같은 건 주워 치우기도 하고 식빵이나 라면 같은 걸 사 오는 심부름은 자진해서 잘한다.

○

지금까지 만 5년 동안 하나는 참 잘 자라주었다. 그리고 앞으로도 잘 자라서 훌륭한 생을 만들어가리라는 걸 엄마는 의심치 않는다.

하나가 커서 이 노트를 보게 될 때는 무슨 생각을 하게 될까?

'우리 엄마는 글씨도 왜 이렇게 못 쓸까?'

이런 소리를 하게 될 거야. 하지만 하나야, 엄마는 타고난 악필이지만 미래의 하나를 위해서 충실치는 못했지만 가끔씩이라도 이렇게 적어놓고 싶었다. 과거가 없는 현재는 존재하지 않는다. 하나의 안개 속에 가려졌던 아득한 유아기의 자락이 조금이라도 펼쳐 보이지 않을까?

지금 엄마의 나이는 서른네 살이지만 이 노트를 받게 될 때 엄마는 쉰 살쯤 되겠지. 젊었을 시절의 엄마의 생각, 생활이 조금은 지각될 수 있을 거라고 생각한다. 낳아서 젖 물려 재우고 따로 서고 첫발을 내딛고, 기저귀를 떼고, 말을 한마디씩 배우고, 글자를 익히고, 순간순간이 엄마의 기쁨이었고, 고생이었고, 가슴 두근거림과 놀람 그리고 보람이었다.

다시 한번 하나야, 잘 자라서 무엇인가를 이루고 깨닫고, 그리고 스스로 만족하며 또한 만족함을 주는 사람이 되기를 바란다.

하나는 이제 유아에서 어린이가 되었다. 글도 잘 읽고 엄마가 볼일
보러 밖에 잠깐 나가도 혼자서 있을 만큼 컸다. 오빠 받아쓰기
숙제를 불러줄 정도가 되었고 빨래도 잘 갠다. 간단한 심부름도 할
줄 안다. 봄이 오면 유치원에 갈 것이다. 만세다.

이옥선

다섯 살 생일로부터 40년이 지났는데도 '빅토리 노트'를 열면 여전히
축하를 받는다. 서른네 살의 엄마로부터. 알 수 없는 감정이 들고,
매번 눈물이 난다. 엄마는 올해 일흔다섯이고 나는 마흔일곱 살이다.
탈고한 지 40년 만에 이 일기장이 엄마의 첫 책이 되어 세상에
나온다. 인생은 멋진 것이다.

김
하
나

언젠가 이 사진을 보고 엄마에게 "이 차는 누구 거예요?"라고 물었더니
"모르지"라고 했다. 지나가다 자동차가 멋있어서 포즈를 취해봤다고.
엄마 젊을 적 사진을 보면 이런 패셔니스타가 따로없다.

둘.

인생이란
무엇인지
늙을수록
즐거워

인 생 이 란
무 엇 인 지

늙 을 수 록
즐 거 워 ! ! !

전에는 더러 남편의 친구나 선후배들과 그 부인들이랑 밥도 먹고 술도 마시면서 어울려 놀기도 했다. 그때는 요즘처럼 노래방에 몰려가서 마이크 잡고 놀기보다는 그냥 술집이나 주인장과 무난한 사이인 밥집에서 흥에 겨워지면 숟가락으로 상을 두드리면서 자연스럽게 노래를 부르기도 하고 장단을 맞추기도 해서 분위기가 마구 흥겨워지곤 했다.

그중의 선배 한 분은 '♬인생이란 무엇인지 늙을수록 즐거워, 피었다가 시들면 다시 못 올 내 청춘♬' 이런 노래를 불렀다. 물론 원래는 '늙을수록'이 아니고 '청~춘은 즐거워'이다. 그러면 나머지 사람들이 와이라, 와이라('왜 아니겠는가'의 경상도식 준말) 등등의 추임새를 넣고 다 같이 '♬마~아시고 또 마시고~~~ 이 밤이 새기 전에 춤을 춥시다아♬' 하고 떼창을 하는 것이다.

지금 세대는 잘 모르겠지만 우리 세대 사람들은 익히 아는 〈기타부기〉라는 노래이다. 그냥 웃자고 하는 말이 아니라 내가 이 나이 되도록 늙어보니 늙을수록 즐겁다는 말이 헛말이 아니었다.

사실 젊음이라는 것은 어찌 보면 혼돈을 겪어야 하는 힘든 시절인지도 모른다. 그 치기와 터무니없는 자존심을 지키기 위한 노력과 진로의 탐색 등등. 그런데 말이지 살아보니 아웅다웅하고 잘난 체하고 콧대를 세우고 그런 것들이 이제 아무것도 아닌 것이 되는 것이다. 관계에서도 이젠 다른 사람이 나를 어떻게 생각할까 따위 별 관심이 없어진다. 서로 편한 사이면 좋고, 까탈을 부리거나 좀 껄끄러운 관계에 있는 사람은 안 보면 그만이다.

자식들도 다 커서 독립을 해 나가고 정년퇴직한 남편은 이제 매일 와이셔츠를 다려 입힐 필요도 없어졌다. 내가 이 세상에서 없어져도 답답할 사람이 남편밖에는 없다는 이야기인데, 그렇다면 거꾸로 내가 그만큼 자유로워졌다는 말이 아닌가? 나는 드디어 내 인생의 숙제에서 해방된 민족인 것이다. 만세!!!

지금 나는 이 자유를 마음껏 누리고 산다고 할 수 있다. 아, 물론 성질 드러븐 영감탱이 맞추어가며 살기는 쉽지 않지만 그것도 마음만 살짝 바꾸면 문제 될 게 없다. 왜냐, 이 나이에 남편하고 잘 지내면 어떻고 잘 못 지내면 어떠냐 싶은 배짱이 생긴 것이다. 바로 그것이다. 이젠 누가 뭐래도 흔들리지 않는 배짱이 생긴 것, 이것이 늙을수록 즐거워지는 인생의 비결인 것이다. 잘 못 지내면 자기 손해지 내 손해냐? 아이구 어림없는….

안방에 어느 젊고 잘생긴 탤런트가 나랑 살아주겠다고 턱하니

앉아 있다 한들 내가 참 편하고 좋겠냐고요. 그러니 일평생 애주가(일명 술쟁이)에다 어디가 지뢰밭인지도 모를 정도로 불같은 성질의 남편과 이혼 안 하고 살아온 내가 너무 기특해서 내가 내 머리를 쓰다듬어주고 싶다.

어제는 모임이 있어서 친구들과 점심을 먹고 수다를 떨다가 누가 꽃을 사러 간다고 해서 노포동 화원단지에 따라갔다. 예쁜 꽃들이 활짝 피어나서 봄을 맞이하고 있었는데, 꽃 본 김에 나도 따라 활짝 핀 철쭉을 하나 샀다. 그리고 수선화 두 촉씩 핀 구근이 3,000원이라 내가 "그냥 두 개에 5,000원 합시다" 이러니 꽃집 아주머니가 "그럼 어르신 대접으로 5,000원에 드릴게요" 한다.

어,르,신!!!

내가 태어나서 처음 들어본 소리이다.

나는 내가 아직 '어르신' 이런 소리를 들을 나이는 아니라고 생각하고 있었던 모양이다. 사실 한 70대 후반이나 80대쯤 되어야 어르신이 아닐까 싶은 내 마음이니, 어쨌거나 좀 더 나이 먹으면 갈수록 어르신 대접도 늘어날 것이고 좋구나~ 얼쑤!

멘델스존

바이올린
협주곡에

대한
명상

햇병아리 교사 시절엔 월급 명세서를 꼼꼼히 챙겨 보는 것도 따분한 일이라 그냥 대충대충 넘겼는데 한 2년 지났나… 월급에서 저절로 떨어져서 의무적으로 들어논 적금을 타게 된 것이다. 얏호!! 엄마에게 보고하지 않아도 되는 큰돈이 생긴 것이다. 이 생각지도 않은 거금(?)을 어찌 써야 할까 생각하다가 궁리 끝에 그 당시 파월 장병이 가져왔을 듯한 파나소닉 오디오 세트를 구입했다.

모조리 큼직한 아버지의 전축에 비해서 야무지고 앙증맞은 이 오디오는 음질도 좋을 뿐만 아니라, 그 모양새가 어찌나 아담하던 지 당장 내 재산목록 1호가 되었다. 그걸 들여놓고는 너무 감격한 나머지 기념으로 맨 처음 멘델스존 〈바이올린 협주곡〉을 필립스 원반으로 구입했다.

그러곤 매월 데카나 EMI에서 나온 원반들을 구입했는데 그 당시의 복사본 음반에 비해서 열 배의 가격을 치러야 했다. 무소륵스키의 〈전람회의 그림〉도 사고, 림스키코르사코프의 〈세헤라자데〉도 샀다. 쥘리에트 그레코나 에디트 피아프의 샹송도 사고, 푸치니와 베르디의 오페라 아리아들도 구입했다.

헤르만 헤세 전집을 월부로 구입해놓고 음악을 들으면서 『페터 카멘친트』나 『유리알 유희』 『차륜 밑에서』(수레바퀴 밑에서) 등등을 읽고 있노라면 그 단순한 행복에 세상 부러울 것이 없는 것 같았다.

중앙지의 신춘문예에 당선하였다고 소문이 나 있는 노총각 국어 선생이 무슨 일인가로 우리 집을 방문했을 때 마침 나는 멘델스존의 〈바이올린 협주곡〉을 막 올려놓고 있었던 것 같다. 이 국어 선생이 우리 집을 뻔질나게 드나들더니 어느 날 정신을 차리고 보니 파나소닉 오디오와 멘델스존 등의 원반들과 내가 사랑하는 책들과 더불어 모든 것이 이 노총각과 나의 공동 소유로 되어 있었다.

그 이후론 원반 대신에 아이들의 우유를 사거나 내가 읽고 싶은 책을 사는 대신에 아이들의 동화집을 사게 되었다. 클래식에 별 조예가 깊지 않은 남편이 제일 좋아하는 곡은 당연히 멘델스존의 〈바이올린 협주곡〉이다.

어제 마지막 가는 가을을 놓칠세라 아침에 일어나자마자 복잡한 교통 사정을 고려하여 아침밥도 안 먹고 드라이브 길에 나섰다. 고속도로 언양 휴게소에서 우동으로 아침을 때우고 경주로 향했다. 넣어놓은 CD에서 〈핑갈의 동굴〉이 끝나고 바로 멘델스존의 〈바이올린 협주곡〉이 나왔다. 우리는 마주 보고 슬몃 웃었다. 단풍이 절정을 이룬 추령재를 넘어 감포로 가서 다시 구룡포의 장기곶

까지 가면서 차이콥스키의 〈피아노 협주곡〉과 베토벤의 피아노 협주곡인 〈황제〉도 듣고 비발디의 〈사계〉도 들었지만, 우리 둘 다 어떤 교감을 느끼면서 들은 곡은 역시 멘델스존이었다.

부산으로 돌아올 때의 운전을 책임진 나는 남편이 24번 국도로 가자고 하는 말을 제대로 듣지 못하고 부산으로 가는 고속도로 표지판만 보고 직진을 해버렸다. 아 그게 뭔 대수라고, 자기 말을 듣지 않은 나를 보고 잔소리를 해대는 것이다. 멘델스존이고 뭐고 뭐 이렇게 '뽄새' 없는 남자가 다 있담. 이 남자가 결혼기념일에 차이콥스키의 〈우울한 왈츠〉 원반 선물한 그 남자 맞나?

내가
콩 나 물 을

사 기
싫 어 하 는
이 유

친정아버지는 장남이 아니셨지만 큰아버지 내외분이 일찍 돌아
가시는 바람에 우리 어머니는 4대 봉제사에 두 분의 제사 그리고
명절 제사까지 1년에 열두 번씩 제사를 지내야만 하셨다. 언젠가
호열자(콜레라)가 유행을 해서 그해에 한꺼번에 많이 돌아가시는
통에 여름이면 하루 걸러 제사를 지내기도 했다. 위로 딸만 셋을 내
리 낳으시고 또 큰집의 조카들까지 거두셔야 했던 어머니는 우리
를 엄격하게 통제하지 않으면 감당을 할 수가 없었으므로 야단을
칠 때는 무섭게 구셨다. 그래서 어릴 때 나는 우리 어머니가 계모가
아닐까 생각한 적도 많았다.

한번은 추석날이었는데 우리 세 자매가 갑사로 만든 똑같은 색
동저고리를 입은 채로 서커스 구경을 갔다. 비가 온 데다가 예상보
다 늦게 끝난 관계로 집에 들어오는 시간이 아주 늦어졌다. 게다가

색동저고리는 비에 젖어버렸다. 우리는 어머니에게 야단맞을까 봐 신고 있던 고무신을 멀리 차서 신이 바로 놓이면 야단을 안 맞고 거꾸로 놓이면 야단을 맞는다는 신발점을 치기도 하고, 대문간에서 부엌으로 살금살금 들어가서 식칼을 가져다가 대문간 안에다 꽂히게 던져보기도 했다(식칼이 제대로 꽂혀야만 야단을 맞지 않는다). 칼이 흙에 제대로 꽂히지 않고 픽 쓰러지는 바람에 우리는 야단을 엄청나게 맞고, 셋이서 안방에 꿇어 앉아서 손을 들고 벌을 서야만 했다. 지금 생각해보아도 식칼점이 신통하게 맞은 것이다. 히힛!

이런 어머니이시다 보니 어머니가 뭘 하라고 지시를 하면 우리는 꼼짝없이 임무를 수행해야만 했다. 제삿날이 다가오면 우리에게 맡겨지는 임무는 바로 콩나물 다듬기였다. 열 살 무렵의 우리 손이래야 아주 작아서 어른들처럼 콩나물을 한 움큼씩 쥐고 빠르게 일을 할 수는 없는 노릇이었다. 콩나물을 하나 들고 꼬리를 떼고 콩깍지를 제거하고 하다 보면 이게 시간이 너무 많이 걸리는 작업이라 어린 우리로서는 고역이 아닐 수 없었다. 허리를 비틀고 기회만 있으면 다른 놀이를 하다가 어머니가 쳐다보면 다시 다듬고 하니까 거의 온종일이 걸렸는데, 나중에는 콩나물이 시들시들 말라서 물을 축여가며 다듬기도 했다.

어릴 때의 이 경험으로 내 머릿속에는 세상에서 제일 지루하고 힘든 일이 콩나물 다듬기라는 인식이 자리 잡은 모양인데, 이제 내가 반찬을 결정하고 손질을 할 수 있는 선택권이 생기자 나는 우리집 식탁에서 콩나물을 아예 빼버렸다. 물론 콩나물을 다듬는 행위에 대한 거부감도 있었지만 콩나물로 연상되는 그 싫었던 순간을 떠올리고 싶지 않은 까닭이었다. 지금 생각해보면 작은 체구에 많은 식구들을 건사하고 그 많은 제사를 모셔야 했으니 그 무렵 어머니의 일상이 얼마나 힘드셨겠는가 하는 생각이 드는 것이다.

우리끼리 싸우기라도 하면 빗자루 '몽댕이'를 거꾸로 들고 쫓아오시던 어머니. 일하는 언니가 있었지만 우리는 언제나 집 청소를 담당하는 구역이 정해져 있어서 어머니의 검열을 받곤 했는데 게으름을 부리고 제대로 해놓지 않아서는 학교도 가지 못했다.

열여덟에 시집오셔서 나하곤 딱 스무 살의 차이가 난다. 내가 열 살이라고 해봐야 어머니는 서른 살이었을 테니 제사에 파묻혀 질식당한 젊음이었지 않나 싶다. 그래도 그렇게 당찬 어머니가 계셔서 부모 없는 조카들도 시집·장가 들이고 우리 육 남매를 대학까지 다 보낼 수 있었을 것이다. 그렇지만 나는 아직도 콩나물 반찬을 해 먹고 싶은 생각은 없다.

나의

17년 된
고물차

지금 내가 끌고 다니는 차는 사람으로 치면 완전 80대 할머니라고 보면 된다. 우여곡절 끝에 내 전용차가 되었는데 마트에 가서 무거운 장바구니를 실어 오거나 신도시 안에서 버스 노선도 없는 어중간한 거리를 다니기에 딱 좋다.

이 차로 며느리 도로연수도 시켰다(며느리는 결혼 전에 운전면허를 땄지만 장롱면허였다). 내가 며느리에게, 시어머니한테 살림을 배우는 것도 좋겠지만 운전을 배우는 것은 더 좋을 거라면서 가르쳤는데 그게 벌써 10년 전이다. 사실은 며느리뿐만 아니라 그전에 우리 식구들은 내가 도로연수를 다 시켰다. 남편, 아들, 딸 모두 면허증만 따고 나면 나에게 실전에 돌입하는 훈련을 받았던 거다(도로연수비를 따로 지불하지 않으려는 술책이었음). 그 덕분에 남편과는 싸움도 많이 했다. 그래도 이혼은 안 했다. ㅎ

이 차가 처음 출시되었을 때 광고 카피가 '소리 없이 강하다'였는데 요새 이 차를 운전하면 완전히 탱크 소리를 낸다(사실은 탱크 굴러가는 소리를 들어보지는 못했다). 그래도 아직 씩씩하게 잘 달린다. 세차를 자주 하지 않아도 별 티가 나지 않는 우중충한 색깔이라 우리 식구들은 이 차 색깔을 두고 보때색(때를 보호하는 색)이라고 한다. 범퍼의 네 귀퉁이는 조금씩 흠집이 나 있고 차체 이곳저곳 긁힌 자국도 나 있어서 그렇지 속은 말짱하다고, 자주 들르는 카센터 아저씨가 보증을 해주었다. 이 카센터 아저씨와는 20년 넘게 인연을 맺어오고 있다. 아저씨 말에 따르면 전체 주행거리가 많지 않고 자신이 차의 내용을 잘 알기 때문에 걱정할 필요가 없다는 거다.

우리 집은 차를 한번 사면 폐차할 때까지 사용하기 때문에 자주 가는 카센터가 꼭 필요하다. 노후 차량을 끌고 다니려면 차를 자주 점검해주어야 하기 때문이다. 그전의 다른 차가 아주 낡았을 때 내가 잘못하여 앞쪽 범퍼가 좀 떨어진 적이 있었다. 그때 아저씨가 철사 같은 걸로 잡아매 주면서 "요래 살살 끌고 다니세요. 쌩돈 들이면 아깝잖아요" 했다. 그래서 폐차할 때까지 그러고 다녔다. 그 이후로도 이 카센터와 지금껏 거래를 하고 있는데 이제는 아저씨의 아들이 운영하고 아저씨는 보조 역할만 한다. "이젠 무슨 소음이 난다고 해도 내가 못 잡아냅니다. 귀가 잘 안 들려요" 하신다.

카센터는 우리 집에서 차로 10분 정도 거리에 있는데 차 수리 시간이 많이 걸리면 아저씨가 집까지 태워다 주고, 다 고친 차를 갖고 오면 내가 아저씨를 카센터까지 태워다 준다. 그 잠깐 10분 정도 되는 시간에 세상 돌아가는 이야기도 하고 아들이 속 썩인 거나 부부 싸움 전말도 이야기하고 손주 자랑도 주고받는다. 그러니까 아주 오랜 이웃 사이인 것이다. 이렇게 믿을 만한 카센터가 있으니 참 든든하다.

아파트 앞에 주차를 해두었는데 누군가가 내 차를 좀 긁었다고 수위아저씨가 인터폰을 했다. 내려가 보니 안 그래도 몇 군데 조금씩 흠집이 난 데다 또 찍 긁힌 흔적이 더해져 있다. 그래도 그리 크게 문제 될 게 없어서 "괜찮아요. 그냥 분마제로 살살 닦으면 되겠어요" 하고 집에 들어왔더니 저녁에 차 긁은 아주머니가 미안하다고 과일을 두 상자나 보내왔다. 사실은 이런 일이 두어 번 더 있어서 내가 고물차 덕분에 과일을 제법 많이 얻어먹었다. 하핫! 그리고 한 아주머니는 나도 다음에 이런 일이 발생하면 다른 사람에게 좀 너그럽게 대해줘야겠다면서 고마워했다. 고물차를 끌고 다니면 마음이 이렇게 넉넉해진다.

한번은 비 오는 날 신호 대기를 하고 있는데 다른 차가 내 차를 쿵 하고 받았다. 비도 오고 나는 내리기도 싫어서 그냥 창문만 조금 내리고 아주 미안해하는 뒤차 주인에게 "됐어요. 뭐 별로 부서진 것 같지도 않으니" 했더니 그 차 주인이 90도 각도로 인사를 하면서 큰 소리로 "고맙습니다!" 한다. 이런 면에서 고물차를 타고 다니면 서로 좀 편한 것 같다. 게다가 남편은 옆에서 범퍼는 받으라고 있는 거라는 이상한 논리를 편다.

젊었을 때 새 차를 사놓고 밖에다 세워두고 있으면 밤사이에 누가 와서 긁으면 어쩔까 싶어 걱정이 되기도 했는데, 고물차는 그런 염려가 전혀 안 생기니 이것은 마음을 안정시켜주는 아주 좋은 방법인 것 같다(별 이상한 논리도 다 있다).

　문제는 요즘은 고가의 외제차가 많아졌다는 데 있다. 이런 차와 분쟁이라도 나면 내 차를 판다고 해결할 수 있는 문제도 아니기 때문에, 물론 보험을 들기는 했지만 그래도 옆에 어마무시한 외제차가 나란히 서거나 하면 기분이 쫄아드는 불편한 느낌이 든다. 아니 저렇게 비싼 차를 끌고 다니는 사람은 밖에다 차를 세워두고 불안해서 어찌 잠이 올꼬 싶다. 아마도 큰 집에 널널한 주차장을 겸비하고 있겠지? 내가 참 별걱정을 다 해요.

　내가 만약에 고가의 외제차를 몰고 다닌다면 작은 스크래치 하나에도 발끈해서 그렇게 한 사람에게 물어내라고 할 테고, 상대방은 아마도 나를 싸가지 없고 돈만 있는 할마씨라고 생각할 것이니 그건 좀 재미없는 세상이 될 것 같다(곧 죽어도 능력이 없다는 말은 안 한다).

　고물차를 끌고 다니고 명품백도 없지만 나는 내 자동차 라이프 스타일이 명품이라고 자부한다(잘난 척이 쩔어요. 호홋).

　+　　그 차는 이 글을 쓴 6개월 뒤 폐차했다.

보따리를
싼 쪽이

행랑채에
사는
법이다

우리 집에는 안방, 장가가기 전의 아들 방 그리고 명목상의 딸내미 방이 있고 서재가 있다. 안방에는 장롱이 있고 문갑도 있고 화장대도 있다.

지금 안방의 주인은 남편이다. 나? 명목상으로는 딸 방인 곳에서 살고 있다. 딸은 서울에서 독립해서 살며 직장 생활을 하고 있기 때문에 1년에 집에서 자는 날은 명절 때 며칠, 그리고 휴가 때 아주 가끔 사용할 뿐이다. 그러므로 지금은 내가 이 방에서 살아도 아무 문제가 없는 것이다.

이 방에는 싱글침대가 하나 있고 서랍장이 있는데, 그 위에다 화장품 적당히 진열해놓고 대충 산다. 아들내미 방은 장가가면서 자기 소지품을 챙겨 가지 않았기 때문에 짐이 그대로이기도 하지만 평소에 잘 쓰지 않는 허접한 것들을 갖다 두기도 해서 창고같이 돼

버렸다.

남편은 화장대 앞에 앉아서 우아하게(?) 스킨도 바르고 로션도 바른다. 물론 거울을 들여다보면서 빗질도 한다. 나는 화장할 때도 대충 섰다 앉았다 하면서 작은 손거울로 보다가 화장실 거울에 가서 보고 하기도 한다.

그러면 이게 왜 이렇게 되었느냐, 내가 안방을 박차고 나왔기 때문이다!!! 뭐 박차고 나왔다곤 하지만 실제로는 아무 표시 나지 않게 슬그머니 이쪽 방에 와서 자기 시작한 것이다. 그러니까 남편이 크게 느끼지 못하도록 이쪽 방에 와서 잤다가 안방에서 자기도 하다가 그러다가! 그냥 확실히 이제 내 방이 정해져버린 것이다.

그러니 이제 와서 "본래 화장대가 있는 안방이 내 방이니 당신이 싱글침대가 있는 딸내미 방으로 가시오" 할 수는 없는 노릇이어서 나는 옛날로 치면 행랑채에서 살게 된 것이다. 몇 년 전에 방영한 드라마에서 '보따리를 싼 쪽이 행랑채에 사는 법'이라는 대사를 듣고는 내가 무릎을 쳤다는 거 아니냐.

행랑채에서 사는 게 억울할 것도 없지만 일이 여기까지 오게 된 데는 남편의 책임이 없다 할 수도 없다. 안 그래도 남편이 좀 성가스러운 50대에 아이들이 상급 학교로 진학하고 빈방이 생겼는데, 나는 좀처럼 쉽게 잠들지 못하는 체질이고, 갱년기를 겪으면서 불면증에다 약간의 우울증까지 생겼던 것 같다. 그런데도 남편은 권위적이고 독선적인 성격이라 겨우 잠든 사람 깨워서 물심부름까지 시켜먹는 스타일이니 어떻게 같이 붙어 자고 싶었겠냐고.

지금이야 각방에서 자는 게 자연스러운 것이 되었지만, 이것이 당연히 여겨지기까지는 남편의 트집이 여간 아니었기 때문에 좀 괴롭기도 했다. 누군가가 혼자 자다가 돌연사를 했다느니 어젯밤에 자다가 다리에 쥐가 나서 불렀는데도 안 왔다느니 해가면서 안 방으로 돌아오라고 우회적으로 종용을 하기도 하다가 어떨 땐 막화를 내기도 하다가…. 하여간 뭐 어쨌거나, 지금은 서로 이 방법을 자연스럽게 수용하고 있는 것이다.

몇 년 전부터 돌아다니는 우스개에 30대 부부는 마주 보고 자고 40대는 반듯이 누워서 천장을 보고 자고 50대는 등을 돌리고 자고 60대는 각방에서 자고 70대는 어데 가서 자는지도 모른다고 한다는데, 나도 이제 70대니 영감탱이는 어디 가서 자는지 마는지 신경 끄고 이곳에서 할머니 토크나 해볼까? 남편이 보면 기분이 안 좋을 것 같다고? 걱정 없슈. 성질 드러븐 영감탱이 이런 글 절대로 안 볼 테니.

어 릴
때 부 터

독 서
지 도 가

꼭
필 요 한 가 ?

　우리가 어렸을 때는 누가 책을 사주면서 읽으라고 한 적이 없다. 책을 읽어야 한다고 아무도 강조하지 않았고, 교과서 외에 책이라는 걸 별로 구경하지도 못했다. 기껏해야『엄마 찾아 삼만 리』나『에밀레종』같은 만화를 어쩌다 읽은 정도인데, 그것도 기회가 쉽게 오지는 않았다. 국민학교 3학년쯤이던가 언니가 어딘가에서 안데르센 동화집을 빌려 와 읽는데 그게 너무 보고 싶어서 안달을 냈던 기억이 있다. 그러니까 어른들이 책을 읽으라고 닦달을 하지 않아도 어떤 아이들은 책 읽기를 좋아했고, 어떤 아이들은 굳이 책을 읽어야 한다고 생각하지 않았다. 그렇다고 책을 많이 읽은 아이가 공부를 더 잘하거나 더 훌륭한 사람이 되는 것 같지는 않았다.

　중학교에 들어가서 학교 도서관 견학을 하고는 시쳇말로 '뽕' 가서 책 빌려 읽는 재미로 학교를 다녔다. 하루는『괴도 루팡』을 빌려

다 읽던 중이었는데, 깐깐한 말본(그때는 국어문법 수업이 있었다. 얼마나 지루하던지) 선생님의 주어·술어·형용사·부사 따위의 설명이 도무지 귀에 들어오지 않았다. 루팡의 눈부신 활약이 궁금해서 견딜 수가 없는 것이다. 그래서 교과서에다 소설책을 끼워서 읽고 있었는데, 그만 선생님께 들켜버렸다. 당연히 그 책은 압수당했고 나는 호된 꾸지람을 들어야 했다.

문제는 압수당한 책을 찾으려면 교무실로 가서 사정을 해야 하는데 그러기가 죽도록 싫은 것이다. 온갖 핑계를 대서 어머니께 타낸 돈으로 새 책을 사서 도서관에 반납했는데 그때 돈으로 450원이었던 것이 지금도 뚜렷이 기억이 난다. 그 당시 맹꽁이 운동화(검정색 학생 운동화로 발등에 흰 선이 있음)가 450원이었다. 1960년대 초에 일반적인 책 한 권 값이 450원이었으면, 지금 일반적인 책 한 권 값을 1만 2,000~3,000원으로 잡을 때 그때로부터 물가가 스물다섯 배 정도 올랐다는 걸까? 아무튼 물가를 이야기하려고 한 게 아니지, 참.

아이들을 키우다 보니 책 읽기를 좋아하는 아이(딸)와 싫어하는 아이(아들)가 있다는 걸 알게 되었다. 작은아이는 책이라면 다 읽어 치우는 반면 큰아이는 도무지 책 읽기를 싫어하는 것이다. 가끔 TV에 교육학자가 나와서 아이들에게 책을 읽게 하려면 부모들이 먼저 책 읽는 모습을 보여주어야 한다는 전문가다운 말을 하는데 나는 그 말을 믿지 않는다. 다른 건 몰라도 책 읽기라면 나와 남편은 그야말로 아이들의 모범이 될 만했다. 우리 집에는 잠자는 머리맡은 물론이고 화장실, 거실, 부엌 구석구석 책이 없는 곳이 없을 정도였다. 그러니 부모들이 책을 안 읽기 때문에 책을 읽지 않는다는 것은 말짱 헛말이라는 생각이 들밖에….

책을 읽기 싫어하는 아이에게 책을 읽히려고 어린이용 얄개물을 사다 주기도 하고 책을 한 권 다 읽었을 때는 보상으로 선물도 주고 용돈을 주기도 해봤으나 습관을 들이기엔 허사였다. 혹시 책을 읽지 않으면 궁금해서 못 견딜 만한 내용이면 아이가 책 읽기에 흥미를 보일까 싶어 추리물을 사다가 읽기를 권했는데 읽으라는 큰아이는 읽지 않고 작은아이가 열광적인 책 읽기에 빠져버렸다. 그 덕분에 나도 추리물을 많이 읽게 되었는데 그때 사서 읽었던 애거서 크리스티의 대부분의 책과 코난 도일의 셜록 홈스 시리즈, 윌리엄 아이리시의 『환상의 여인』 등 많은 책이 아직도 서가의 한 귀퉁이를 차지하고 있다. 지금도 작은아이는 미스 마플이나 에르퀼 푸아로, 브라운 신부 등이 마치 친구나 되는 듯이 나와 이야기를 주고받기를 좋아한다.

말이 나왔으니 하는 말인데 나는 고전적인 시대의 추리물을 좋아했지만 현대물도 좋아했다. 프레더릭 포사이스의 『자칼의 날』, 제프리 아처의 『황제의 초상화』 같은 것이 기억에 남는다. 또 아이들이 좀 더 컸을 때, 우라사와 나오키의 만화책 『마스터 키튼』 전 18권을 온 가족이 경쟁적으로 돌려가며 읽은 기억은 더욱 각별하다. 내가 추리소설을 좀 읽었다고 자랑하는 것이 아니라 아이와 같이 흥미 있는 책을 읽고 같이 이야기를 나누는 즐거움을 누려야 제대로 된 읽기 지도가 되는 게 아닐까 싶다.

아이들에게 하드커버의 무슨 문학전집이나 위인전을 턱 안겨주면 한두 권 읽다가 내팽개쳐 버린다. 본전 생각이 난 엄마가 책 읽기를 독려하면 아이는 점점 더 책 읽기가 싫어진다. 어릴 때는 마냥 놀 수 있도록 놔두고 좀 더 자라면 아이가 흥미 있어 하는 것부터 조금씩 추천해주면 좋을 텐데, 요즘은 어린이용 책이 너무 넘쳐나서 사실 어떤 걸 택해서 읽혀야 할지 갈피를 잡을 수가 없다. 어린 아이들에게 이렇게 많은 책을 안겨주고 압박감을 느끼게 할 필요가 있나 싶은 생각이 들 때도 있다.

다 자란 딸이 엄마가 책을 전집으로 사주지 않아서 너무 다행이었고, 책을 읽기 시작했을 때 재미있고 흥미로운 책으로 책 읽는 즐거움을 알게 해주어서 참 좋았다는 말을 한다. 책을 읽는 것은 즐거움이고 그것을 아는 사람은 누가 말하지 않아도 찾아 읽기 마련이다.

내가 볼 땐 책을 읽는 데도 소질을 좀 가지고 있는 사람이 있고 그렇지 않은 사람이 있다. 그런데도 일률적으로 무조건 책을 많이 읽는 것이 좋은 것처럼 아이 때는 기어이 책을 읽히려고 애를 쓰다가 정작 아이들이 좀 자라고 나면 책 읽지 말고 공부하라고 닦달을 하니, 이게 뭔가 거꾸로 된 게 아닌가 싶다. 결국 아이들을 책 읽기가 부담이 되는 사람으로 만들어놓는 것이다.

참, 책을 잘 읽지 않던 우리 큰아이는 지금 생각해보면 비디오형의 인간이라, 얘는 영화 보기에 그렇게 열정적으로 빠져 있는 타입인 것이다. 2,000여 편의 영화에 별점을 매기고 짧은 비평을 써놓았다고 한다. 어쨌든 인생을 어떤 자료로 이해하는가 하는 방법은 저마다 다를 것이다.

사람은 자기가 하고 싶은 어떤 것이 있기 마련인데 어릴 때부터 독서, 독서 하면서 아이들이 독서에 반감을 가지게 해놓으면 남의 글을 허투루 훑어보고는 엉뚱한 비평을 하거나 제대로 이해를 못 하기도 하는 것 같다. 내가 어떤 매체에 글을 몇 편 올리면서 느낀 바이기도 하다. 이제는 꼭 제대로 된 책을 읽어야만 하는 것도 아니고 전자책도 있고 온갖 압축된 글을 스마트폰으로 볼 수 있지 않나. 그러면 이걸 잘 읽어야 이해를 할 테니, 굳이 책이라는 형태로 되어 있지 않더라도 남의 글을 의도한 대로 잘 읽는 연습 정도는 해야 할 것 같다.

맛 있 는   5분

오래전에 읽은 글 중에서 어느 영문학자가 쓴 수필이 있는데 자기가 읽은 책 중에 '맛있는 5분'이라는 글에 이런 대목이 있었답니다.

하인이 주인을 깨우면서 말합니다.

"주인님, 일어나실 시간입니다."

"으음~ 그런가. 면도할 준비는 해놨니?"

"네, 준비하겠습니다."

하인이 물러나 면도할 준비물을 챙길 그 짧은 순간 침대에서 머무는 시간이 그렇게 맛있을 수 없다는 겁니다. 그런 식으로 이 책은 인생에서 그렇게 짧은 행복한 시간들을 나열해놓았습니다. 이 영문학자는 거기에다 아주 재미있는 추리소설을 구해서 읽을 생각을 하며 집으로 돌아가는 그 시간은 애인과의 데이트를 앞에 둔 것처럼 가슴 두근거리는 맛있는 시간이라고 했습니다. 덧붙여서 죽어야 할 피해자는 독자가 애착을 가질 시간이 없어야 하기 때문에 되도록이면 빨리 죽어야 한다는 글도 있었는데, 제대로 된 추리를 하려면 피해자에 대한 애도를 길게 하고 있어서는 곤란하다는 내용이었지요. 그 말이 공감이 가서 지금도 기억하고 있지요.

이렇게 살아가는 동안 이런 맛있는 5분은 숨은그림찾기처럼 곳곳에 있는 것 같아요. 따뜻한 욕조에 몸을 담글 때 "아! 아! 행복해"라고 말하면 실제로 행복해진답니다. 읽고 싶었던 책을 도서관에서 쉽게 빌려 올 수 있었을 때, 우연히 켠 라디오에서 듣고 싶었던 음악이 흘러나올 때, 비 온 뒤에 세수한 것 같은 초목들을 바라볼 때, 간단한 요리라도 간이 잘 맞아서 식구들이 맛있다고 야단일 때, 구석구석 청소를 말끔하게 끝내고 커피 한 잔을 들고 깨끗해진 집 안을 둘러볼 때, 한창 더운 계절 땀 뻘뻘 흘리며 다림질을 끝내고 차가운 물로 샤워할 때, 이럴 때 저럴 때 찾아보면 맛있는 순간들이 얼마나 많은지요. 단어 하나에 대한 생각들도 줄을 꿰어서 생각하면 맛있는 순간이 되기도 했어요.

♬~ ♪창문을 열어다오~
내 그리운 마리아
다시 널 보여다오
아름다운 얼굴♬~ ♪
내 맘을 태우면서
밤마다 기다림은

그리운 그대 음성 듣기 원함일세 ♬~ ♪

중학교 1학년 때 음악 선생님이 세레나데를 가르치면서 설명하기를 세레나데란 여자를 사랑하는 남자가 여자의 창밖에서 부르는 구애의 노래라고 하셨습니다. 노래도 좋았지만 나는 그때부터 꿈을 꾸었습니다. 내가 다 큰 처녀가 되면 누군가가 창가에 와서 세레나데를 부르리라고…. ㅎㅎㅎ

그렇다면 대학 다닐 때쯤엔 누군가가 나에게 와서 세레나데를 불러주어야겠는데, 그러자면 내가 발코니가 있는 아름다운 창문이 있는 집에서 살아야 마땅했지요. 하지만 가난한 서울 유학생은 학교 앞의 보증금 5만 원에 월세 5,000원짜리 자취방에서 그것도 후배랑 같이 사는 형편이었으니…. 발코니는커녕 조그만 창문도 마당으로 나서 도무지 분위기가 영 아니올시다였습니다.

담장을 사이로 같은 학교 남학생들의 하숙집이 있었던 모양인데 하루는 그 담장 저쪽에서 한 남학생이 후배 이름을 불러대는 겁니다. 그 당시만 해도 남녀가 유별한 때라 후배는 영 죽을 맛이 되어서는 방에서 꼼짝도 안 합니다. 남학생은 딴에는 세레나데쯤으로 생각하고 그렇게 불러댔겠지요. 하도 시끄럽게 굴어서 내가 나가보니 담장 위에 봉지를 하나 올려놓았더군요. 그걸 내려보니 밀감이 몇 개 들어 있었습니다. 내가 그 봉지를 가지고 들어가는 걸 안 남학생은 곧 조용해졌지요. 담장 위에서 차가워진 밀감은 맛이 아주 일품이었습니다.

그 뒤에 후배와 그 남학생과 또 다른 하숙생 이렇게 넷이서 차를 마실 기회가 있었는데 내가 "세상에 그날 이름을 서른세 번이나 부르더라"(물론 세어본 건 아닙니다) 했지요. "보신각 종도 서른세 번 치잖아요" 하는 대답이 돌아옵니다. 넷이서 즐겁게 웃어댔지요.

그 후의 일은 별 기억에 없지만 토셀리의 세레나데나 슈베르트의 세레나데를 들으면 그 겨울의 차가운 밀감 맛이 생각납니다. 내 창가에 와서 세레나데를 부른 사람은 하나도 없었지요. 나는 발코니가 있는 근사한 창문이 있는 집에서 한 번도 살아보지 못해서라고 생각하고 있습니다만. 지금 생각해보면 이런 순간들도 참으로 맛있는 순간이었지 싶습니다.

인생이 뭐 콧노래 나오는 소풍은 아니더라도 여러분, 맛있는 5분을 찾아보세요.

내가
교과서에서

배운
것

비비새가 혼자서 / 앉아 있었다.

마을에서도 / 숲에서도 / 멀리 떨어진, / 논벌로 지나간 / 전봇
줄 위에,

혼자서 동그마니 / 앉아 있었다.

한참을 걸어오다 / 되돌아봐도, / 그때까지 혼자서 / 앉아 있
었다.

정확하지는 않지만 초등학교(우리는 국민학교라고 해야 실감이 난
다) 3~4학년 시기에 국어 교과서에 실려 있던 「돌아오는 길」이라
는 동시다. 내가 70세도 훨씬 넘은 나이에 초등학교 때의 교과서
내용을 기억하고 있다고 하면 다들 기억력이 좋다고 하지만 나 말
고도 더러 기억하는 사람들이 있을 것이다(우리 세대의 분들이 계시

면 공감해주시기를…).

아람도 안 벌은 밤을 따려고
밤나무 가지를 흔들다 못해
바람은 마을로 내려왔지요

「가을바람」의 이런 구절도 뜬금없이 떠오르는 것이다.

우리가 어렸던 시절에는 아이들에게 동화책을 사준다거나 하는 일은 생각지도 못하고 자라던 세월이었기 때문에 학교에 들어가고 나서야 책이라는 걸 보게 되었다. 그랬기 때문에 글을 어느 정도 잘 읽게 된 시기쯤에 교과서에 쓰여 있던 시나 이야기가 너무 재미있고 좋아서 여러 번 읽었을 것이다. 그래서 머릿속에 강하게 남아 있었던 게 아닐까 생각해본다.

나중에 나이가 들어서 초등학교 3학년 국어 교과서에서 배웠던 「팔려 가는 당나귀」가 『이솝우화』에 실려 있고 「행복한 왕자」가 그 유명한 오스카 와일드의 작품이었다는 걸 알고 새삼 놀라기도 했다. 아마도 요즘 아이들은 어릴 때부터 동화책을 많이 읽어서 우리 세대와 같은 기억은 없을지도 모른다. 정보가 많다 보면 오히려 기억에 남는 것이 없을 수도 있기 때문이다.

중·고등학교의 국어 교과서를 통해서는 누구나 그러하겠지만, 아마도 우리 정서의 바탕이 되는 어떤 것들을 형성하지 않았겠나 싶은 구절들이 뒤죽박죽으로 생각나기도 한다.

비 오자 장독간에 봉선화 반만 벌어

해마다 피는 꽃을 나만 두고 볼 것인가

세세한 사연을 적어 누님께로 보내자

중학교 교과서에 수록되었던 「봉선화」다.

해마다 봄이 오면 저절로 이런 시구가 생각난다.

꽃등인 양 창 앞에 한 그루 피어오른

살구꽃 연분홍 그늘 가지 새로

작은 멧새 하나 찾아와 무심히 놀다 가나니

「춘신」이라는 시의 첫 구절이다.

그리고 겨울이 와서 눈이라도 흩날리면 으레 「설야」라는 시의
구절이 생각난다.

어느 머언 곳의 그리운 소식이기에

이 한밤 소리 없이 흩날리느뇨

그 외에도 알퐁스 도데의 「마지막 수업」과 스테파니 아가씨가
목동의 어깨에 기대어 잠이 들었다는 「별」과 안톤 슈낙의 『우리를
슬프게 하는 것들』에 나오는 "왕자같이 놀랍던 아카시아 수풀은 베
어지고 말았다. 이 모든 것이 우리를 슬프게 한다" 이런 문장은 아
마도 「시적 변용에 대하여」에 나오는 구절과 같이 작용할 것이다.

우리의 모든 체험은 피 가운데로 용해한다. (…) 구름같이 피어올랐던 생각과… 읽은 시 한 줄, 지나간 격정이 모두 피 가운데 알아보기 어려운 형태로 용해되어 기록으로 남는다.

이러한 것들은 배운 지 수십 년이 지나고도 나의 어떤 곳에 남아 있어 툭하면 익숙하게 튀어나오곤 한다.

수필은 청자연적이다. 숲으로 난 오솔길이다. 몸 맵시 날렵한 여인이다.

이것은 피천득 님의 「수필」이라는 글인데 교과서에 수록되어 있었다.

모든 것이 다 긍정적이지만은 않다. 몇 학년 때인지 기억이 또렷하지는 않지만 초등학교 도덕 교과서에 남편의 손님을 접대하기 위하여 없는 살림에 머리채를 잘라 음식을 장만했다는 이야기가 나온다. 자라서 생각해보면 터무니없는 시대상을 반영한 데다가 남녀차별적인 내용이어서 실소를 금할 수가 없다.

물론 다른 과목의 내용도 생각나지만 한창 감수성이 풍부한 학창 시절에 어떤 것보다 강렬하게 남아 우리의 정서를 형성한 것은 국어 교육과 음악 교육(여고 동창들과 여행 갔을 때 학교 때 배웠던 노래를 다 같이 불러봤는데 친구들도 거의 대부분 기억하고 있었다)이 아니었을까 하는 생각이 든다.

지금은 다양해지고 변화한 시대에 맞게 인재를 길러내기 위한 교과서가 만들어지고, 더 많은 교육자분들이 많은 연구를 하고 있겠지만 교과서의 내용을 빼거나 추가하는 것은 정말로 심사숙고해야 할 일이라고 생각한다. 교과서는 그것을 배우는 세대의 시대정신을 만들어놓기 때문이다.

전후의 그 어려운 시대에 우리를 키운 교육자들이 있어 지금의 내 생각이 있고 내 정서가 형성되었다는 생각에 새삼 감사한 마음이 든다.

너 무 합 니 다

나는 6·25전쟁도 겪고(비록 두 살이어서 어머니 등에 업혀서 피난을 갔다지만 어쨌든), 4·19와 5·18 등등 국가적인 중대사를 한 몸으로 겪었으며(누군들 두 몸으로 겪었겠냐만), 또한 수없이 많은 세균과 바이러스와 질병들 그리고 여러 위험 요소 기타 등등의 인생살이를 뚫고 65세라는 고지에 올랐다. 그랬더니 국가에서 무공훈장, 아니 지공거사라는 칭호와 더불어 지하철을 공짜로 이용할 수 있는 어르신카드를 발급해주는 것이었다. 그것도 내가 직접 부산은행 창구에 가서 신청해서 받았다.

나이가 이쯤 되면 사람들이 아침에 일어나서 동네 뒷산엘 올라가서는 내려오지를 않는다는 것이다. 산에 올라가면 커피 자판기도 있고, 오리고깃집에다 보리밥집도 있고, 막걸리를 파는 국숫집도 있다. 하계로 내려가 봐야 공기만 나쁘다며 공기 좋은 산 위에서 휴식을 취할 만큼 소일하다가 천천히 내려온다는 것이다. 그래서 일찍이 독일의 괴테 옹께서 한국의 이런 사태를 예견하시어 이렇게 말씀해두셨다.

"모든 산봉우리마다 휴식이 있나니."

나도 일주일에 한 번씩 친구 서너 명과 같이 산에 가는데 등산이라고 하기엔 좀 그렇고 그냥 가까운 근교의 산(주로 성지곡 수원지, 금정산, 황령산, 장산 등)을 두세 시간 걸을 정도의 거리를 올라갔다가 내려온다. 요새는 각 지자체에서 산책로를 정비하고 산 중턱의 반반한 땅만 있으면 여러 가지 운동기구를 설치하여 국민건강 증진에 지대한 공을 들이는 바람에 어딜 가도 거의 비슷한 풍경으로 보인다. 산 중턱까지는 그래도 사용자가 더러 있을 수도 있겠지만 산꼭대기까지 올라와서 또 운동기구를 사용할 사람이 무에 그리 많을까 싶다. 게다가 조금 걷기 힘든 지역만 나오면 '데크'라던가 하는 목재를 본뜬 재질로 만든 길이 등장한다.

가끔씩은 이렇게 해놓으니 덜 불편하고 좋구나 싶기도 하지만, 대부분은 뭘 굳이 이렇게까지 해놓아야 할까 싶은 생각이 든다. 지자체들이 자금난으로 경영이 어렵다고들 하는데 어째서 이런 꼭 필요하지 않은 부분은 이렇게도 재빠르게 설치들을 척척 할까 싶은 의문도 든다.

작년에 없던 구조물들이 올해 떡하니 자리 잡고 설치되어 있다. 우리 동네 놀이터에 있는 운동기구와 다른 동네 뒷산 중턱에 있는 운동기구가 같은 색깔과 같은 업체의 것이어서 더 수상한 생각이 드는 것이다. 아니지 아니지, 우리나라는 좋은 나라니까 담당 공무

원들이 너무 열심이어서 그렇게 된 거겠지. 통과.

한참 걷다 보면 어디서 뽕짝뽕짝 쿵짝쿵짝 요란한 노랫소리가 들려온다. 주로 나이 든 아저씨 풍의 남자 사람이 손에 들고 다니는 음향기기에서 나는 소리이다(가끔씩 여자도 있다). 자신의 취향을 다른 사람에게 강요한다는 생각은 전혀 없고 자신의 취미생활을 자랑 삼아 공공연하게 즐기는 것 같은데, 내가 볼 때 이런 사람은 구속 입건 수사해야 한다고 생각한다. 다른 사람의 짜증을 유발하여 사회에 불만분자를 심으려고 하는 수상한 행동을 하는 이유가 무엇인지 꼭 밝혀내야 한다고 나는 생각한다. 문제는 이런 사람들이 꽤 많다는 데 있다.

사실 나는 노래를 엄청 잘하기 때문에(믿거나 말거나) 산꼭대기에 올라 목청껏 노래를 불러보고 싶지만 다른 사람의 취향을 고려해서 아직 한 번도 불러본 적이 없다. 내가 이래 교양이 있는 사람이다.

국가에서 발급해준 어르신카드는 발급 이후 10년이 다 되어가지만 열 번쯤 사용한 것 같다. 우리 집 앞엔 버스 정류장이 있고 지하철역은 느린 할머니 걸음으로는 20분쯤 걸리니 이용할 기회가 그리 많지 않은 것이다.

공짜 승객이 지하철을 수시로 이용해서 지하철의 적자에 지대한 영향을 주고 있다는 기사를 본 듯도 한데, 그렇다면 형평성의 원칙에 어긋나는 것이 아니냐. 지하철역에서 멀리 떨어져서 사는 사람은 어째 손해를 보는 것 같다. 아니지, 지하철이 아예 없는 지역도 있을 수 있으니까. 그럼 이것은 부산에서만 추진해온 특수 상황인 것일까? 그런 것 같지는 않은 게 서울에서 춘천으로 공짜 지하철을 타고 닭갈비 먹으러 가는 노인분들의 이야기가 실린 신문 기사를 본 기억이 있다.

그렇다면 나는 점점 더 궁금해지네. 지하철 없는 지역의 노인분들에게는 어떤 경로 우대 정책을 실시하고 있을까? 만약 없다면 도농 간의 차별이 심한 건 아닐까? 그렇다면 국가에서는 왜 이런 제도를 고수하는 걸까? 아니, 나는 왜 갑자기 궁금한 것이 많은 노인네가 되어 골치를 썩이고 있는 거냐 말이다. 마, 됐고.

다른 사람에게 자신의 취향을 강요하는 행위로 같은 공간에 사는 사람을 고문하는 남자 사람이 우리 집에도 있다. 본격적으로 야구 시즌이 도래한 것이다. 자기가 응원하는 '놋대야' 팀이 야구를 하면, 거실에 있는 TV를 크게 틀어놓고 본방송은 당연히 보고 방송 3사의 스포츠 뉴스는 물론이고 이어서 〈아이 러브 베이스볼〉 기타 등등을 다 보고도 뒷날 아침에 일어나서 재방송까지 보고야 마는 이런 사람은 당연히 구속 입건 수사해야 할 대상이라고 나는 생각한다.

내 언젠가는 기필코, 꼭 산 위에 올라 노래를 부르리라. 노래 제목 〈너무합니다〉.

커 피

　　　　　　커 피

커 피

요즘 우리나라 사람들은 아마도 커피만 먹고 사는 모양이다.
우리 동네 인근에(달맞이 언덕을 지나서 송정 쪽의 바닷가 근처) 요
2~3년 사이에 커피집이 줄잡아 30여 곳이 새로 생겨난 것 같다.
스타벅스를 비롯해서 세계의 프랜차이즈 커피집들은 모조리 다
들어찼다. 남편이 퇴직 후에 작업실이 필요하다고 해서 송정 바닷
가에 작은 오피스텔을 마련했는데 그때만 해도 그 인근에는 커피
집 두어 개, 레스토랑 두엇 정도 있었다. 그런데 요 근래에 갑자기
들어서는 것은 모조리 커피집이다. 그 많은 커피집들이 안 망하고
영업을 계속한다는 것이 신기할 따름이니 정말 많은 사람들이 커
피를 하루에도 몇 잔씩 마시는 거라고 짐작할 수 있겠다.
　50년도 훨씬 더 전의 일이지만 갓 대학생이 되어서 우리가 자유
인의 증표로 갈 수 있는 곳으로 다방이 있었다. 고향에서 서울로 유

학 온 친구들끼리 만나려면 그래도 잘 알려진 다방에서 만나는 수밖에 없었기 때문에 그때 우리는 시내에 좀 유명하다는 다방들은 제법 알아두고 있었다.

지금의 교보문고 빌딩과 같은 선상에 있었던 자이언트다방은 최신 인테리어로 이름이 나 있었고, 국립극장 근처에 있던 명동의 훈목다방은 클래식을 들려주는 음악다방으로 유명했다. 오랜만에 고향 친구들을 만나서 그동안 서울 말씨에 좀 눈치 보였던 고향 사투리를 마음 놓고 떠들고 있으면 그렇게 즐거울 수가 없었다. 드물긴 했지만 단체 미팅 같은 것도 다방에서 진행되었기 때문에 그 당시에 다방이라고 하면 우리에겐 꽤 흥분되는 장소였던 거고, 커피를 주문하면서 "크림 빼고 그냥 블랙으로"라고 말하는 사람은 엄청 근사해 보이기도 했다.

당시에는 미군 피엑스에서 흘러나왔음 직한 미제 커피가 주종이었고 그 메이커 중에서 MJB(아직도 무슨 뜻인지 모름)라는 커피가 있었는데 우리는 그것을 '미제병'의 약자라고 했었다. 동서식품에서 커피를 판매하기 전까지는 거의 모든 커피가 그처럼 어딘가에서 흘러 나오거나 흘러 들어온 외국의 커피(모카, 블루마운틴 등이 있었다)였으므로 어떤 것이 진짜 커피 맛인지는 잘 몰랐다. 그런데 요즘은 원두의 품질이 어떻고 원산지가 어떻고 맛의 농담이 어떻고 참 아는 것도 많아요. 혹자는 이런 커피 까탈쟁이를 커피 스노브(coffee snob)라고 하면서 일종의 자기 과시적인 허세꾼으로 보기도 하는 모양이던데, 실제로 커피라는 것이 자기 입에 맞아야 하는 기호품이니 까탈을 좀 부린들 어쩌겠는가. 원두는 어느 정도 볶아야 하고 어디 산으로 생두가 어쩌고 따지면서 마시는 것이 더 멋있는 방법이기는 하겠으나, 내 입은 한없이 저렴해서 믹스커피도 오케이다.

한때 다방의 전성시대를 지나서 차츰 다방이 줄어들고, 나름대로 멋을 부린 마담도 다방 '레지'(그때는 이렇게 불렀다)도 저 시골의 어느 귀퉁이에서 명맥을 유지하고 있다. 그러는 동안 도시에서는 전문 커피집들이 생겨나기 시작하더니 어느샌가 (누구나 다 느끼겠지만) 커피전문점 전성시대가 된 것 같다. 밥값보다 더 비싼 커피값이라고 표현을 하지만 어느 시대나 커피값은 밥값보다 비쌌다. 그것은 안락한 의자와 쉴 수 있는 장소를 이용하는 값까지 포함된 거란 점을 누구나 인정하기 때문이었다. 그렇다면 테이크아웃하는 커피는 당연히 할인된 가격을 받아야 하는 것일 텐데 꼭 그렇지도 않은 모양이다.

어쨌든 그런 식으로 커피와 인연을 맺어서는 50년 넘게 둘의 관계를 이어오다 보니, 이것은 지독한 팜므 파탈에 사로잡힌 꼴이 되어 멀리하고 싶어도 결코 멀리할 수 없는 무언가가 되어버렸다.

결혼 전 직장 생활을 하는 동안 저혈압인 나는 오전에 거의 비실비실한 편이었기 때문에 눈만 뜨면 빈속에 커피부터 마셨다. 그래야만 정신이 좀 또렷해지고 장도 좀 움직이는 것 같았고, 식도를 타고 찌르르르 내려가는 느낌도 좋았다. 한번 들인 습관은 그러지 않아도 좋을 시기가 되어도 끊어내기가 쉽지 않았다. 가끔씩 누군가로부터 빈속에 커피를 마시는 건 좋지 않다는 경고를 받기도 했으나 그때뿐, 별 대수롭지 않게 생각했다.

건강검진을 하면서 위장 내시경을 했더니 염증이 좀 심하고 치료를 요한다고 나왔다. 커피가 내 위염에 지대한 영향을 미쳤을 것으로 추정된다. 한 달 반 동안 의사의 처방대로 약을 먹었더니 어쩌다 커피를 한두 잔 먹어도 별 탈이 안 느껴졌다. 그래서 좀 마음 놓고 또 커피를 마셔주었더니 신물이 올라오고 위산과다 증세를 보인다. 다시 의사에게 가서 "저 커피를 좀 마셨더니 자꾸 신물이 나요"라고 하니 의사가 "이제부터 커피는 안 마시는 걸로 해야 합니다. 위산과다에 커피는 금물입니다"라고 말한다.

흐엉~ 이건 뭐야! 50년 넘게 친하게 지내온 친구와 헤어지라는 명령 아닌가?

『生活 약차』라는 책의 부제가 '그동안 커피를 너무 마셨어!'다. 나의 체질에는 처음부터 커피를 몰랐더라면 더 좋은 인생을(신체적으로. 그러나 정신적으로는 확실히 모르겠다) 살아올 수 있었을 것이다. 예민하고 신경이 약해서 각성 효과가 너무 빠르고 해서 평생 잠도 잘 안 오고 위장도 튼튼치 못한 주제에, 그래 그동안 커피를 너무 마셨어. 그래도 혹시 신물이 나지 않는 커피가 있지 않을까? 기대해보지만 이제 이쯤에서 헤어지자. 다시 한번 헤어지자! 커피여! 안녕.

부지런   금지

국내 여행을 좀 해보면 전국 곳곳에 길을 잘 내어놓았고(지금도 계속 새 길을 뚫고 있다), 지자체마다 관광객들을 끌어들이기 위해서 무슨 무슨 이유(역사적인 또는 문학적인 등등)를 끌어다 붙여서 깔끔하게 정비를 해놓고(이 부분에서 리얼리티가 떨어진다), 또 무슨 공원이다 유원지다 해서 여러 위락 시설을 만들어놓았다. 마치 지자체가 해야 할 일이란 게 타지의 관광객을 끌어들여 우리 지역이 잘살아보세! 하는 것이 다인 것 같은 인상이다.

국민들의 호응도 좋아서 무슨 축제니 하는 명분만 있으면 당연히 사람들이 도처에서 모여든다. 왜냐하면 우리나라 사람들은 뭔가 '보람찬 인생'을 살았다는 뿌듯함을 맛보기 위해서는 다른 사람이 하는 것은 다 해봐야 직성이 풀리겠기 때문이다. 그 덕분에 아웃도어 시장이 엄청 발전한 것처럼 이제 캠핑과 관련된 제품이 날개를 단 것 같다.

　그러다 보니 행락철의 주말 9시 뉴스에서는 첫 번째가 어느 고속도로가 체증을 일으켜 몇 시간씩 정체가 되었다는 소식부터 나온다. 차를 타고 멀리까지 안 가더라도 도시에서 가까운 산들은 등산객들에 의해서 짓밟히고 엉망이 되어가는 것 같다. 수많은 사람들이 줄지어서 산으로 몰려가는 것을 보고 있으면 내가 다 산에게 미안하다. 열심히 사는 것도 좋고 자신의 건강을 돌보는 것도 좋은 일이다. 그렇지만 매일 동네 산에 올라가서 나무에다 대고 등을 쿵쿵 부딪치고(나무는 무슨 죄람), 산이 몸살이 날 만큼 피로하게 하고(피켓에 찔려서 산이 아플 것 같다), 주말이면 근교 산에 올라 고함이라도 질러야 보람된 하루를 보낸 것 같은 생각이 들도록 세뇌가 되어 있는 것 같다.

　한마디로 너무 부지런을 떨어가며 살고 있지는 않은지. 좀 느긋하면 좋을 것 같은데 매스컴이 부추겨서 사람들에게 어딘가 가서 무엇인가를 즐기지 않으면 손해라도 볼 것 같은 느낌이 들게 하는 것 같고, 신문마다 주말여행 안내에다 맛집 소개까지 알뜰살뜰하기도 하다. 내가 아끼고 싶은 어떤 곳이 신문에 소개가 되면 겁부터 난다. 얼마 지나지 않아서 그곳이 곧 엉망이 되지나 않을까 해서다. 사람들이 많이 몰리고 보면 아무리 좋은 자연경관도 그냥 정신 없는 곳으로 변하고 만다. 그리고 그곳의 인심도 사나워지고 모든 것이 경제 논리로만 되어가는 것이다.

　예전에는 안 그랬던 것 같다. 우리가 살아가는 모습들이 좀 유유자적하고 소박하고 그런 면들이 많았던 것 같다. 물론 먹고살기가 어려웠던 시절이라 그 외의 것들은 생각할 여유도 없었겠지만, 그러나 그때 사람들이 휴가를 못 가서 또는 관광 여행을 못 가서 불행하지는 않았던 것 같다. 요새는 모든 것이 변하고 사람조차도 옛날에 비하면 완전 다른 어떤 종족으로 변한 것 같은 게 사실이긴 하지만, 유독 우리나라 사람들이 특히 더 어딘가로 우루루 몰려다니고 무엇이 몸에 좋다 하면 또 그쪽으로 몰리고 하여튼 너무 극성스러운 느낌이 든다.

결벽증적인 친구가 하나 있는데 청결을 위해서 너무 많은 시간을 할애하는 것이다. 이 친구에게 이런 말을 해준 적이 있다. 조금만 게으르면 지구가 깨끗해진다는 내용의 글을 읽었는데, 개인의 청결을 유지하기 위해서 씻고 닦고 쓰레기를 내다 버리고 하는 것은 곧 우리가 함께 살아가야 할 지구를 더럽히는 일이라는 것이다. 머리 한 번 덜 감으면 그만큼, 또 빨래를 한 번 덜 하면 그만큼 샴푸나 세제를 적게 쓰는 결과가 되고 지구의 수질은 우리가 덜 쓴 만큼 깨끗해질 수 있다. 깨끗하게 사는 것이 좋은 것이라는 생각을 하기 때문에 결벽증이 증폭되는 게 아니겠느냐, 그렇다면 깨끗하게 사는 것은 지구를 그만큼 오염시키는 나쁜 것이라는 인식이 있다면 좀 마음 놓고 게을러져도 좋지 않겠느냐는 것이다. 이런 경우와 같이 열심히 살고 부지런을 떠는 것이 모든 사람에게 다 좋은 것은 아니라고 전제한다면 어떨까?

우리나라는 옛날부터 아침형 인간을 찬미하고 부지런함을 높이 샀기 때문에 뭔가 열심히 사는 사람을 높이 보는 면이 있다. 여기 이런 사람들은 어떨까. 군대 복무하면서 대학원을 이수하고 시간을 아낌없이 썼다는 사실에 뿌듯해하고, 밥 먹는 시간도 아까워서 날마다 비빔밥을 먹으면서 공부를 열심히 해서 다른 사람은 한 번 붙기도 어려운 고시 3과를 모조리 다 붙는다. 대학에서 강의를 하면서 여러 보직을 두루 맡고, 그 바쁜 가운데서도 제자들과 협력하여 논문을 해마다 발표하고 신문에 칼럼도 쓰는 교수님도 부지런한 것으로 치면 단연 1등일 것이다. 그 외에도 다른 사람들은 직장 하나도 구하기 어려운데 엄연히 탄탄한 직장을 가지고 있으면서 대기업의 사외이사도 되어 억대의 연봉을 가져가고, 국회의원이 되고도 또 다른 직업도 끌어나가는 슈퍼맨들이 우리 사회에는 너무 많은 것 같다. 남들 하는 정년을 했으면 그냥 좀 여유롭게 지내는 게 어떨까. 그런데 아무것도 안 하면 무슨 인생의 낙오자라도 되는 것처럼, 능력 있다는 사람은 낙하산을 타고 이곳저곳에 내려앉아서 별별 이상한 X피아라는 조어를 만들어내기도 한다. 이 사람들은 그야말로 '보람찬 인생'을 사는 걸까?

먹고사는 데 지장이 없다면 다른 사람을 위해서 사양하는 마음이라도 가져야 할 사람들이 더 나서서 명예를 추구하고 더 많은 권력을 탐내는 것은 추한 것이다. 말이야 노익장이니 열정을 가진 '보람찬 인생'이니 하지만, 이런 사람들이 전형적인 속물인 것이다. 어쨌든 평균적인 사람들보다 게으름 부리기를 좋아하는 우리 집 식구들이 이런 경우의 사람들에게 붙여준 말이 있는데 '하고잽이'라는 말이다. 뭐든지 자기가 나서서 해야 한다고 생각하는 사람들을 일컫는다. 나이 들고도 '하고잽이' 병에 걸리면 누구도 못 말린다. 특히 너무 나이 든 정치가들이 구시대의 멘탈로 권력을 휘두르는 것은 더 보기 부담스럽다. 할 수 있다면 정치를 하는 사람들에게도 정년이라는 나이 제한을 두자고 제안하고 싶다.

아마도 이런 부류의 사람들이 틀림없이 어릴 때는 '엄친아'로 동네 엄마들의 부러움을 한 몸에 받았을 것이고, 승승장구하여 지금 우리나라의 근간을 이루고 있을 것이다. 그 좋은 머리와 근면 성실함으로 조직에 잘 스며들어 관행으로 내려오는 떡값이나 뒷돈을 표나지 않게 자연스럽게 받을 줄도 알고, 인간성 좋고 마당발이고 조직의 이익을 위해서는 끝까지 책임지는 자세를 견지하고 있을 것이다. 이런 사람들은 출세가도가 탄탄대로일지도 모른다. 그렇다면 이런 맥락에서 도대체 출세를 한다는 것은 무슨 의미인가. 정말 최고로 출세를 하여 대통령이 되었다고 한들 온갖 사람에게서 욕이나 얻어먹고 그 주변 인물들은 감옥에 가는 이런 출세란 도대체 무엇이란 말인가?

이런 사람들은 자신의 인생을 '보람찬 인생'으로 만들기 위해서 어쩌면 누군가의 인생에 꼭 필요한 일을 구하지 못하도록 방해를 한 것은 아닐까 가슴에 손을 얹고 생각해봐야 한다. 다 같이 잘 사는 사회를 만들기 위해서 지나친 열심과 부지런함과 마당발과 기타 등등 극성스러운 '보람찬 인생'은 금지해야 한다고, 나는 생각한다.

그러니 이제부터 좀 느긋하게, 좀 덜 부지런하게, 또 좀 덜 보람차게 주말에도 집에서 좀 뒹굴거릴 수 있는 자유라도 누리고 다 같이 한 템포씩 느리게 갈 수 있는 부지런 금지법을 만드는 건 어떨까?

노자의 『도덕경』에 이런 말이 있단다. 최선을 다하지 마라, 최선을 다하면 죽는다. 공부도 그렇다. 해석이야 여러분 맘대로.

우 리
동 네

개 판

우리 집에는 올해 열두 살 된 할머니 강아지 '까미'가 있다. 까미
는 시추와 몰티즈 잡종인데 요새는 세련되게 믹스견이라고도 한
다. 몸집은 시추보다 조금 작고 좀 예쁘다.

1980년대에 아이들이 초등학교 다닐 때 강아지를 기르자고 하
도 졸라대는 바람에 깊이 생각하지 않고 마침 이웃집 개가 새끼를
낳아 분양받아 왔다. 강아지는 까만색 치와와였는데 모습이 정말
앙증맞고 크기가 콩만 하다고 해서 이름을 '콩돌이'라고 지었다.

그때는 지금만큼 개를 키우는 집도 많지 않았고 인터넷 같은 것
도 발달해 있지 않아서 사실 개를 제대로 키울 줄을 몰랐다. 사료를
사다 먹일 데도 마땅찮고 그냥 강아지가 좋아한다는 이유로 고기
를 볶아서 먹이고 우유도 먹이고 내가 커피 마실 때 한 찻숟갈 먹
게도 했다. 지금 생각하면 다 개에게 나쁜 일만 한 것이다. 그러다

가 5년 되던 해에 콩돌이가 그만 장염에 걸려서 죽었다. 식구들대로 울고불고 초상집이 되어버렸기 때문에 앞으로 다시는 개를 키우지 않겠다고 다짐했었다.

그 후로 십몇 년이 지나고 까미가 인연이 있어 우리 집으로 오게 되었다. 어쩔 수 없이 키워야 하는 상황이라 기르기 시작했지만 이때는 인터넷으로 검색을 해서 강아지에 대한 지식이 아주 풍부해져 있었다. 양파·초콜릿·포도·마른오징어 등은 먹이면 안 된다는 것도 알고, 노령견에게 먹이는 사료가 따로 있다는 것도 안다.

매일 일어나면 까미를 산책시키는 일이 하루의 중요한 일과인데 그러다 보니 자주 만나는 동네 개들과 그 주인들과 친하게 지내게 되었다. 까미는 새침하고 좀 내성적인 성격이라 다른 개들이 다가오면 그 자리에서 얼음땡 놀이를 하는 것처럼 굳어버리는데, 유독 '똘이'라는 중형견은 좋아한다. 똘이는 오른쪽 앞발 발가락이 좀 잘려 나간 장애견이기 때문에 달리기를 할 때는 오른발을 땅에 닿지 않게 하고 달리는데 아주 힘차게 빨리 달린다. 우리 라인에 사는 '이삐'는 갈색 털이 곱슬곱슬한 푸들인데 다리가 길쭉한 것이 아주 미녀견의 자태를 뽐낸다. 애들 둘하고는 잘 지내지만 다른 개들을 만나면 이빨을 드러내고 으르렁거린다. 까미가 하는 양을 보면 '어디 개 따위가 나에게 들이대냐' 이런 표정이다. 즉 까미는 정체성에 혼란을 일으키는 스타일인 것이다.

아침에 비라도 오고 오후에 맑게 갠 날은 해 질 무렵이면 산책로에도 물기가 가시고 보송해진다. 그때쯤 개를 데리고 산보를 나가 보면 개 키우는 사람들의 사고는 다 비슷한지 때맞춰서 모두들 개를 끌고 나오는 거라. 그러면 동네 산책로랑 작은 공원은 순식간에 개판이 되어버리는 것이다.

아주 우아하게 생긴 '제니'는 주인이 솜씨가 좋아서 직접 예쁜 옷을 해 입혀서 드레스도 몇 벌이나 되는 공주개다. 머리에 예쁜 꽃핀도 꽂고 우아를 떠는 바람에 동네 견주들이 보면 다 웃고 한다. 또 언뜻 보면 양을 닮은 베들링턴 뭐라나 하는 개도 있는데 이름이 '효리'란다. 톱스타라는 거지. '거스'라는 불테리어도 있는데 월드컵 한창 할 때 데리고 온 애여서 히딩크의 이름을 따왔다고 한다. '달건'이라는 개는 시추인데, 거꾸로 하면 건달이라는 뜻이다. 까만색 닥스훈트도 있는데 그 개 이름이 또 '까미'이다. 색깔이 까만 애들이 주로 까미라는 이름을 획득하는데, 우리 까미는 흰색에 가깝지만 어릴 때 까분다고 까미로 지었다. 요즘은 별로 까불지를 않고 점잖다.

개를 데리고 산책을 하다 보면 마주 오는 사람들의 반응이 가지가지다. 나이가 좀 든 아저씨 풍의 사람들은 별 관심이 없고 어떤 분들은 개를 데리고 다니는 것 자체를 좀 못마땅한 표정으로 보기도 한다. 보통 여자들은 개를 보면 표정이 부드러워지면서 만져보기도 하고 귀엽다고 머리를 쓰다듬어보기도 한다. 여학생들은 호들갑을 떨면서 "꺄~ 귀여워!" 이런 반응이고, 아이들은 개를 안아보고 싶어 하기도 하지만 소수의 아이들은 개를 무서워하기도 한다. 그래서 꼭 목줄을 하고 다닌다.

개가 가장 인기가 있을 때는 서너 살쯤의 아이를 데리고 놀이터에 놀러 나온 엄마들이 있을 때이다. 자기 아이들에게 "저기 강아지 있네. 봐봐" 하면서 아이가 강아지를 볼 수 있도록 유도한다. 아이들은 강아지와 좀 놀다가 갈 때는 "강아지야, 안녕!" 이런 인사도 한다. 유모차를 끌고 나온 엄마도 자기 아이에게 강아지를 보게 해주려고 애를 쓴다. 아이들은 강아지를 보고 소리를 지르기도 하고 까르르 웃기도 한다. 엄마들은 자기 아이에게 뭐라도 다양한 경험을 하게 해주고 싶은 것이리라.

강아지나 새끼 고양이, 갓난아이들을 보면 모두 마음이 너그러워지고 입가에 미소가 떠오르는 이유가, 그것이 '생명의 발현'이기 때문이라고 어느 분이 쓴 글에서 읽었던 기억이 난다.

'초롱이'는 80대 할머니가 키우던 몰티즈였는데 손자며느리가 아이를 낳아서 데리고 왔을 때 알레르기가 발생했다고 자기 며느리가 눈치를 주어서 다른 곳으로 보냈다고 한다. 그런데 하루는 경로당으로 초롱이를 데리고 와서 만났더란다. 초롱이가 할머니를 보자마자 쏜살같이 달려와서 품에 안겨서 떨어질 줄을 모르고 낑낑 울더란다. 할머니도 울고… 초롱이 할머니에게서 이 이야기를 듣고 나도 눈물이 났다. 한번씩 〈TV 동물 농장〉에서 버려진 개가 주인을 기다리며 한곳에서 계속 하염없이 앉아 있는 걸 보여주면 그 안타까움에 정말 애가 탈 지경이다. 인간이 짐승보다 못하다는 생각이 드는 지점이다.

그렇지만 개가 병이 나서 동물병원에 데리고 가보면 의료수가가 너무 높은 바람에 쉽게 병원에 데리고 가기가 꺼려진다. 게다가 몇 년 전부터 국가에서 병원비에다 세금까지 덧붙여서 더 비싸졌는데 이런 경우는 왜 그런지 이해가 잘 안 된다.

까미는 3년 전에 방광에 결석이 생겨서 수술을 받았다. 처음 병원에 갔을 때 엑스레이, 초음파, 소변검사, 기타 등등 검사를 하고 수술을 하니 그 조그마한 몸에서 바둑알만 한 흰색 돌이 나왔다. 한 달 뒤에 수술이 잘되었는지 초음파 사진 찍고 해서 총 70만 원의 병원비가 들었다. 물론 개도 아프면 치료를 해야겠지만 처음 예쁜 모습만 보고 개를 키우려고 생각할 때는 노령견이 되어 병원을 자주 다녀야 할 상황이 발생할지에 대해서는 신경도 쓰지 않았던 것이다.

한 생명을 키우려고 작정을 할 때는 그 생명을 끝까지 책임져야 한다는 것부터 인식을 해야 할 것이다. 개도 여러 정서적인 감정을 겪기 때문에 혼자 방치한다거나 제대로 돌보지 않으면 우울증에 걸린다. 늙으면 귀도 먹고 눈도 멀고 암도 걸리고 여러 성인병이 생기기도 해서 그 말년을 돌봐주기가 여간 힘들지 않다고 한다. 그러니 개를 데려오려고 마음을 먹을 때는 정말 많이 생각해보고 각오를 단단히 하고 시도를 해야 할 것 같다.

까미는 사람으로 치면 거의 여든 살에 가깝기 때문에 반려견을 키우는 사람들 사이의 용어로 무지개다리를 건널 때까지 잘 돌봐주어야겠다고 다짐하면서, 제발 아프지 않고 잘 헤어질 수 있기를 바라본다.

+ 까미는 열여섯 살 때 유방에 암이 생겨 치료를 하다가 무지개다리를 건넜다. ㅠㅠ

운이   좋 았 다

내가 이제까지 살아온 것은 운이 좋았기 때문이다. 때로는 운이 없는 듯 느껴질 때도 있었지만, 운이 없었다면 지금 이렇게 살고 있지 못했을 수도 있다.

살면서 오늘은 운이 좋았다거나 나빴다거나 "에이, 재수 없어" 같은 말을 참 많이 한다. 세간에서 말하는 운이란 과연 어떤 의미일까? 잘못한 일이 발각되지 않고 넘어갔을 때 운이 좋았다는 말을 쓰기도 하고, 교통사고로 많은 사람이 죽었는데 말짱하게 살아났을 때도 운이 좋았다고 한다. 단적으로 이야기해서 로또에 당첨된 것이 운이 좋다는 것의 가장 뚜렷한 현상일 것이다. 별 노력 없이도 하는 일이 술술 풀리고 고생하지 않고 사는 사람을 보면 '참 운이 좋은 사람이구나'라고 생각한다.

만약 누군가가 운이 좋아서 국회의원이 되고 고관대작이 되었는데 그 사람이 호의호식하고 주변 사람들을 요직에 앉히고 자기를 둘러싸고 있는 사람은 다 살 만하게 만들어준다면, 그 소수의 사람은 운이 좋을지 모르지만 우리 국민은 아주 운이 나쁜 걸 거다.

남편의 연한 색 점퍼를 세탁기로 빨았는데 꺼내고 보니 작은 파카 볼펜을 꽂은 채 빨아버렸다. 예전에도 이와 비슷한 일이 있었기 때문에 남편의 반응은 뻔했다. 얼른 문방구에 가서 똑같은 볼펜을 1만 5,000원 주고 구입하고 약국에서 물파스 한 통을 1,000원 주고 샀다. 점퍼 앞섶에 묻은 볼펜 자국을 물파스 한 통을 거의 다 쏟아부어서 두드렸더니 겨우 흔적이 없어졌는데(이것은 요새 시시콜콜 온갖 것을 다 방송하는 TV 덕분에 알았다) 아주 미미하게 자국이 남았다. 다림질할 때 능청을 떨면서 "점퍼 앞쪽에 뭐가 조금 묻었는데 지워지질 않았네" 하면서 구시렁거렸더니 "뭐가 묻었지?" 하면서 별로 대수롭지 않게 지나간다. 앗싸! 나는 운이 좋은 것이다. 순식간에 남편을 앞섶에다 뭔가를 묻히고 다니는 사람으로 만들고, 돈은 1만 6,000원이 들었지만 안 그랬다면 이날 한참 지청구를 들어야 했을 것이고 나는 또 저렇게 쪼잔한 영감탱이라니 싫어서 기분이 엄청 나빴을 것이다.

가정의 평화를 위해서는 때때로 이렇게 운이 좋은 날도 있어야 하는데, 나는 젊었을 때부터 거의 환갑이 다 될 때까지도 내가 불리할 수도 있는 내용을 남편에게 곧이곧대로 다 말했다가 불벼락을 맞기도 하고 두고두고 원망을 듣기도 했다. 나는 벚나무를 자른 워싱턴이 거짓말을 하지 않고 자백했을 때 오히려 기특하다고 머리를 쓰다듬어준 워싱턴의 아버지 같은 인격적 남편을 만난 것도 아니면서 그렇게 어리석은 짓(?)만 골라 한 셈이다. 지금은? 가끔씩 이렇게 운이 좋은 날도 있다. 홋.

자, 다시 한번, 그렇다면 운이 좋다는 것은 뭘까? 운이 좋은 사람들이 많은 사회가 운이 좋은 사회일까? 운이 좋은 사람이 적은 사회가 운이 좋은 사회일까? 나는 나이를 제법 먹었지만 딱히 이것이다 싶은 의견을 제시하지 못하는 게 너무나 많다. 인생이 그런 것처럼. 다만 인용하고 싶은 어떤 구절이 있다.

자연은 푼돈까지 일일이 세고, 칼같이 시간을 따지며, 가장 미미한 사치까지 꾸짖는 인색한 회계사다.

　　　　　　　　　　　　　　　　　　　- 리처드 도킨스, 『만들어진 신』

자연 대신에 우주의 섭리라고 써도 좋겠다. 세상에 공짜는 없다는 말은 진리이다.

살고 싶은   집

딸내미하고 둘이서 이야기를 나눈다.

"엄마는 앞으로 이런 집에서 살고 싶어."

"어떤 집요?"

"음~ 아빠가 정년퇴직을 하고 나면 그냥 먹고 자고 그 집에서 사는 것만으로도 하루 일과가 충분한 집. 말하자면 이런 거야. 나이를 더 먹고 나면 아플 때를 대비해서 병원도 가까이 있고, 마트나 그 외의 편의시설이 너무 멀어도 곤란하니까 도심에서 그리 멀리 떨어져 있지 않아야 하고. 그러나 공기는 좋은 데서 살고 싶으니까 먼저 장소를 선정하는 게 문제인데, 어쨌든 알아보면 되겠지. 그리고 집은 뭐 별로 좋지 않아도 괜찮아. 요즘 집들은 다 편리함은 어느 정도 다 갖추고 있으니까. 침실 두 개, 서재 한 개 정도면 되겠고. 문제는 바깥인데 내가 어릴 때 살았던 집처럼 마당이 좀 넓은 집이었음 좋겠어, 뒤란도 좀 널찍하고. 그 마당을 단단히 다진 흙마당으로 하고 또 채마밭을 가꿀 수 있는 넓이의 꽃밭이 있었으면 좋겠어."

내가 여기까지 말하고 나니 딸이 묻는다.

"엄마, 우리 재력으로 가능할까요?"

"얘, 꿈도 못 꾸니?"

"그럼 계속 꾸어보세요."

"채마밭에는 고추 다섯 모종, 상추 두 줄, 파 한 줄, 부추 조금 이렇게 골고루 심는 거야. 엄마는 부지런하고 거리가 머니까 농사를 많이 벌이면 아마 다 죽일 거야. 그리고 개를 한 마리 키우는데 이름은 '독구'야. 이 개는 중간 개 정도 되는데 너무 큰 개는 씻기기도 힘들고 냄새가 너무 많이 나서 안 돼. 독구는 영리해서 아침에 대문간에 가서 신문을 물어 올 거야."

"응. 그 대목이 제일 맘에 들어요."

"담장 가로는 감나무, 석류나무, 앵두나무를 심어야 해. 이것들이 내가 어릴 때 살았던 집에 있던 나무들이기 때문에 내가 특질을 잘 알거든."

"엄마 수종까지 다 정해놨어요?"

"시꺼! 그리고 아주 중요한 거는 별채를 하나 지어야 하는데 방 한 칸짜리야. 황토나 뭐 그런 자연친화적 방으로 만들고, 아궁이가 있는 방이어야 해. 그래서 태울 수 있는 것들은 모조리 이 아궁이에 다 태우는 거야. 가장 중요한 건 만약 모든 에너지가 차단되는 상황이 발생되더라도 이 방만은 아무 상관 없는 옛날식 주거 공간으로 만들고 싶다는 거야."

"엄마, 아무래도 준재벌은 돼야겠는데요."

"우리 사는 집 팔고 아빠 퇴직금 받고 하면 안 될까?"

"그럼 생활비는요."

"몰라."

"엄마아~~ 방범 문제도 있고 엄마는 수십 년 아파트에서만 살아왔잖아요. 나이 들어서 주택 관리하는 거 보통 일 아니에요. 꿈 깨세요."

내가 꿈을 깨야 하나, 말아야 하나….

+   나는 꿈을 깨고 쭉 아파트에서 살고 있다.

요즘 사람들이 '남폿불'이라는 말을 들어봤을까? 남포라는 말은
아마도 '램프'에서 온 말이지 싶다. 밑에는 등산용 버너 같은 둥그
스름한 석유 저장고가 있고 위에는 호리병처럼 생긴 '호야'라고 하
는 유리가 바람으로부터 불을 보호하며, 주로 대청마루 들보 같은
데 달아두었다. 석유의 품질이 형편없던 때라 한 번 사용하고 나면
호야를 남포에서 들어내어 시커멓게 그을린 부분을 씻어야 하는데
이게 워낙 유리가 약해서 호야를 씻어야 하는 당번이 되면 엄청 조
심해야 했다. 그러지 않았다가는 번번이 깨어먹고 혼쭐이 나기도
했다.

어릴 때 우리의 손이라고 해봐야 일을 얼마나 할 수 있었겠는가.
그러나 많은 식구에 아이들을 닦달하지 않고는 일상의 그 많은 일
을 해낼 수가 없었다. 삼시 세끼 아궁이에 불을 지펴 밥을 해 먹고

빨래는 모았다가 강가에 들고 나가 해야 했다. 이것이 전쟁 이후 우리가 정신을 추스르며 1950년대를 살아가는 모습이었다.

남폿불을 사용하는 집은 그래도 나은 편이었고 집집마다 작은 호롱불을 켜고 살았다. 전기가 공급되기 시작했을 때도 풍족하게 들어온 게 아니라 제한 공급을 했기 때문에 저녁에 어두워지면 전깃불이 들어왔다가 12시쯤 꺼졌다. 그렇게 들어오는 전기여서 전기가 들어오면 모두 얼굴이 환해지고 저녁에 해야 할 일들을 챙겨서 하느라고 바빴다. 어머니는 주로 양말 속에다 알전구를 넣고 우리의 양말을 기웠다. 그때는 왜 그렇게 양말에 구멍이 자주 났는지…. 그 무렵의 전기세는 지금보다 훨씬 비쌌는지 어머니들은 전기를 엄청 아꼈는데 방과 방 사이의 벽을 조금 뚫고 그곳에다 백열등 하나를 달아서 두 방에 동시에 불이 들어오게 하는 집도 많았다. 그것도 정전 사태가 어찌나 자주 발생하는지 툭하면 불이 꺼져버리곤 했다.

내가 마지막으로 은하수를 본 것이 언제였을까? 기억도 나지 않는다. 어릴 때 한여름 밤에 모켓불(모깃불) 피워놓은 마당의 평상에 드러누우면 밤하늘에 반짝이는 별들이 쏟아질 듯 보였다. 마른 쑥과 생 솔가지 타는 냄새가 향긋했었다고 느끼는 것은 어른이 되어서고, 어릴 때는 그 냄새가 매캐하고 싫었다.

대청마루에 서서 달빛이 쏟아지는 마당과 채마밭과 정원수들을 바라보면 어린 마음이지만 아주 영험한 존재가 어딘가 거하고 있을 것 같은 경외감이 절로 들곤 했다. 한밤중에 마당에 나와 하늘을 올려다보면 하늘 가운데로 은하수가 차르르 펼쳐져 있는 것을 보게 되는 수가 있었다. 나는 지금도 아주 가끔씩 하늘의 성운이 빛나는 꿈을 꾼다. 어른들이 칠월 칠석이라고 까치 이야기라도 해주면 목을 꺾어서 하늘의 은하수에 까치 다리가 있나 찾아보기도 했다. 이게 다 전기가 제대로 들어오지 않았기 때문에 누릴 수 있었던 호사였지 싶다.

언제부턴가 별을 보았던 것이 까마득한 옛날 일처럼 느껴진다. 지금은 너무나 휘황한 불빛 때문에 정작 밤이 되어도 그 어둠 속에서 우리가 봐야 하는 어떤 것은 보이지 않는다. 캄캄한 적막과 고요, 이런 것과 시간을 보낼 때에야 우리는 영혼을 느낄 수 있을 것이다. 이제 이것을 바라는 것은 사치가 되어버렸다. 다른 인공의 빛이 없는 곳에서 하늘의 별을 관찰하고 싶다면 강원도나 경기도에 있다는 천문대를 찾아가야 할 형편이다. 나는 그런 수고로움 없이도 일상에서 밤하늘의 별을 보고 한없는 상상의 나래를 펼 수 있었던 어린 날의 내가 그립다.

대학 신입생 시절 여름방학 때 친한 친구랑 단성(고향 근처의 농촌)에 사는 또 다른 친구 집에 갔는데 그날 밤에 친구 셋이서 경호 강가에 나가서 멱을 감고 낮 동안에 따뜻해진 자갈밭에 누웠다. 그때, 밤하늘의 별이 그렇게 반짝이는지 또 그렇게 많았는지 새삼 놀라웠다. 어둠 속에서 강둑에 늘어서 있던 미루나무들과 그 밤의 놀라운 광경은 내 뇌리에 깊이 새겨졌다. 이것은 내 인생의 별이 빛나는 밤이었다.

보름달이 뜬 밤에 데이트해보셨나? 아마도 요즘 같은 계절이었던 모양이다. 날씨는 삽상하고 억새들이 지천으로 피어서 은빛으로 하늘거리고 구릉은 멀리 뻗어 있는데, 지금 막 거리가 가까워지려고 하는 남(요즘 용어로 썸남)과 인공의 불빛은 보이지 않고 다만 달빛 교교한(이렇게밖에 표현할 수 없음) 그곳을 한없이 걷고만 싶던 밤이 있었다. 달빛은 이상한 마법의 가루를 흩뿌린 듯이 사람의 감정을 현실이 아닌 아득한 곳으로 끌고 가는 것 같았다. 이것은 내 인생의 달빛 교교한 밤이었다.

지금도 가끔 보름달이 떠오르면 송정 바닷가에 가보지만 해변가를 따라 쭉 밝혀놓은 가로등 때문에 온전한 달빛을 즐기지 못한다. 그래도 달이 수면에서 30도 각도 정도로 떠오르면 달빛을 받아 바닷물이 반짝거리고 그 은파가 사람 마음을 얼마나 낭만적으로 만드는지. 불빛을 인공적으로 어둑하게 만든 나이트클럽이나 노래방에 몰려가 놀아서는 절대로 느낄 수 없는 숨 막히는 아름다움을 발견할 수 있다.

나는 역사란 앞으로 나아갈수록 그래도 사람살이가 나아져 가는 세월을 살았고 전 세계의 역사도 그러하다고 생각해왔다. 그러나 언젠가 무라카미 하루키가 한 말이 내가 요즘 생각하는 것과 같아 기록하고 싶다. 하루키는 1960년대에 세상을 살면서 앞으로 점점 더 좋은 방향으로 나아갈 것이라는 생각으로 살아왔는데, 지금의 젊은이는 어쩌면 더 나쁜 방향으로 가는 세상을 맞게 되겠구나 싶은 생각이 든다고 했다. 지금 문명이 발전하는 속도를 보면 언젠가 지나치게 발전한 문명의 이기에 다들 휘둘리는 생활을 하게 될 것 같다. 불안이 스멀스멀 피어오른다.

가끔씩 별을 보러 좀 오지로 여행을 가봐야겠다.

노인은
행복해야
할

책임이
있다

『노년예찬』(콜레트 메나주)이란 책의 부제가 '나이 든 사람은 행복해야 할 책임이 있다'이다. 나는 이 책을 읽기도 전에 이 말 자체가 마음에 들었다. 젊었을 때는 먹고사느라 고생고생했는데 늙어서도 그래야 한다면 사는 재미가 없지 않나. 그러니 젊었을 때 고생을 하더라도 나이 들면 행복할 것이라는 희망이 있다면 늙는 것이 그렇게 나쁘지도 않을 것이다. 그런 의미에서 나이 든 사람은 행복해야 할 책임이 있다는 말에 적극 동의한다.

아이들이 어릴 때 두 살 터울의 남매를 데리고 목욕탕에 가서, 두 아이를 씻기고 산만한 아이들에게서 눈을 떼지 못한 상태로 나까지 때를 밀고 나면(목욕탕에 자주 가지를 못하니까) 그날은 정말 피곤하고 힘들었다. 그때는 아이들 없이 혼자 한가하게 목욕을 즐기는 사람들이 그렇게 부러울 수가 없었다. 지금은 거의 매일이다시

피 목욕탕엘 간다. 아무 걸리는 것 없이 느긋하게 사우나를 하거나 냉온욕을 하면 그야말로 부러울 게 없는 상태가 된다. 그렇다면 나는 지금 매일 행복한가? 우리가 사는 것이 젊었을 때는 느긋한 여유가 부러웠는데 늙고 나면 젊은 활기가 부럽다. 언제나 현재 여기 없는 그 무엇을 바란다고나 할까?

나이가 들면서 하루도 몸의 상태가 완벽하게 말짱한 날이 없다. 어떤 날은 치아가 말썽을 부리고, 이것만 지나가고 나면 괜찮겠지 했는데 혓바늘이 돋거나 하다못해 발톱을 잘못 깎아 발톱이 파고 들어서 아프기도 하고, 하여튼 사소하게 몸의 여러 부위가 돌아가면서 말썽을 부린다.

산에 가면서 친구들에게 이런 것들을 이야기했더니 다들 "나도 그래" 한다. 목 디스크가 있다거나 팔 근육이 아프다거나 하여간 이것만 나으면 했는데 또 다른 곳이 탈이 난다고 한다. 나만 그런 게 아닌 것 같다. 하기야 같은 나이의 다른 친구들은 허리 디스크가 발생하고 무릎 관절이 안 좋아서 걸을 땐 조심하게 된다고 한다. 혈압약을 먹거나 당뇨가 있기도 하고, 나는 콜레스테롤이 높아서 약을 먹는다. 그래서 결론이 '약간 불편한 것들은 무시하자'였다. 그냥 그러려니 하고 살아야지 꼭 다 낫게 하겠다고 생각했다가는 오히려 스트레스를 받는 것이다.

사실 치아의 문제는 내가 젊은 사람들에게 강조하고 싶은 중요한 부분이다. 오죽하면 옛날에는 오복에 든다고 했겠는가. 나이가 들고 나니 실감이 되고 인생이 왜 고해인지 알 것도 같다. 옛날의 임금님이라 한들 본인의 치아가 말썽이 나면 고스란히 당해야지 어쩌겠는가. 치아에 문제가 발생하기 전에 치과에 부지런히 다니는 것이 중요한데 사실은 참 치과에 가는 것이 너무나도 싫다. 어이구, 그 드릴 소리 하며…. 그러나 치아는 불편해도 대충 참고 지낼 수 있는 문제가 아니다. 그야말로 먹고사는 문제가 제일 중요하기 때문이다. 못 먹으면 다이어트도 되겠지만 죽기도 한다.

좀 전 시대에는 연로한 부모님의 치아를 위해서 틀니 자금으로 200만 원을 준비해야 한다고 했었는데 요새는 본인이 임플란트를 해야 할 때를 대비해서 2,000만 원을 준비해야 한단다. "세상에나 치아 때문에 2,000만 원이 든다니" 했더니 그보다 더 많이 들 수도 있다는 거다. 평균수명은 늘어났지만 치아의 수명은 그렇지 않은 모양이다. 우리끼리 흔히 하는 말로 입안에 중형차 한 대를 넣고 다닌다고 말한다. 아이구 무거워~

젊었을 때야 늙었을 때를 걱정하지 않겠지만 지금의 내 생각에는 그냥 좀 더 예뻐 보일 것 같다는 이유만으로 여러 성형 같은 것을 하면(유방 보형을 하거나 특히 턱뼈를 깎거나 하는 것) 늙어서 그 후유증이 발생하지 않을까 싶다. 수술을 하기 위해서 마취를 하고 항생제를 쓰고 하는 것들이 몸에 얼마나 마이너스 요소가 될지 어떻게 알겠나.

몸 어딘가가 아프면 행복한 생각이 들지 않는다. 별로 심각하게 아프지 않더라도 어딘가가 지속적으로 불편한 것은 삶의 질을 떨어뜨린다. 나이가 들고 나면 생각이 단순해지는지 그냥저냥 일상을 영위하고 몸만 아프지 않다면 그게 행복이다. 그만큼 다른 욕심은 많이 없어진다는 말이 되겠다.

잘 알던 분이 아들이 사는 캐나다로 이민을 갔는데 복통이 생겨서 병원에 갔다. 의사에게 옆구리가 '우리~하게' 아프다고 표현을 해야겠는데 어떻게 설명해야 할지를 모르겠더라는 거다. 그렇게 병원 가는 일이 몇 번 생기고 나니 여기서 이러고 살 게 아니라 다시 한국으로 가자 싶어 돌아왔단다. 그분이 하는 말이 늙을수록 병원 갈 일이 많아질 텐데 자기 상태를 의사에게 제대로 표현할 수 없다면 이거야말로 중대한 문제라는 생각이 들더라는 거다. '우리~하게 아프다'라는 말이 경상도 일대에서만 통용되는 말일까? 하여간 우리말로 속이 메슥메슥하고 콕콕 쑤시는 것 같고 뼈가 시리고 팔다리가 저리고 허리가 부러질 듯이 아프고 기타 등등 이런 표현을 영어나 다른 나라 언어로 어떻게 표현을 하겠냐고. 나이를 먹고 나면 내 나라에서 살고 나의 언어로 상대방에게 통용되는 단어를 사용할 수 있다는 것이 참으로 다행한 일이라 하겠다.

　　젊었을 때는 지금 여기가 아닌 다른 무엇을 바라며 갈등이 많았다. 나이 들수록 안정감이 생겼다고나 할까. 환갑을 지나면서부터 지금이 가장 좋은 때라고 생각했는데 요새가 내 인생의 황금기라고 생각하기로 했다. 앞으로 올 날보다 지금이 제일 젊은 시기이고 젊었을 때보다는 시간상으로나 경제적으로나(젊었을 때만큼 구매 욕구가 안 생겨요~) 그리고 마음 자체도 여유가 생겼으니, 또 행복해야 하는 책임까지 있다고 하니 지금 마음 놓고 행복해하기로 한다.

　　그러나 건강이 허락하는 한도 내에서 행복하게 사는 것은 별문제가 되지 않겠지만, 나이를 더 먹고 내 주변의 모든 것이 생소할 정도로 세상이 바뀌고 나면 무슨 수로 행복해질지 탐구해볼 문제다.

빅토리 노트

ⓒ이옥선·김하나

1판 1쇄 발행 2022년 6월 23일
1판 3쇄 발행 2022년 8월 1일

지은이 이옥선 김하나
편집인 배윤영

디자인 최윤미
마케팅 정민호 이숙재 김도윤 한민아 정진아 우상욱 정유선 김수인
브랜딩 함유지 함근아 김희숙 안나연 박민재 박진희 정승민
제작 강신은 김동욱 임현식

펴낸곳 (주)문학동네
펴낸이 김소영
출판등록 1993년 10월 22일 제406-2003-000045호
임프린트 콜라주

주소 10881 경기도 파주시 회동길 210
문의전화 031) 955-2696(마케팅) 031) 955-1933(편집)
팩스 031) 955-8855
전자우편 collage@munhak.com

콜라주인스타그램 @collage.pub
문학동네카페 http://cafe.naver.com/mhdn
트위터 @munhakdongne
북클럽문학동네 http://bookclubmunhak.com

ISBN 978-89-546-8681-5 03810

www.munhak.com